¡NOCHE DE CHICAS NUNCA FUE TAN DELICIOSA!

Bombón & Cupcakes

BEEF CAKE INC.

JUDI FENNELL

__El azúcar es dulce, pero la venganza también lo es...__

Todo lo que Lara Cavallo quiere es que su pastelería, Cavallo's Cups & Cakes, sea un éxito y poder dejar de aceptar la pensión alimenticia de su asqueroso exesposo infiel. Pero primero necesita encontrar su ropa y escapar de la extraña habitación de hotel en la que despierta antes de pasar más vergüenza frente al dueño de ese espléndido trasero desnudo que ve a través de la puerta del baño. Necesita concentrarse en sus *cupcakes*. No tiene tiempo para galanes, por muy tentadores que sean.

__Los__ cupcakes *__son dulces, y Lara también lo es...__*

Todo lo que Gage Tomlinson quiere es encontrar una manera de ayudar a su hermana, madre soltera, a pagar las cuentas del hospital de su sobrino de seis años, gravemente herido en un atropello y fuga. Trabajar en la construcción durante el día y como propietario del grupo de baile exótico masculino Beef-Cake, Inc. por la noche no le deja mucho tiempo para darse gustos. Lástima que lo más dulce que ha visto en años se desmaya sobre él y luego se marcha antes de que pueda darle siquiera una probadita. Le encantan los dulces, y solo los «cupcakes» de Lara lo satisfarán.

Pero cuando el pastelito por fin conoce al galán, el encuentro es tan ardiente que podría derretir el betún del pastel.

La mañana siguiente

Esta no era su habitación de hotel.

El saco del traje tirado en la silla fue la primera pista de Lara.

Los pantalones a juego, tirados en el suelo frente a esta, fueron la segunda.

El hundimiento del colchón cuando alguien se levantó de la cama detrás de ella fue la tercera.

Dios mío. ¿Qué había hecho?

Bueno, era bastante obvio lo que había hecho, pero, oh, Dios...

Lara cerró los ojos con fuerza mientras esa persona rodeaba los pies de la cama, y solo espió cuando oyó abrirse la puerta corrediza del baño.

Caray. El trasero desnudo del tipo se veía muy bien. Probablemente mejor sin los pantalones que con ellos... Lástima que no recordara cómo se le veían puestos.

Lástima que no lo recordara a él.

La puerta se cerró con un clic y Lara se puso de pie de un salto, para la segunda sorpresa de la mañana.

Solo llevaba puesta una camiseta. Y no era suya.

No quería pensar de quién era o cómo había terminado con esa camiseta; solo quería agarrar su vestido, sus zapatos y su bolso, y largarse de allí antes de que su primera y única aventura de una noche terminara de hacer lo que fuera que una aventura de una noche hacía a la mañana siguiente.

Recogió el vestido de la cómoda —no, no iba a pensar en cómo había llegado hasta allí—, se quitó la camiseta de él por la cabeza, luego se puso el vestido y desistió de buscar su sostén. Solo quería salir.

Sus zapatos estaban junto a la silla —uno estaba debajo— y su bolso, gracias a Dios, colgaba de la puerta de la habitación del hotel.

Veinticinco segundos. Eso fue todo lo que le tomó escapar de la cosa menos propia de Lara que había hecho en su vida.

Le tomó otros treinta y cinco segundos al maldito ascensor llegar al... —entrecerró los ojos para ver el indicador de piso sobre la flecha que apuntaba hacia abajo— décimo piso.

Gracias a Dios no había nadie en el ascensor. No necesitaba testigos de su caminata de la vergüenza.

Dios, ¿no se sorprendería Jeff al verla ahora? «Sexualmente aburrida y poco inspiradora» fue lo que dijo para explicar su infidelidad —entre otras—, pero esta caminata de la vergüenza negaba esas palabras.

No podía creerlo. Con treinta años y su propia pastelería en ascenso, unos cuantos tragos de más en la despedida de soltera de su compañera de universidad la habían llevado a ligarse a un tipo cualquiera para una noche de sexo salvaje y desinhibido, con el fin de calmar su ego hecho pedazos por un ex que no merecía ni un segundo de su tiempo, y mucho menos este tipo de estrategia para demostrarle que estaba equivocado.

Había sido sexo salvaje y desinhibido, ¿verdad?

Cerró los ojos e intentó evocar una imagen, pero lo último que recordaba era estar bailando *jitterbug* en la pista de baile.

No sabía bailar *jitterbug*. Pero, al parecer, eso no la había detenido.

Oh, Dios, la cabeza. Y el estómago. Y esa sensación de tener la boca de cartón...

La campanilla sonó cuando el ascensor llegó al segundo piso. Buscó a tientas la llave de su habitación y salió tambaleándose a un pasillo benditamente vacío. Su habitación estaba a unas pocas puertas de distancia y, por suerte, había decidido no tener compañera de cuarto en este viaje.

Bueno, una compañera de cuarto fija.

¿Quién era el tipo? Ni siquiera recordaba su aspecto, y mucho menos su nombre.

Gimió al entrar en su habitación de hotel. ¿Qué tan malo era que la única parte que recordara de él fuera su trasero desnudo y que *eso* solo lo recordara porque lo había visto al salir por la puerta?

Se quitó el vestido —se lo había puesto al revés— y se dirigió al baño. Una ducha, el desayuno y un gran vaso de jugo de naranja, y luego podría agarrar su auto y largarse de allí para no correr el riesgo de toparse pronto con su mayor arrepentimiento.

Pero la pregunta era: ¿de qué se arrepentía? ¿De habérselo ligado en primer lugar o de no poder recordar ni una maldita cosa de lo que había ocurrido después?

* * *

Gage se pasó la toalla por el pelo y luego se la enrolló en las caderas. No quería asustar a la Bella Durmiente con su desnudez al abrir sus preciosos ojos.

Vio su propia sonrisa en el espejo. Sí, era lobuna, pero ¿por qué no habría de serlo? Había terminado con la mujer más hermosa de la fiesta, y eso incluía a la futura novia.

Por supuesto, había roto sus propias reglas para hacerlo —nada de fiestas con las clientas—, pero ella había entrado y lo había dejado sin aliento.

Sería gracioso, la verdad, si no fuera, bueno, no tan gracioso. Nunca le habían gustado las mujeres bajitas, de pelo oscuro y con curvas. Las bellezas delgadísimas como modelos eran más su tipo. Al menos, lo habían sido. Pero entonces entró ella, sus curvas hicieron que le sudaran las palmas de las manos, sus rizos le suplicaban que hundiera los dedos en ellos y se aferrara, y esos ojos color chocolate... Gritaban «cama» tan fuerte que casi ahogaban la música, y le había costado mucho mantener la mente en el espectáculo.

Gracias a Dios, los chicos sabían lo que hacían. Markus lo había sabido demasiado bien; se había fijado en Lara desde el primer número de baile sensual.

Por suerte, nadie había cuestionado el rápido cambio de rutina que hizo para que Markus estuviera fuera del escenario hasta la mitad del segundo acto.

Para entonces, los tragos que habían estado circulando por esa mesa habían asegurado que el interés de Lara ya no estuviera únicamente en Markus.

Fue entonces cuando hizo su jugada.

Hizo su jugada. Gage gimió. ¿Qué era él, un veinteañero? Nunca tenía que hacer jugadas; las mujeres acudían a él en tropel.

Pero ella había estado arrinconada en el reservado, rodeada de amigas, mirando al escenario, y no parecía que fuera a levantarse de allí en el corto plazo.

Agarró su cepillo de dientes. Debería haber actuado antes. Así, quizá, ella no se habría tomado esos dos últimos tragos. La mujer tenía poca resistencia al alcohol. Llegó hasta el ascensor del hotel y, literalmente, se desmayó en sus brazos. Eso había arruinado su noche, pero no su libido.

Solo esperaba que estuviera más despierta esta mañana.

Terminó de cepillarse los dientes y sirvió un vaso de agua. Iba a necesitarlo, y eso le daría la excusa para sentarse a su lado.

Y, con suerte, hacer mucho más.

Abrió la puerta suavemente. Quería ser él quien la despertara, no el ruido ni la luz del baño.

Excepto que... se había ido.

Se apoyó en el marco de la puerta, desplomado. Se lo merecía. Cumplía las fantasías de cientos de mujeres cada fin de semana, pero la única cuya fantasía había querido cumplir personalmente, al parecer no tenía ningún interés en permitírselo.

Uno

—Quita tus manos de mis cupcakes —le advirtió Lara, levantando la espátula de madera hacia el hombre que la miraba lascivamente sobre su puesto en la expo para novias. Quizás no era una gran arma, pero un golpe rápido podía doler, y al borracho padre de una novia parecía que le vendrían bien uno o dos golpes.

Especialmente cuando la miraba con lascivia. —Nena, no estoy ni cerca de tus cupcakes, pero si te inclinas un poquito más, con gusto te complaceré.

Lara resopló. Ese debía de ser uno de los peores piropos que había oído en su vida.

Pasó la espátula por debajo de los dos cupcakes que él había aplastado. Los modelos de Romeo y Julieta. Maldita sea. Esos eran algunos de sus diseños más elaborados y siempre impresionaban a la clientela.

El papá borracho no se detuvo. —¿Qué tal si tú y yo nos juntamos más tarde para tomar algo y discutimos sobre tus... cupcakes?

—¿Qué tal si no?

El papá borracho parpadeó. —Oh, vamos, eso no es amable. —Caminó hasta el final del puesto y tomó una mariposa de azúcar hilado—. Como esta, por ejemplo. Apuesto a que sabe muy bien en mi lengua.

Nunca volvería a ver esas mariposas de la misma manera.

Se la quitó de la mano.

Pero eso la acercó lo suficiente para que él la agarrara. Y lo hizo, sujetándole la muñeca con una mano sudorosa.

—Vamos, nena, es un fin de semana de fiesta. Todo este amor y sexo en el aire. Seguro que lo sientes.

—Lo que siento es que te estás pasando de la raya. —Dejó el cupcake e intentó quitarle los dedos de encima. Especialmente el meñique. Si pudiera doblárselo hacia atrás lo suficiente...

Él la atrajo hacia sí, plantándole un beso baboso en los labios y una zarpa carnosa en su pecho.

Ella se echó hacia atrás. —Suéltame...

El hombre salió volando hacia atrás.

—La dama dijo que la dejaras en paz.

Un tipo con jeans ajustados, un sombrero de vaquero y una camisa abierta hasta la cintura estaba allí, con los músculos marcados y la respiración agitada, luciendo como un héroe recién salido de una novela romántica.

El papá borracho intentó ponerse de pie a duras penas. —¿Qué demonios fue eso? Te voy a demandar, imbécil...

—Cállate, idiota, y reza para que la dama no presente cargos por agresión.

Eso espabiló al tipo.

Pero Lara se había quedado con la mirada clavada en el six-pack que su rescatador tenía a la vista bajo la camisa abierta.

—Aquí arriba, encanto. —El vaquero chasqueó los dedos a la altura de su cintura hacia ella.

Ella levantó la vista.

Oh, Dios, la había pillado mirándolo. Y la sonrisa de oreja a oreja que lucía decía que sabía exactamente lo que ella había estado mirando *y* que le gustaba que lo hiciera.

Sintió que el rubor le encendía las mejillas.

Él sonrió e inclinó el ala de su sombrero, luego se dio la vuelta para ayudar al imbécil borracho a levantarse del suelo.

Dios, qué buen trasero tenía ese hombre. Igualito que el del Señor Trasero Desnudo del hotel de hacía dos semanas.

Sacudió la cabeza. Estaba loca. El trasero del Sr. T.D. había estado desnudo; el de este tipo estaba cubierto. Ninguna similitud en absoluto. Bueno, aparte del hecho de que ambos estaban perfectamente formados y a ella no le importaría ponerle las manos encima a las cuatro nalgas.

—¿Tienes a alguien que te cuide por aquí o debería entregarte a seguridad?
—El vaquero le torció el brazo al borracho.

—Estoy bien. Tengo esposa.

—Qué suertuda. —El vaquero movió las cejas hacia Lara—. ¿Qué tal si vas a buscarla y no vuelves nunca más? Si te vuelvo a ver por aquí, no seré tan blando contigo como esta vez. ¿Me he explicado con claridad?

El borracho se pasó una mano por su peinado para tapar la calva. —Cristalino.

—Bien. Ahora, lárgate de aquí.

Lara trató de recuperar la compostura mientras el vaquero se acercaba a su puesto con paso tranquilo. Y vaya que caminaba tranquilo, todo contoneo de caderas y sensualidad de botas arrastradas.

—¿Cómo estás, Cupcake?

Madre mía. Viniendo de él, ese piropo funcionaba. Definitivamente, todo estaba en la forma de decirlo.

Solo deseaba ser inmune. Jeff había destrozado su confianza en cualquier hombre, pero especialmente en los que eran un sueño.

Y este, con su pelo rubio dorado y sus sorprendentes ojos azules, definitivamente era material de sueños.

Pero no. No más sueños. No más hombres. Centrarse en su carrera. Eso era con lo que tenía que contar ahora, no con la caprichosa libido de un tipo.
—Ya he oído esa antes.

Él la recorrió con la mirada y Lara sintió el calor como si le hubiera pasado un soplete.

—Apuesto a que sí. ¿Qué tal esa de averiguar si eres lo suficientemente buena como para lamerte?

Iba a derretirse ahí mismo. —Mmm, sí. También he oído esa. —Pero nunca *así*. Él era el primer hombre al que de verdad consideró dejarle descubrir la respuesta.

Durante unos dos segundos. Un tipo como él nunca estaría interesado en ella para nada más que una noche, y la única que había tenido la había convencido de que no estaba hecha para más.

—Bueno, entonces, tendré que pensar mucho para ocurrírseme algo nuevo.

No pudo evitarlo; su mirada se desvió hacia la entrepierna de él.

Y luego de vuelta a su cara cuando él soltó una risita.

Okay, que el suelo del centro de convenciones se abriera y se la tragara ya.

No, no iba a pensar en nada que tuviera que ver con el vaquero y tragar.

Entonces el vaquero extendió la mano. —Hola. Soy Gage. ¿Gage Tomlinson?

Disimuladamente se secó la palma sudorosa —culpa total del vaquero, o sea, de Gage, por cierto— en el muslo. —Lara. Cavallo. Gracias por encargarte de él.

—Ha sido un placer, señorita.

Dios, qué sexy era cuando ponía ese acento e inclinaba el sombrero. Lara estaba entendiendo totalmente la fantasía del vaquero.

—¿Te gustaría un cupcake? Quiero decir... —Realmente no le importaría que el suelo se abriera ahora mismo—, como agradecimiento.

Su sonrisa era devastadora. Igual que ese hoyuelo en su mejilla. —Claro que me gustaría un cupcake. ¿Quizás dos?

Estaban hablando de los de azúcar y pastel de Cups & Cakes, ¿verdad?

—Eh, claro. Puedes tomar dos. Elige el que, eh, quieras. —Cualquier día de estos... Una gran grieta en el suelo. Haría maravillas por su vergüenza.

Él se tomó su tiempo, mirando cada uno de sus cupcakes. Los de la mesa, se entiende. Una cantidad de tiempo desmesuradamente larga.

El tiempo suficiente para atraer la atención de bastantes mujeres. Que empezaron a hacer sugerencias sobre qué cupcakes debería elegir.

Nunca había tenido mejor publicidad, pero los guiños que él le lanzaba cada vez que alguien le preguntaba qué tipo de cupcakes le gustaban eran mucho más emocionantes.

Aburrida e *insípida en la cama,* ¿eh? El Vaquero Cañón no parecía pensar eso.

Lara repartió rápidamente sus folletos para llevar y muestras de los diferentes pasteles, recogiendo un montón de tarjetas de presentación mientras el vaquero obraba su magia.

Me pregunto qué otro tipo de magia podrá obrar.

Él la pilló mirándolo, pero aparte de un destello de sonrisa, todo lo que hizo fue inclinar su sombrero.

Fue suficiente.

—Bueno, señorita. Le agradezco la oferta, pero me parece que va a necesitar todos los cupcakes que tiene. Esperaré a ver qué queda cuando terminemos aquí. ¿Le parece bien?

Ella asintió, pero si él seguía mirándola así, no le iba a quedar mucho de nada: ni compostura, ni cordura, ni fuerza en las piernas...

—De acuerdo, entonces. Avísame cuando estés libre. Estoy en el puesto 263.

Asintió mientras él se daba la vuelta y se alejaba.

Vaya, a ese tipo le quedaban los jeans como a nadie.

Y a ella no le importaría que eso fuera asunto suyo.

Dos

Contacto establecido. Bueno, en sentido figurado. El físico vendría después.

Eso esperaba.

Gage se quitó el sombrero y se pasó una mano por el pelo. La maldita cosa daba calor en este salón, pero funcionaba con las mujeres siempre.

—Te fuiste un buen rato, jefe —le dijo Murph, entregándole una pila de tarjetas de presentación.

Gage les echó un vistazo. Era increíble la cantidad de números de teléfono escritos a mano que aparecían en las tarjetas que las mujeres dejaban en el puesto de BeefCake, Inc. Su lista de correos electrónicos iba a alcanzar las seis cifras para el final del fin de semana.

Con suerte, su cuenta bancaria le seguiría poco después.

—Buen trabajo, chicos. Si quieren tomarse un descanso, yo cubro. —Metió las tarjetas en la pecera del puesto, luego agarró una de las sillas plegables y se sentó a horcajadas para descansar un poco. Una vez que esas mujeres terminaran en el puesto de Lara, encontrarían el camino hacia el suyo. Siempre lo hacían y, aunque le había dicho a Lara su número de puesto porque esperaba que ella fuera a buscarlo, también había sido un buen negocio. Y necesitaba todos los negocios que pudiera conseguir.

—¿Quieres algo mientras no estamos? —Tanner se desabrochó el corbatín y lo tiró sobre la mesa—. Esta maldita cosa podría ahorcar a un caballo con este calor.

Gage se abstuvo de hacer el comentario que normalmente seguiría a esa frase. Tanner era el que más propinas ganaba. El tipo tenía más billetes en su tanga que los siguientes tres bailarines con mayores ingresos juntos. Tenía que ver con un caballo, sin duda.

Pero, bueno, le pagaba las cuentas al tipo y le daba a Gage un par de cientos extra al mes. Todo sumaba.

—No, estoy bien.

—¿No quieres un... *cupcake*?

Gage sonrió y negó con la cabeza. Nunca se lo iban a perdonar. Los chicos lo habían visto volverse loco por ella y, bueno, al menos no tenían ni idea de dónde había pasado ella la noche. Quería que siguiera así.

También quería repetir.

Pero cuando vieron su puesto, los comentarios habían comenzado.

—¿Y? ¿Hablaste con la chica de los *cupcakes*? —Bry, su socio, tiró su sombrero de policía sobre la mesa. Hacía meses que ellos dos no se disfrazaban —o, más bien, desvestían—, pero cuando se trataba de atraer clientes en las ferias comerciales, estaban tan expuestos como los demás chicos.

—Sí, hablé con ella.

Bry destapó un refresco. —¿Y?

Y... nada. Había esperado... No sabía qué. Algo. Alguna explicación de por qué se había ido corriendo.

Se encogió de hombros, pero aun así le molestaba. Habría pensado que ganaría puntos por no haberse aprovechado de ella. —Estaba trabajando. No era exactamente el mejor momento para ver qué onda con ella.

—Eso nunca te detuvo antes. —Bry se echó un trago de refresco. En los viejos tiempos, habría estado adulterado con Jack, pero ahora eran hombres de negocios. El Jack solo estaba en el menú después del horario de trabajo.

—Quizá antes no tenía tanto que perder.

Bry escupió el refresco por todo el puesto. —¿Perder? ¿A ella? ¿Qué carajos, amigo? ¿Qué pasó esa noche?

Absolutamente nada, por desgracia. Ni siquiera un beso.

Gage tomó una de las camisetas de los chicos y limpió el desastre. Se habían gastado una fortuna en el material promocional; de ninguna manera iba a dejar que se arruinara. —No a ella. Esto. Nuestro negocio. No tengo tiempo para conquistar a una mujer mientras intento ganar lo suficiente para dejar este lugar atrás.

—¿Sigues con eso? En serio, Gage, quizá deberías reconsiderarlo. Paga las cuentas.

No todas. Las de las cirugías, terapia y medicamentos de su sobrino se cernían sobre él en ese momento con grandes, llamativas y dolorosamente chillonas luces de escenario, los ceros parecían multiplicarse exponencialmente cada vez que pensaba en ellas. Lo cual era muy a menudo.

—Bry, me metí en esto por el dinero. —Al principio, había sido una forma de complementar sus ingresos como contratista cuando la economía se había desplomado hacía más de un año. Bry y él habían ganado bastante dinero como *strippers* en la universidad. Pero luego, con las cirugías que Connor necesitaba y el hecho de que Gage era el jefe de facto del clan Tomlinson, el dinero había adquirido un significado completamente nuevo.

Bry y él habían contratado a más chicos y reservado más presentaciones, él con la idea de que esto era una medida provisional. Un medio para un fin. No era como si le encantara quitarse la ropa para multitudes de mujeres borrachas a su edad; treinta y cuatro no era estar acabado, necesariamente, sobre todo porque se mantenía en forma, pero alrededor de los chicos más jóvenes... Sí, ya no quería bailar. Especialmente después del lío con su última novia, Leslie. Nada mataba una relación más rápido que los celos, aunque ella no había tenido ninguna razón para estar celosa.

Pero eso lo hacía cauteloso. Necesitaba el dinero demasiado como para renunciar a él y si una mujer no podía soportar su trabajo, bueno, entonces no tenía sentido tenerla en su vida. No hasta que tuviera las cosas con Connor bajo control.

Sin embargo, había estado trabajando entre el público esa noche hacía dos semanas, evitando que las mujeres se lanzaran al escenario sobre los bailarines —sucedía más de lo que le gustaba pensar, por lo que generalmente se mantenía alejado de las mujeres en los espectáculos—, cuando vio a Lara. Se acabaron las reglas. No lo entendió, pero tuvo que hablar con ella. Bailar con ella.

Y así lo hizo. Luego una cosa llevó a la otra y...

—¿Conseguiste la información para la inauguración del spa de Gina? —preguntó Bry.

Gage asintió. — Organicé a Tanner y a Carlo. Es solo una presentación de una hora. Dos deberían ser suficientes.

—Una presentación de una hora y quinientos dólares. Me encantan esos shows cortos y sencillos. Nuestro pan de cada día, amigo.

Incluso con el descuento que le estaban dando a Gina, la prima de Bry, los quinientos menos doscientos para los bailarines y otros cien para gastos generales les dejaban a Bry y a él cien a cada uno. No estaba mal por unas cuantas llamadas telefónicas.

Miró todas las tarjetas de presentación en la pecera. Había muchas llamadas telefónicas por hacer ahí. Si solo el veinte por ciento de ellas se concretaban, podría avanzar una buena parte del camino hacia su meta para finales del próximo mes. Y si el evento benéfico para su sobrino salía como esperaba, bueno, todos podrían respirar un poco más tranquilos para la próxima cirugía de Connor.

Bryan rellenó la cesta de llaveros de corbatín con su sitio web estampado en la correa. —¿Vas a decirme alguna vez qué tiene de especial esta tipa para que rompieras nuestra regla de hierro de mantenernos alejados de las clientas?

—No era una clienta.

—¿En serio? ¿Así lo justificaste? —Bry le lanzó un llavero. Le dio justo en el plexo solar. El maldito plástico estaba afilado—. Estaba con el grupo que pagaba. Es lo mismo. No te había visto lanzártele a una tipa así desde la universidad. Era como si te tuviera atrapado con un rayo tractor.

Gage se frotó los abdominales, tratando de no mirar a Bryan. Sí, le había gustado mucho. Todavía le gustaba. Solo su ego herido le había impedido llamarla en las dos semanas desde la noche que pasaron juntos. Bueno, eso y el hecho de que apenas tenía tiempo para ocuparse de todo lo que necesitaba sin añadir las citas a la mezcla.

Pero eso no significaba que no hubiera pensado en ello. Esa noche, ella había estado muy orgullosa de su pastelería con su prima, Cavallo's Cups & Cakes.

Había estado tan adorable cuando confesó haber proporcionado el pastel de pene «de diseño» para la despedida de soltera. Si hubiera podido decidirse a comer un trozo de un pastel de pene, podría haberlo probado, pero había algo absolutamente aborrecible en dar ese primer bocado.

Sin embargo, no le habría importado darle un mordisco a ella. Por eso había bailado con ella.

Pero, demonios, ni siquiera había conseguido un beso. Se había aferrado a algunos escrúpulos y no se había besado con ella en la pista de baile, y luego ella había caído rendida en el ascensor, así que eso había quedado fuera de discusión.

—Yuju, Romeo —Bry le golpeó la mejilla con un avión de papel—. ¿Reviviendo tu noche de esplendor?

Gage ojalá, pero no había sido tan espléndida. Se había quedado duro y con ganas toda la noche mientras ella roncaba a su lado.

Sonrió entonces y no le importó si Bry pensaba que era por un recuerdo particularmente «bueno». Había sido adorable roncando.

—¿Y qué dijo cuando te vio? ¿Se puso toda nerviosa y avergonzada o excitada y ansiosa?

Gage levantó la mirada. —¿Sabes qué? Ninguna de las dos.

—Vaya. Estás perdiendo el toque. En tus tiempos, las hacías mojar las bragas antes de siquiera tocarlas.

Crudo pero cierto. Dios le había dado la cara y el gimnasio le había dado el cuerpo, y había disfrutado de los frutos de ambos. La vida era una fiesta en aquel entonces. Ser *stripper* solo había aumentado la cantidad de mujeres disponibles.

Bry sacó más postales con fotos del cuerpo de los chicos para reponer las pilas en el puesto. Tantas veces sus contratos eran por petición especial; había sido una bonanza de *marketing* repartir mini portafolios de los bailarines. Un par de ellos estaban desarrollando sus propios seguidores, lo que solo podía ayudar al negocio.

—Quizá sea gay. —Bryan movió las cejas.

Gage se atragantó. —No es gay. —Aunque, por lo que sabía, podría serlo.

La idea fue aleccionadora. ¿Era gay? ¿Era por eso que se había ido tan rápido a la mañana siguiente? ¿Para ahorrarles a ambos esa incomodidad?

¿Era por eso que no había reaccionado ante él en su puesto?

Gage tuvo que admitir que, incluso si fuera gay, su falta de reacción le dolía. Sabía cómo se veía; demonios, en su negocio tenía que saberlo. Su apariencia era una mercancía. No podía recordar la última vez que alguien había sido tan indiferente a ella o a su encanto. Y se había esforzado mucho por ser encantador allí atrás, todo vaquero educado y macho alfa. El tipo borracho le había dado la oportunidad perfecta, pero a Lara solo le había interesado intercambiar pullas, no números de teléfono.

—O quizá simplemente tiene estándares.

Gage le arrojó su sombrero a Bryan. —Idiota.

—Señor Idiota para ti. —Bry se puso el sombrero y se inclinó el ala hacia atrás—. Quizá yo tenga más suerte con esto que tú. ¿Qué puesto dijiste que era el suyo?

—Once veinticuatro. Por allá. —Gage señaló la esquina más alejada del lugar. Lejos de donde estaba Lara. De ninguna manera iba a enviar a Bryan tras ella. El tipo conseguía tantas mujeres como Gage y el ego de Gage no estaba para la competencia. No hasta que descubriera por qué ella no se había interesado en él.

—Ajá. Eso es lo que pensé. —Bry se dirigió en la dirección opuesta. Directo a un curso de colisión con la chica de los *cupcakes*.

Mierda.

Y con los chicos fuera, Gage estaba atrapado atendiendo el puesto.

—Jesse, ¿puede cubrirme? Necesito un descanso.

El jugo de toronja que había tomado para el desayuno ya reclamaba atención, pero Lara no había querido hacerle caso hasta hablar con cada una de esas mujeres que habían seguido al vaquero. Debería contratarlo para que la acompañara a cada feria comercial. Valdría la pena el costo.

Sobre todo si se ahorraba unos centavos dejando que compartiera habitación con ella...

—Claro, señorita Cavallo.

Lara hizo una mueca. No había nada como que una adolescente la hiciera sentir como su abuela.

—¿Va a ir a ver al bombón?

Lara contuvo... ¿qué? ¿Un bufido? ¿Vergüenza? ¿Unas ganas enormes y candentes?

Sí, eso último.

—No. La naturaleza me llama.

—Ah.

Qué curioso que la pasante pudiera parlotear sobre bombones, pero bastaba con mencionar una ida al baño para que la chica se pusiera tan roja como, bueno, esas ganas enormes y candentes.

Aun así, empacó dos pastelitos en una caja; después de todo, se los había prometido. Y el puesto 263 estaba cerca del baño...

Ah, ¿a quién engañaba? *Quería* verlo, y los pastelitos eran solo una excusa.

Casi se rio de sí misma. Casi. Al parecer, el sexo salvaje de hacía dos semanas había mermado algunas de sus inhibiciones.

Solo podía imaginarse qué otras se habían liberado esa noche, y *solo* podía imaginarlo porque seguía sin recordar ni una sola cosa después de haber dejado la pista de baile con el señor C.T.D.

Nunca más. Nunca más iba a tomar shots de sambuca. Esa cosa era letal.

Entonces, ¿qué explicaba esta estupidez que estaba demostrando ahora al ir a buscar al tipo bueno? ¿No les había puesto la cruz a los hombres?

Sí, lo había hecho. De verdad. Ya había tenido suficiente de hombres con su exesposo. Aun así, le debía los pastelitos por haberla ayudado...

Cuando terminó en el baño, se tomó una cantidad de tiempo ridícula revisándose la cara en el espejo. El maquillaje se le había derretido con el calor —y se refería al calor del centro de convenciones, no al calor generado por el señor Vaquero Gage— y el cabello se le estaba empezando a encrespar fuera del recogido que usaba normalmente. Por lo general, no le importaba. Su clientela eran novias y sus familias, y si algún novio venía, solo tenía ojos para su prometida. Nadie le prestaba atención a ella.

El señor Vaquero Gage sí lo había hecho. Dios, hasta su nombre era sexi.

Pasó los dedos bajo el grifo e intentó controlar el frizz con una buena cantidad de agua. Lo que hizo que su cabello se viera grasoso.

Suspiró.

Tomó una toalla de papel e intentó absorber el exceso, pero eso solo hizo que se le encrespara de nuevo.

Lara se rindió. Él no estaba *realmente* interesado en ella; había estado interpretando un personaje. Tenía a la mayoría de las mujeres suspirando cada vez que abría la boca con ese acento condenadamente sexi.

Pero aun así, tenía una deuda que pagar, así que tomó la caja de pastelitos del estante junto al espejo y se dirigió a su puesto.

Puesto doscientos catorce, doscientos veintidós, doscientos treinta y seis... Después de eso, no tuvo que seguir buscando los números porque allí, al final, en un puesto cubierto de terciopelo negro con fotos increíblemente sexis de tipos y sus abdominales pegadas en la parte de atrás, bajo el letrero de Beef-Cake, Inc., estaba el señor Vaquero Gage.

Con un harén de mujeres pendientes de cada una de sus palabras.

La única razón por la que no estaban colgadas de él era porque el mostrador las separaba. Tipo listo, de lo contrario probablemente habría una estampida. Era bueno que no hubiera muchos novios presentes porque, con la forma en que las mujeres lo adulaban, podría haber muchos compromisos rotos.

Debería regresar. En serio, él no necesitaba su agradecimiento; la mayoría de esas mujeres eran las que él había atraído a su puesto. Sabía exactamente lo que hacía cuando soltó el número de su puesto.

Se dio la vuelta para irse.

—¡Oye, Pastelito!

Levantó la vista. Gage, el vaquero, la miraba fijamente, haciéndole señas para que se acercara.

Su cara se puso hecha un flan casi tan rápido como su corazón se disparó.

Pero eso no le impidió dirigirse hacia él.

—Abran paso, señoritas. Abran paso —dijo él mientras ella se acercaba a su multitud de admiradoras, que se abrió como el Mar Rojo a su orden.

—Toma. —Le tendió la caja. Estaba totalmente fuera de su alcance con él. Probablemente lo había estado incluso antes de que Jeff arrastrara por el lodo su confianza en sí misma—. Son para ti. Los pastelitos que te prometí. Rocky road y remolino de crema de maní.

Él sonrió, y aunque sus ojos no bajaron, ella supo que en eso estaba pensando.

O tal vez eso era una *ilusión* de su parte.

—Gracias. Y bienvenida a BeefCake, Inc.

Ciertamente lo era. Con un espécimen de primera ahora rodeándole la cintura con un brazo y atrayéndola al interior del puesto.

Lara consideró seriamente la posibilidad de desmayarse. Lo que probablemente significaba que no lo haría, dado que la mayoría de la gente *no* piensa antes de desmayarse —o no lo harían—, pero en ese momento, sus procesos de pensamiento estaban desapareciendo rápidamente mientras los dedos de él hacían cosas revolucionarias en su piel y su aroma —masculino y sexi, con un poco de transpiración que solo le quedaría bien a un tipo bueno— le revolvía las entrañas y le hacía temblar los muslos.

Oh, Dios, ¿quién iba a decir que era posible que te temblaran los muslos?

—¿Y qué te parece? —preguntó con ese acento lento que podía usar a voluntad.

Bueno, si tuviera que pensar, pensaría que era, sin lugar a dudas, el hombre más guapo que la hubiera abrazado jamás. Y que nunca querría dejar sus brazos. Y que definitivamente nunca lo olvidaría a *él* si alguna vez tuviera la suerte de pasar la noche a su lado.

—Eh, impresionante.

Y, vaya, esa sonrisa. Y esos hoyuelos en sus mejillas. El tipo era pura fantasía hecha realidad.

—Lo tomaré como un cumplido.

Y bien que debería.

—Después de todo, a mi ego no le vendría mal una caricia.

Ella se apuntaría para ser la primera en esa lista. Oh, espera. Ego.

—Sobre todo después de que saliste huyendo de mí.

Le tomó unos segundos darles sentido a sus palabras. E incluso entonces, no lo tenían. —¿Eh, qué?

—Pues, sí. O sea, no estoy acostumbrado a que las mujeres se escapen antes de un «buenos días». Etiqueta, ¿sabes?

Uh, no. No sabía. —¿Etiqueta?

Él se inclinó, y la piel de ella se estremeció cuando él le susurró al oído. —¿Sabes?, ¿cuando te llevé a mi habitación después de esa fiesta hace dos semanas?

No. Puede. Ser.

¡Mierda, mierda, mierda!

Jodidamente increíble.

¿El vaquero Gage era el señor Culo Totalmente Desnudo?

Cuatro

Qué interesante que la señorita Lara Cavallo no tuviera una respuesta ingeniosa. Lo que significaba que o la había hecho enojar, no le importaba, o no esperaba que él le reclamara por su grosera falta de etiqueta.

—¿Cuánto por un baile erótico? —preguntó una de las mujeres mientras metía un billete de veinte en la pecera de las tarjetas de presentación.

Lara se puso rígida a su lado.

Gage iba a apostar por la opción de que estaba enojada.

Apretó más su agarre. Ella no iba a ir a ninguna parte hasta que él obtuviera algunas respuestas.

—Te daré el doble de lo que cobres. —Otra mujer metió unos cuantos billetes más en la pecera.

Luego empezaron a aparecer los billetes de un dólar.

Gage tenía que ponerle un alto a eso. La forma más rápida de que lo echaran de la exposición era provocar un disturbio. Los organizadores del evento habían especificado claramente en su contrato que no debía haber solicitación de servicios. *Prohibida la solicitación.* Como si un grupo de bailarines —que no estaban bailando— fueran un montón de gigolós. Apostaría cada número de teléfono en esa pecera a que Lara no había tenido que firmar una exención de responsabilidad por vender sexo por medio de un *cupcake.*

Le echó un vistazo a su camiseta. *Sus cupcakes* definitivamente lo hacían pensar en sexo.

Resopló. Dios, ¿de verdad estaba tan obsesionado consigo mismo que no podía soportar que una mujer lo abandonara? ¿Tenía que demostrarse a sí mismo que podía afectarla?

Aparentemente, sí.

Dejó la caja en el suelo, luego agarró la pecera del puesto con su mano libre y la sujetó entre las rodillas. No iba a soltar a Lara.

Sacó el dinero y se lo devolvió a las depositantes. —Lo siento, damas, pero estamos aquí solo para publicidad. No para entretenimiento. —Y de verdad no necesitaba que le restregaran esto en la cara a Lara la primera vez que estaba con ella; bueno, la primera vez que estaban juntos estando ella *sobria*. Leslie solo había podido aguantar la atención que él recibía por cinco meses.

Una mujer se pasó el billete de veinte por los labios. —Oh, no sé. Solo mirarte ya es bastante entretenido.

Si Lara se ponía más rígida a su lado, pensaría que estaba muerta. Sus enormes y hermosos ojos oscuros tampoco ayudaban con esa impresión.

Afortunadamente, Murph y Tanner aparecieron justo en ese momento, vieron a la multitud y entraron por la parte trasera del puesto.

—Cielos, jefe, te dejamos solo unos minutos y los atraes como el Flautista de Hamelín. —Tanner tomó su corbata de moño y se la ajustó al cuello.

—Chicos, ¿pueden encargarse de esto, por favor? Necesito hablar unas palabras con Lara.

—Claro que sí. Date gusto.

Los calcetines no eran la prenda de ropa que quería quitarse.

Añadió: —¿Lara? —Le tendió su mano libre hacia la abertura en la parte trasera del puesto. De ninguna manera iba a soltarla—. ¿Vamos?

Ella lo miró con los ojos entrecerrados. —¿Vamos a qué?

Ah, las posibilidades que esa pregunta desataba. No pudo evitar sonreír. —Bueno, primero pensé que empezaríamos por hablar de esa noche. Luego, diablos, estoy abierto a lo que quieras.

No dijo nada. Pero sí empezó a caminar hacia la abertura.

Agarró dos de las sillas plegables de la parte de atrás del puesto; tuvo que soltarla para eso, pero afortunadamente ella no huyó.

—Vayamos para allá. —Señaló con la cabeza la esquina trasera de la sala, donde los contenedores de envío estaban acordonados, listos para el desmontaje del evento. Quería privacidad para esta conversación y, dado el sonrojo que le ardía en las mejillas, supuso que ella también la querría.

Le sostuvo la cortina para que pasara y luego colocó las sillas. —Toma asiento.

Se sentó. Pero seguía sin decir nada.

No le estaba dando una buena sensación. —¿Estás bien?

—¿Eh? —Sacudió la cabeza—. No estoy segura.

—¿Te está yendo bien en la exposición? Pensé que despertarías algo de interés en esas mujeres.

—No del tipo que tú estás despertando.

Ah, el ingenio había vuelto. Sonrió. —Sí, bueno, los músculos tienden a ganarle a los *cupcakes* cuando se trata de mujeres.

—Supongo que sí.

Y ahí se fue el ingenio.

Su sonrojo, sin embargo, solo se intensificó. Cielos, era una belleza. Pestañas oscuras enmarcaban unos ojos tan negros que podría perderse en sus profundidades, y sus rizos negros estaban recogidos sobre su cabeza como si acabara de despertar después de una noche de apasionado amor.

Lo que no daría por experimentar eso de primera mano. Ella ya se había ido antes de que él la viera esa mañana. —¿Así que, por qué te fuiste?

Mierda. No había querido soltarlo así, pero, sí, a su ego le molestaba.

Cuando se lamió el labio inferior, a su libido también le empezó a molestar.

—Yo... eh. —Se encogió de hombros—. No estaba segura de cuál era el protocolo. Esa fue la primera vez que he hecho algo así.

No sabía cómo era posible que sus mejillas se pusieran aún más rojas.

—¿Primera vez? ¿De qué? ¿De quedarte inconsciente en la cama de un tipo?

—¿Tienes que hacerlo sonar tan vulgar?

—¿Vulgar? Solo estoy diciendo los hechos. Te desmayaste. En realidad, te desmayaste en el elevador. Hice todo lo que pude para llevarte a la cama.

—¿Y por qué lo hiciste?

—¿Querías que te dejara en el suelo?

—¿Por qué no me llevaste a mi habitación? Eso habría sido lo caballeroso.

—Bonboncito, no tenía pensamientos caballerosos sobre ti en absoluto esa noche. Y tú no querías que los tuviera. No con la forma en que bailabas pegada a mí. Luego prácticamente te lanzaste a mis brazos en cuanto salimos del club. Además, no sabía cuál era tu habitación y no estabas en condiciones de decírmelo.

Lara se mordió el labio inferior y desvió la mirada, parpadeando como si tuviera algo en el ojo.

O estuviera a punto de llorar.

Mierda. —¿Nunca has ligado con un tipo antes, verdad?

Ella negó con la cabeza.

Con razón había salido corriendo y estaba tan incómoda.

—Sabes que no pasó nada entre nosotros, ¿verdad?

—¿De verdad?

La esperanza en su voz y el alivio en sus ojos lo habrían hecho caer de espaldas si no hubiera estado sentado. Dolía, carajo. La mayoría de las mujeres que se le insinuaban se sentirían totalmente decepcionadas si no pasara nada entre ellos.

—Por supuesto que no. Pongo el límite en aprovecharme de víctimas en coma.

Se sonrojó de nuevo. —No estoy acostumbrada a beber tanto.

—Eso supuse. —Se abotonó la camisa, sintiéndose un poco demasiado expuesto a su alrededor. La inocencia y la sensualidad eran una combinación potente, pero dada su falta de, eh, entusiasmo, no quería caer en la tentación. O ser *tentador*, porque no estaba seguro de poder sobrevivir a otro rechazo más del que ya había recibido—. Vas a querer tener cuidado en el futuro. No todo el mundo será tan considerado como yo.

—Gracias por eso.

—Diría que fue un placer, pero, en realidad, no lo fue.

Se sonrojó de nuevo.

Podría acostumbrarse a eso. Especialmente si todo ese delicioso color rosa intenso también se extendía hacia abajo.

Eso no ayudaba con lo de no caer en la tentación...

—¿Así que supongo que saliste corriendo porque estabas avergonzada?

Se metió detrás de la oreja el rizo rebelde que se había escapado de su moño. —Como dije, nunca había hecho eso antes. No estaba segura de cuál era exactamente el protocolo y pensé que irme era la mejor parte de la valentía.

—Cobarde.

—¿Perdón?

—Oh, Bonboncito, «perdón» no es lo que quieres suplicar.

Abrió la boca. —No sé qué me ofende más. Ese estúpido apodo o tu arrogancia.

—Me conformo con cualquiera de las dos porque al menos logré que tuvieras una conversación real conmigo en lugar de esta discusión de señorita modales.

—No estoy segura de querer hablar contigo.

—Oye, estoy más que dispuesto a encontrar mejores usos para nuestras bocas.

Se puso de pie. —¿De verdad crees que eres el regalo de Dios para las mujeres, no?

Le tomó los dedos, entrelazándolos con los suyos. —Ay, vamos. ¿No puedes aguantar una pequeña broma? ¿Un poco de coqueteo?

Intentó retirar los dedos, pero él no iba a dejarla ir.

—¿Eso era? Discúlpame si pensé que estabas audicionando para el Imbécil Más Grande del Año.

—No, Bry ya tiene ese premio asegurado.

—¿Bry? —Tironeó de sus dedos.

Él siguió sin soltarla. —Mi socio. Bryan Lassiter.

—¿Eres gay?

—Qué chistoso, él dijo lo mismo de ti. No, mi socio de negocios. Beef-Cake, Inc., ¿recuerdas?

—Desafortunadamente, probablemente nunca lo olvidaré. —Se dejó caer de nuevo en la silla—. ¿Así que tú eres uno de los *strippers*?

—No. Soy el dueño de la empresa. Yo no bailo.

La mirada que le dio podría haber tenido incredulidad detrás, pero Gage sintió su inspección como si lo hubiera acariciado.

—Ya no, quiero decir.

—¿Así que solías hacer... eso?

—¿Desvestirme? Sí. Te daré un show privado si no me crees. —Era demasiado fácil tomarle el pelo.

Y ahí estaba su sonrojo otra vez. —Así está bien, paso.

—¿Segura? Cualquiera de esas mujeres de allá atrás moriría por cambiar de lugar contigo.

—Entonces, por supuesto, ve a salvar una vida haciendo realidad una de sus fantasías. No dejes que te detenga. —Se levantó de nuevo, tomó la silla y la plegó—. Debería volver a mi puesto. Gracias por ser un caballero esa noche. Siento si te, eh, ocasioné algún inconveniente.

Solo si ella consideraba un inconveniente tener las bolas azules. Él, por su parte, las consideraba una maldita lástima.

Le entregó la silla. —Y gracias por tu ayuda hoy. Conseguí muchos contactos. Espero que a ti también te haya ido bien.

Tomó la silla y la apoyó contra la suya. —Te acompaño de regreso.

—No es necesario...

—¿No que te gustaban las cosas de caballeros? Un caballero acompaña a su dama de vuelta a su lugar.

—Pero no soy tu dama.

El caso era que, por muy mala idea que fuera para su plan de vida, él quería que lo fuera.

Cinco

❧

A Lara le costó todo lo que tenía mantener la compostura mientras él la acompañaba de vuelta al puesto. Claro que su camisa abotonada ayudaba, pero en lo único que podía pensar era en que lo había visto desnudo. Bueno, solo su trasero, pero había sido uno muy bueno.

—¿Y cómo fue que se te ocurrieron los cupcakes?

Ella le echó un vistazo. Su cabello rubio oscuro, algo largo, le rozaba el cuello de la camisa y sus ojos azul aguamarina brillaron al mirarla. Era demasiado guapo para su propio bien o el de cualquiera.

—Siempre me ha gustado hornear. Tomé algunos cursos de cocina y mi prima y yo abrimos Cavallo's Cups & Cakes. —Omitió los Años de Jeff. No era apropiado para la mayoría de las conversaciones, pero especialmente no con un tipo increíblemente sexi que parecía tener algo de interés en ella por alguna razón que solo Dios sabía—. Los cupcakes son la última moda entre la clientela de las pastelerías. Me estoy dando cuenta de que la mayor parte de nuestro negocio se ha convertido en cupcakes. Incluso las novias los eligen en lugar del gran pastel de bodas de varios pisos. Podemos personalizarlos mucho más fácilmente y a un mejor precio que los pasteles tradicionales. Y son divertidos. La gente se está alejando del evento social formal que han sido las bodas en el pasado y está optando por un ambiente más de fiesta. Los cupcakes se prestan para ese ambiente de fiesta. Pero todavía hacemos pasteles. Eso nunca va a desaparecer por completo.

—Como los pasteles de despedida de soltera.

—Viste eso, ¿eh? —Tenía tantas esperanzas de eludir esta conversación sin que se mencionara ese pastel. Había estado avergonzadísima todo el tiempo que lo horneó. Cara se había partido de la risa cuando Lara se esforzó en hacer que el escroto pareciera realista.

—¿Quién fue tu modelo para eso?

—¿No te gustaría saberlo? —«Oh, diablos. ¿Cuál era su problema?». No quería darle pie. Ya era bastante malo que se le hubiera insinuado solo para no cumplir; había un término no muy agradable para las mujeres que hacían eso. No debería estar coqueteando con él. Era mejor dejar esa noche vergonzosa en el olvido.

—Oye, me ofrezco como voluntario si necesitas otro —dijo el Señor Demasiado Sexi con una sonrisa que era la definición de *de infarto*—. Nada que no hayas visto ya.

En realidad, sí lo era. Solo le había visto la parte de atrás. Pero, de nuevo, solo quería dejar toda esa noche atrás. —Creo que ya tenemos ese pastel cubierto, pero gracias por la oferta.

—Cuando quieras, Pastelito.

—Sabes, ese es un término muy sexista.

—A mí me parece uno dulce. Lleno de azúcar y de una delicia que hace agua la boca.

Bueno, cuando lo decía así...

Rayos. Ahora sus rodillas empezaban a flaquear.

Afortunadamente, estaba a solo unos metros de su puesto. —Bueno, gracias por acompañarme. Te deseo todo lo mejor con tu nuevo negocio.

Él la estudió, entrecerrando sus ojos azules mientras se rascaba la abertura de la camisa.

Y, sí, a ella se le fueron los ojos hacia allí, por muy poco aconsejable que fuera. Pero no era su culpa que la empresa del hombre tuviera un nombre tan apropiado.

—Si necesitas algo, ya sabes cómo encontrarme.

—Lo haré.

Claro que no.

Porque, sí, lo necesitaba. También lo deseaba. Pero no se iba a acercar ni de lejos al señor Vaquero Sexi Gage. Debería ser inmune. Jeff, después de todo, había sido encantador y guapísimo, y sabía cómo camelar a una mujer. A *cualquier* mujer. Ese había sido el problema.

Por eso se mantenía alejada de los hombres. Especialmente de los muy sexi y encantadores.

Él se tocó la frente con dos dedos en un rápido saludo, giró sobre el tacón de su bota vaquera y se alejó contoneándose con su estilo de vaquero que hacía rodar las caderas.

Sí. Mantente muy, muy lejos.

—¿Quién es *ese*? —preguntó Jesse, con una falta de aliento en la voz con la que Lara podía identificarse totalmente.

—Es el dueño de BeefCake, Inc.

—Él *es* un «beefcake», caray.

Muy cierto. Lara se obligó a darse la vuelta. Nada bueno podía salir de suspirar por un tipo así. Un tipo al que las mujeres acudían en masa, por el que babeaban, y si escuchar a aquellas mujeres en el puesto servía de indicación, dejaban de lado a los hombres en sus vidas, todo por la esperanza de un revolcón.

Uno que ella se había perdido. —¿Y qué tal el puesto mientras no estaba? ¿Algún interesado?

Jesse le entregó una pila de pedidos. —Aquí tienes algunos clientes potenciales. La de arriba parece muy prometedora. Va a usar una temática de Disney y tu castillo de Cenicienta le vino como anillo al dedo.

—Es el castillo de Neuschwanstein. No puedo promocionarlo así o les deberé mis ganancias.

—Ay, lo siento. A mí me parece el castillo de Cenicienta.

Eso era porque su castillo estaba inspirado en el bávaro del Rey Loco Luis, como Lara ya le había explicado, pero Jesse obviamente lo había olvidado. Lara no podía enojarse por eso; era lo que pasaba al contratar ayuda temporal para las ferias comerciales. Ella y Cara todavía no estaban en la etapa de contratar personal permanente; apenas podían cubrir los gastos generales de su tienda y los pagos del equipo. Pero si seguían recibiendo recomendaciones como esta, tal vez podrían hacerlo en unos pocos meses más.

—¿Cómo estuvieron las degustaciones y las ventas? —Las degustaciones eran para dar a los clientes potenciales una muestra de su trabajo y animarlos a comprar cupcakes en el momento. Contaba con esas ventas para subsidiar su asistencia a la exposición. Les había ido bien en las otras ferias que habían hecho, y con el harén de Gage, debería irles aún mejor en esta.

—Las ventas estuvieron geniales. Esas mujeres deben haber hablado con todo el mundo porque ya casi se te acaban.

Lara soltó un suspiro de alivio. Y de pavor. Odiaba estar en deuda con alguien, pero después de lo que Gage había hecho por ella, se lo debía.

* * *

Gage abrió la lista de contactos Favoritos y presionó Llamar. —Hola, Gina —dijo cuando ella contestó—. Necesito un favor.

—No, Gage, no voy a tener un hijo tuyo.

Él se rio entre dientes. —Demonios, mujer, me destrozas.

—Sí, bueno, alguien tiene que salvar a mi género de tu tipo de sexi.

Adoraba a Gina. Una mujer dura que había vivido demasiado como para aguantar estupideces. No es que él fuera a decirle ninguna. Habían sido amigos desde siempre sin una pizca de nada más; algo bueno, o Bry, su amigo y primo de ella, le habría pateado el trasero. Pero era agradable tener ese tipo de relación con una mujer. Alguien de quien podía obtener la verdad honesta sin tener que preguntarse si había alguna intención oculta.

—En realidad, esperaba que pudieras ayudar a otra de tu bello sexo.

—¿Cómo? ¿Arreglándole una cita con tu ser de ensueño?

Podía oírla golpear sus uñas contra los dientes. Solo lo hacía cuando estaba impaciente o cachonda. Y como no era lo segundo en lo que a él respecta, supuso que era mejor ir al grano. —No. Quiero que le pidas unos cupcakes para tu inauguración el próximo fin de semana.

—Ya tengo el postre cubierto, Gage.

—Lo consideraría un favor personal.

El golpeteo se detuvo. —¿Qué tan buena está?

—¿Eh?

—Me oíste. ¿Qué tan buena está y por qué no se da cuenta de lo bueno que estás tú?

—Gina, tienes una idea equivocada.

—Ajá. Olvidas que te conozco, Gage Tomlinson. Aparte de cuando se trata de tu hermana, la única vez que haces algo bueno por una mujer es cuando quieres meterte en sus pantalones.

Auch. ¿Por qué tenía esa impresión de él? Ciertamente no era verdad. Claro, estaba tan cachondo como cualquier otro, pero trataba a las mujeres de su vida con respeto. Le permitieran o no meterse en sus pantalones. Incluida Lara. —Oye, no soy tan malo.

—No, de hecho, he oído que eres bastante bueno. «Espectacular» fue la palabra que usó, creo.

—¿Ella? —¿Gina había hablado con Lara?

—Oh no, no vas a sacarme nombres. Digamos que algunas de las que has desechado han decidido compartir.

—¿Están comparando notas? —«Mujeres». En serio iba a tener que reexaminar su modus operandi con ellas si su destreza era tema de conversación. Siempre le sorprendía lo mucho que realmente no sabía, y que nunca sabría, sobre el bello sexo.

—Olvidas, Gage, que no tengo nada *que* comparar.

De cualquier otra mujer pensaría que eso era una queja. Pero no de Gina. Ella prefería a sus hombres calvos y sin pelotas para poder llevar las riendas.

—Pero, oye, gracias por mantenerla satisfecha. Solo desearía que tus mujeres no sintieran la necesidad de compartir.

Sí, él también, después de esta incómoda llamada. —Mira, Gina, Lara acaba de abrir su propia pastelería y de verdad le vendría bien el negocio. Me ayudó con recomendaciones en esta exposición y me gustaría devolverle el favor.

—Ya pedí la comida, Gage. Y aunque me estás dando un gran descuento en el entretenimiento, esta inauguración está por encima del presupuesto. No queda nada para ayudarte a jugar al Príncipe Azul.

—Caray, mujer, qué lengua más afilada tienes. *Yo* pago los cupcakes; solo quiero que tú los pidas. Todo lo que tienes que hacer es asegurarte de que Lara reciba el pedido y los prepare en el lugar. Ah, y no me menciones.

—Pues, obvio. Si estás recurriendo a todo esto para conseguirlo, es evidente que no quieres que la mujer sepa que está en deuda contigo. ¿Vas a decirle el precio cuando se entere? Porque sabes que lo hará; siempre lo hacemos.

Eso venía de la propia experiencia personal de Gina. Él y Bry habían tenido que hacer un gran control de daños la única vez que ella había dejado que su corazón se involucrara.

El tipo definitivamente se había arrepentido de habérselo roto. Especialmente cuando ellos le rompieron la nariz.

—No hay ningún precio, ¿de acuerdo? Solo estoy ayudando a alguien que me ayudó. ¿Lo harás?

—Por supuesto que lo haré. Pero me la vas a deber.

—Lo que sea, Geen.

—Ah, Gage, no me tientes. Está eso de la comparación, ya sabes.

Adoraba a Gina y su sarcasmo. Siempre podía contar con ella para mantener las cosas claras. —No hay problema, cariño. De todos modos, no es como si pudiera tentarte.

* * *

Gina colgó el teléfono y suspiró. Fuerte, sonoro y completamente derrotada.

Gage realmente no tenía ni idea. Ella había estado tentada durante años. Pero no era el tipo de Barbie de plástico que a él le gustaban. Y como él no sentía nada por ella como lo que ella sentía por él, era mejor ser su amiga que una ex-amante con el corazón roto suspirando por él el resto de su vida.

Pero, sí, quería echarle un vistazo a esa chica pastelera.

Seis

Lara no vio a Gage el resto de la exposición. Sin embargo, sí que oyó hablar de él de cada mujer que se detuvo en su puesto. Parecía que BeefCake, Inc. era la sensación del evento. No podía culpar a las mujeres; si no tuviera que estar en el puesto, ella también se estaría deleitando la vista con los chicos.

Genial, había quedado reducida a devorar hombres con la mirada.

¿Cuándo se le había ido la vida al caño? ¿Cuándo un portento de músculos se había convertido en su única oportunidad de conseguir algo que se pareciera ni remotamente al romance y al sexo?

Y hasta eso lo había arruinado.

Dios, se le había desmayado. En el ascensor. Ni siquiera había sido capaz de llegar a su cama.

A Jeff le daría un infarto si alguna vez se enteraba de ese pequeño incidente. Su ex a punto de liarse con un stripper. ¿O preferiría el término *bailarín exótico*? De cualquier forma, lo horrorizaría. La había llamado Vainilla. Dijo que no tenía espíritu aventurero en la cama. ¡Vaya sorpresa se llevaría!

A Lara eso le provocó una risita. Si no fuera tan terriblemente vergonzoso, ella misma podría encargarse de correr la voz.

Pero, gracias a Dios, ninguna de las chicas de la fiesta se había dado cuenta. No solo no quería que Jeff se enterara, tampoco le agradaba la idea de que nadie más compartiera su vergüenza. Ya era bastante malo que Gage lo supiera.

Y, oh, Dios, a quién se lo habría contado. Los chicos hacían eso, ¿no? ¿Hablar de sus conquistas?

¿Acaso alguien seguía usando ese término?

Lara desarmó rápidamente la última caja de cartón y reacomodó la última docena y media de cupcakes en una bandeja desechable sobre el mostrador del puesto. *Piensa en los cupcakes. Piensa en la exposición.* No *en lo que Gage estaba vendiendo ni en el espectáculo que había montado.*

Su celular sonó, salvándola de otra ronda de tortura autoinfligida.

—Hola, Cara, ¿qué onda?

—Solo quería que supieras que la señora Applebaum nos dio una propina del quince por ciento.

—¡Oye, genial! —Se sabía que la señora Applebaum era tacaña con las propinas, así que el quince por ciento estándar de ella era como el veinticinco de cualquier otra persona.

—No, no es genial. La mujer *debería* darnos esa cantidad de propina. Digo que le subamos el precio para el próximo evento.

—No podemos hacer eso; nunca más volverá.

—Oh, sí que volverá. Tiene la fiesta de graduación de Su-Hijo-El-Doctor próximamente y quiere —agárrate— una recreación de su universidad. Podemos cobrarle un ojo de la cara por eso y lo pagará con gusto.

—No sé, Car, es que me parece...

—¿Quieres esa segunda batidora industrial con todos los accesorios o no?

Ahí Cara la había atrapado. Esa pieza de equipo les haría la vida más fácil a todas.

—Está bien, pero solo podemos subirle el precio un cinco por ciento.

—Quince.

—Es demasiado.

—Y por eso necesitas dejarme los precios a mí. Ya le di la cotización y aceptó.

—¿Hablas en serio?

—No bromeo con los negocios, Lara. Por eso tú te encargas de la parte creativa y yo de la administrativa. Quiero que esos préstamos se paguen en la mitad del plazo. Pensé que tú también.

Y así era. Porque entonces podría dejar de aceptar la pensión de Jeff.

Esa era otra área en la que ella y Cara no estaban de acuerdo, pero no era asunto de Cara. Tampoco era asunto de Cavallo's Cups & Cakes. Jeff la había llamado un peso muerto cuando firmaron los papeles del divorcio, un mantra que repetía con cada estúpida nota adhesiva que pegaba a cada cheque de la pensión.

A ella no le importaba que la ley dijera que tenía derecho a ese dinero. O, en realidad, que sí lo tuviera. Quería terminar con Jeff incluso más de lo que él quería terminar con ella. Un ejemplo: se había quitado su apellido el día que él se mudó. Y ahora, bajo su propio nombre, iba a demostrarle —y a demostrarse a sí misma— que no era un peso muerto. Que no solo podía cuidarse sola, sino también prosperar haciéndolo.

El divorcio le había hecho trizas la autoestima. Había renunciado a su trabajo como crítica de restaurantes para el periódico local tan voluntariamente después de su boda, cuando él había querido que ella estuviera en casa, atendiéndolo a él y al hogar. «No se ve bien que la esposa de un abogado tenga un puesto tan insignificante», había dicho él.

¿Insignificante? Le encantaba su trabajo. Había marcado la diferencia. Varios restaurantes habían despegado después de sus críticas.

Pero en el Gran Plan de Jeff para su futuro, ella debía ser la anfitriona perfecta que se quedaba en casa criando a los niños porque la carrera de él sería la que los acomodaría para toda la vida.

Y como ella *sí* había querido estar en casa con esos futuros hijos, y él tenía razón sobre las discrepancias en sus ingresos, había renunciado a su trabajo, se unió al grupo del club de campo, estudió arreglos florales y aprendió a organizar las mejores fiestas de cóctel para darle la imagen que él quería.

Y luego, el desgraciado la había dejado en el momento en que lo hicieron socio.

Así que, sí, tomaría su dinero, pero solo hasta que el negocio le pagara un buen sueldo. Y si lograba convertir a la mitad de los clientes que se habían apuntado a su lista de correo electrónico hoy, estaría en camino.

—¿Lar? ¿Estás ahí?

—Sí.

—Entonces, ¿estás de acuerdo con este proyecto?

Lara apiló las bandejas de exhibición y las metió en la caja de almacenamiento debajo del mostrador. —Por supuesto. Investigaré esta noche cuando regrese. Fotos y todo eso de la escuela.

—Bien. Le enviaré el contrato. Hay que aprovechar mientras el horno está caliente.

—Mala analogía, Car.

—Como dije, tú eres la creativa. Y bien, ¿cómo fue la exposición?

Mientras desarmaba el puesto, empacando sus materiales de decoración, los manteles y la señalización, le contó a Cara sobre la avalancha de gente en el puesto, pero se olvidó de mencionar a Gage. No había necesidad de sacar a relucir un tema delicado sobre el cual Cara no necesitaba saber.

—Genial —dijo Cara—. Empezaré con las llamadas tan pronto como regreses. Vas a tener que empezar a reponer nuestro inventario. No lo olvides, somos uno de los patrocinadores para el evento benéfico de este fin de semana.

Así era Cara, puro negocio. Lara nunca pensaba en sus pasteles como un producto. Cada uno era una experiencia personal y personalizada para el comprador, y Lara siempre era muy consciente de eso. El orgullo en su trabajo era su lema; era lo que hacía que sus pasteles se destacaran y lo que hacía que los clientes regresaran. Como la señora Applebaum o la gente que había probado su trabajo hoy.

¿También traerían de vuelta a Gage?

Oh, Dios. No necesitaba pensar en eso. No lo quería de vuelta.

Mentirosa.

No, no estaba mintiendo. Claro, la atención que él le había prestado había sido agradable, pero no era real, y de todos modos, estaba completamente abrumada por la mortificación de cómo se habían conocido. Aunque el sexo salvaje y apasionado con él pudiera sonar bien, ella simplemente no era esa clase de persona. No era exactamente una vainilla, pero definitivamente no era material para un tipo stripper de chocolate caliente derretido. Quizás algo intermedio, como un rubor de pastel de terciopelo rojo.

—Parece que fue una exposición exitosa. Y vender todos los cupcakes nos da una ganancia del veintitrés por ciento, lo que es un doce por ciento más que nuestro promedio. —Cara tecleaba números en la calculadora tan rápido como hablaba—. ¿Qué crees que marcó la diferencia esta vez?

Gage. Pero no había forma de que pudieran permitírselo, ni profesionalmente y definitivamente tampoco personalmente.

—Creo que fue la concurrencia, Car. Hubo mucho revuelo sobre esta exposición y los números estaban ahí. ¿No dices siempre que esto es un juego de números?

—Sí. Si consigues suficientes oportunidades, alcanzarás un cierto porcentaje. Lástima que no podamos precisarlo más. Odio tener que depender de los esfuerzos del lugar. Necesitamos hacer una lluvia de ideas sobre cómo interesar a más gente en nuestro negocio.

—De acuerdo, Car, pero tengo que irme. Es hora de desmontar. —Lara sabía lo que había marcado la diferencia, pero no lo iba a compartir. No había necesidad de añadir «bailarín exótico» a las partidas de gastos de Cara.

Siete

Gage abrió la puerta mosquitera del departamento de su hermana. —Hola, hermana, ¿cómo sigue?

Missy le dedicó su típica sonrisa mustia. —Igual.

Lo que significaba que Connor se moría de ganas por levantarse y corretear, pero los yesos y la parálisis se lo impedían.

Dios, cómo le dolía por el niño. Con gusto cargaría con eso para que su sobrino no tuviera que hacerlo. Para que su hermana no tuviera que hacerlo. Bastante malo era que a Connor lo hubiera atropellado un conductor que se dio a la fuga y que el seguro médico miserable de Missy alcanzara hasta cierto punto. Las facturas estaban llegando mucho más rápido y más abultadas de lo que habían esperado, y parecía que Connor iba a necesitar cuidados continuos. La carga era abrumadora, y tampoco verían ni un centavo de su ex cabrón. El tipo se había largado antes de que Connor naciera.

—Tú querías un hijo, no yo—, había sido la respuesta despiadada a su súplica de ayuda después del accidente.

Si el imbécil no estuviera perpetuamente desempleado y juntándose con una versión pirata de los Hell's Angels, Gage lo habría rastreado y le habría cobrado el pago en términos físicamente aceptables.

Pero Missy y Connor no necesitaban más drama en sus vidas. Su rutina diaria ya era más que suficiente para cualquiera. Beefcake, Inc. era la mejor apuesta para sacarlos a todos de este lío.

—Les va a alegrar saber que conseguimos un montón de recomendaciones el fin de semana. Ya agendé dos presentaciones para el próximo fin de semana además del evento benéfico.

Missy volvió a sonreír, pero igual de tenue. —Te estoy tan agradecida, Gage...

—Missy, basta—. No quería su gratitud. Connor era como su propio hijo, un hecho que le habían metido a la fuerza cuando estuvo al lado de su cama en el hospital rogándole a Dios que no se muriera. —Te dije que era para quitarte preocupaciones, no para darte más penas. Disfrutemos el día, ¿sí?

Esta vez su sonrisa se ensanchó un poco más. —Ha estado preguntando por ti.

—¿Cuándo no?

—Ay, Dios. Tiene tu ego.

—No tiene nada de malo.

Ella le dio un manotazo en el brazo cuando él se encaminó al cuarto de Connor, y Gage casi se desplomó de alivio. Desde el accidente, hacía tres meses, Missy no había sido ella misma. Bueno, su yo de antes. Y con todo lo que habían pasado, no podía culparla, pero ¿soltarle un golpe? Eso sí era señal de la hermanita que tanto lo había irritado cuando él era adolescente.

Lo que no daría por recuperar aquellos días despreocupados.

Pero las cosas eran como eran; él agradecía tener opciones. Que Missy y Connor tuvieran opciones.

Se metió en el cuartito de Connor, atestado de juguetes, pasando de largo la silla de ruedas que los tres odiaban. —Qué onda, campeón, sigo viendo que estás echado a la bartola.

—Hola, tío Gage —dijo el niño de seis años—. Ya conoces a mamá. Con que me mueva tantito a la orilla de la cama y se me viene encima como mosca a la miel.

—¿Como mosca a la miel? ¿Dónde oíste eso?— El niño estaba creciendo demasiado rápido. Parecía que fue ayer cuando Missy lo había traído del hospital, sola, asustada, sin un centavo ni un diploma. Desde entonces había sacado su GED y había empezado clases nocturnas para ser asistente legal, pero ahora la atención médica de Connor ponía eso en pausa.

—Nicky Pollecco me lo dijo. Su papá lo dice todo el tiempo.

El papá de Nicky decía muchas cosas todo el tiempo, la mayoría de las cuales lo metían en peleas de bar.

Gage apretó los dientes. Ya estuvo; iba a plantarse. Missy se iba a salir de este departamento y se iba a la casa de la familia Tomlinson con él. No había querido quitarle eso, una especie de control sobre su vida, pero le diría que era por el dinero, que podían usar su renta para pagar las cuentas médicas de Connor más rápido y que ella volviera a la escuela. No era mentira, y a veces uno tenía que hacer lo que tenía que hacer.

—Entonces, ¿a qué jugamos hoy?

Connor miró a Missy, que estaba plantada en el marco de la puerta. —Estamos bien, má.

Y otra vez Gage sintió el golpe directo al corazón. Su sobrino tranquilizando a su mamá. El niño debería estar afuera trepando árboles y andando en bici y dándole una paliza a Nicky Pollecco, no consolando a su madre fingiendo que todo estaba bien.

Empezó a contar los honorarios que ganaría con las presentaciones del fin de semana además del evento benéfico que Gina había organizado. Eso sería algo único y no podía predecir qué saldría de allí. No, necesitaba que el dinero no dejara de entrar, y para eso, iba a necesitar al menos otras tres presentaciones por fin de semana. Dos por noche. Sería genial tener un lugar fijo para una Noche de Chicas en algunos clubes cercanos, pero hasta ahora, los clubes locales no estaban interesados. Un show ocasional generaba interés, decían, pero tener un show semanal podía diluir el atractivo. Sin mencionar que la Cámara de Comercio local les estaba poniendo mucha resistencia a él y a cualquier lugar que tuviera aunque fuera una pizca de interés por cuestiones de moral y decencia. Era suficiente para volverlo loco.

—Quiero jugar COD —dijo Connor cuando Missy cerró la puerta.

—¿Call of Duty? No lo creo, campeón. Estás un poquito chico para eso.

—Pero Nicky lo juega.

Vaya aval. —No me importa. Nicky no es mi sobrino; tú sí. No necesitas crecer tan rápido.

—¿Y si no me da tiempo?— Movió su brazo paralizado con el bueno, una visión que nunca dejaba de poner a Gage al borde de las lágrimas. Lágrimas que se tragó. —Quiero jugar COD antes de que pase otra cosa.

Mierda.

Mierda. Mierda.

A Gage se le cerró la garganta. Connor había estado obsesionado con el hecho de que podría haber muerto. Gage y Missy también, pero parecía que eso ahora definía a Connor. ¿Y si no hubiera sobrevivido? ¿Y si algo así volvía a pasar, solo que peor? ¿Y si no salía de todas las cirugías que necesitaba para reparar el daño?

Gage se aclaró la garganta. La psicóloga con la que habían estado yendo les había dicho que trataran a Connor lo más normal posible, así que, aunque su primer instinto era darle al chico lo que quería, no sería lo mejor para él. Además, Connor de verdad no necesitaba ver la porquería de ese videojuego.

—Hey, Con, no puedes pensar así. Te harán el resto de las operaciones y vas a estar bien. No necesitas esas imágenes de COD en la cabeza mientras te recuperas.

Connor suspiró. —Vas a ser un verdadero fastidio como padre algún día, tío Gage.

Vaya, los tiros al corazón no paraban. Un padre. Ni siquiera podía pensar en que eso pasara pronto. Connor iba primero; luego ya se preocuparía por sentar cabeza con alguien y formar una familia.

El rostro de Lara apareció en su mente, centelleante. Todo rosa intenso de vergüenza.

Le gustaba la idea de que ella no se acostara con cualquiera. Totalmente hipócrita, lo sabía, pero sí, le gustaba. Se preguntó si quería tener hijos.

Alto. Se estaba adelantando demasiado. Y con ella también. Apenas podía mirarlo, sin contar que prácticamente había salido corriendo de él en la expo. Pasó por ahí después de que desmontaron el puesto de BeefCake, Inc., pero ella ya se había ido.

No podía haber dejado más claro que no quería verlo. Por eso había rechazado la oferta del cupcake cuando ella la sugirió; quería una excusa para verla de nuevo, pero ella lo había anulado al venir a él primero.

—Tienes una sonrisa rara en la cara, tío G. ¿Qué pasa?

El chico era demasiado perceptivo para su propio bien.

—Solo pensaba adónde voy a llevarte cuando termines con todas tus cirugías.

—¿Adónde?—Connor se incorporó con un brillo en los ojos.

A Gage se le derritió el corazón. Dios, adoraba a este niño. —Bueno, pensé que empezaríamos con un juego de béisbol. Hot dogs, helado, pastel de embudo, el paquete completo. Luego podemos ir también al estadio de fútbol americano. Luego, no sé, ¿quieres hacer kayak? ¿Ráfting en aguas bravas? ¿Escalar montañas?

—¿Podemos volver al parque de diversiones? Quiero subirme a una montaña rusa.

A Gage se le hizo un nudo en la garganta otra vez. El accidente de Connor había sucedido justo cuando salían para el parque a hacer precisamente eso. A Connor le encantaban las montañas rusas. —Por supuesto. Podemos subirnos a la montaña rusa una y otra y otra vez. Todo lo que quieras.

—Genial.—Connor se recostó y jugueteó con el borde de la sábana.—¿Y montar a caballo? ¿Podemos hacer eso?

—Sí, claro, si quieres.—Gage nunca se había subido a un caballo, pero, qué demonios. Aprendería con Connor. Y quizá podría incorporar algo de eso a su personaje de vaquero.

A Lara le había gustado el sombrero. Le había gustado el paquete completo; la había visto mirándolo mientras él se acercaba a su mesa.

Gracias a Dios por su aspecto. Siempre lo había dado por sentado. Claro, servía para atraer mujeres, pero siempre había dejado que las cosas fluyeran. Pero cuando quiso atraer el interés de ella, se alegró mucho de mantenerse en forma.

—¿Entonces ahora en qué piensas?—Connor se dio toquecitos en el mentón con el brazo bueno.—¿Qué más vamos a hacer?

Gage sabía lo que él quería hacer... —Lo que tú quieras, Con. Superemos las cirugías y haré lo que tú quieras.

—¿Hasta jugar COD?

—¿Sabes qué? Te haces las cirugías, trabajas muy duro en tu terapia y hablaré con tu mamá al respecto.—Y lo haría. Enfrentar la muerte de verdad era muchísimo más aterrador y traumático que hacerlo en un videojuego. Lo que fuera necesario para ayudar al chico a pasar por esto.

—Está bien, entonces supongo que puedo esperar. ¿Jugamos ajedrez?

—¿Desde cuándo juegas ajedrez?

—Desde que me diste el iPod touch. Aprendí muchos juegos anticuados.

Gage soltó una risa. Anticuados. El ajedrez existía desde siempre. Era el juego de reyes. Solo a un niño se le ocurría reducirlo a anticuado.

Hay que amar la perspectiva fresca. Gage estaba tan acostumbrado a lidiar con el estrés y la angustia de la condición de Connor que a veces se olvidaba de respirar. De apreciar lo que tenía y vivir el momento.

Eso era lo que había estado intentando hacer con Lara. Este último fin de semana y después de esa despedida de soltera. Claro, había empezado como un ligue, pero cuando ella se le desmayó, cambió. Sintió algo por ella. Compasión, no irritación. Y luego le quitó ese vestido, y sí, eso lo puso *very* interesado. Pero cuando le puso su camiseta, algo se acomodó a su alrededor. Algo reconfortante. Un momento compartido solo para los dos, distinto a cualquier cosa que hubiera compartido con otra mujer antes.

Lástima que ella estaba fuera de combate. Pero la observó dormir. Los pequeños temblores que hacía su boca, la manera en que metía las manos entrelazadas bajo la mejilla, los suaves ronquiditos...

Nunca había visto dormir a una mujer. No había estudiado la curva de la mejilla de nadie ni el suave subir y bajar de sus hombros. Cómo su pierna se había recogido hacia el pecho. Qué dulcemente sexy era su muslo desnudo...

—¿Tío Gage? ¿Estás bien?

—Sí. Claro. ¿Por qué?

—Porque otra vez tenías una expresión rara, diferente.

Lujuria, niño.

No. Algo un poco más que lujuria. Había sentido lujuria antes. Pero nunca había sentido algo más junto con ella.

—Está bien, Con, ¿dónde está el tablero de ajedrez? Te voy a demostrar lo bien que estoy y, de paso, te voy a patear el trasero.

—No lo harás. Ahora soy muy bueno en estrategia.

Dado que Gage vería a Lara otra vez este fin de semana—había visto la lista de patrocinadores del evento benéfico—, tampoco le estaba yendo nada mal en el frente estratégico.

Ocho

Gage subió el resto de los listones de dos por cuatro a la parte trasera de su camioneta el lunes por la mañana y luego los amarró para el viaje hasta el gazebo junto al hoyo quince. Una de las cosas de trabajar en un campo de golf era que tenía que acarrear cada pieza de material desde los cobertizos de almacenamiento hasta el sitio en lugar de que se lo entregaran directamente allí. Los dueños querían que el gazebo se levantara lo más rápido posible sin que sus socios se dieran cuenta de lo que estaba pasando. En consecuencia, tenía que llegar muy temprano y marcharse antes de las once de la mañana, cuando llegaba la gente de la tarde. Lo que normalmente habría sido un proyecto de una semana como mucho, ya estaba bien entrada su segunda semana y probablemente necesitaría una tercera.

Normalmente no se quejaría porque el horario interrumpido aumentaba su tarifa por hora, pero no había podido terminar ningún otro proyecto porque para cuando llegaba a la remodelación de la cocina de los Whitman o a la conversión del sótano de los Torrington, solo podía dedicarle unas pocas horas. Por suerte, a los clientes les parecía bien el horario, pero su facturación dependía de que completara los trabajos. Si no fuera por BeefCake, Inc., no le entraría dinero para pagar las cuentas. Varias de las cuales estaban por vencer, incluyendo parte del saldo de la fisioterapia de Connor.

Sí, tenía que tener esa conversación con Missy cuanto antes.

Manejó por el camino de acceso hasta el hoyo dieciocho y descargó los materiales en el gazebo. Le quedaba terminar las vigas, luego el contrachapado, el tapajuntas y el tejado antes de poder hacer los acabados finales y el trabajo del sendero. Cinco días como máximo, pero con la fiesta de Gina el viernes, calculaba que no podría terminar hasta la semana siguiente.

Montó sus caballetes y midió las siguientes cuatro vigas. Conectó la sierra de inglete al generador y estaba a punto de ponerse los audífonos de su iPod cuando un golfista madrugador se acercó en su carrito.

Gage contuvo su desprecio. Los carritos de golf eran para los abuelos que tenían problemas para caminar los dieciocho hoyos, pero ¿tipos de treinta y tantos como este? No le vendría mal perder la panza que se le estaba formando.

—¿Usted es el responsable de esto? —preguntó el golfista, señalando el gazebo con una mano enguantada.

—Técnicamente, la administración lo es, pero sí, me contrataron para construirlo.

—Hace un buen trabajo.

Vaya, eso fue una sorpresa. Este tipo tenía la palabra *imbécil* escrita por todas partes, desde el chaleco de rombos amarillos y blancos, los pantalones caqui, los zapatos blancos e incluso un guante, hasta el anillo en el meñique y la funda de palos de diseño que el caddie llevaba mientras *él* caminaba por el campo detrás del carrito.

Que Dios lo salvara de los imbéciles pomposos y arrogantes.

—Estaba pensando en mandar a construir uno junto a mi piscina. ¿Le interesaría darme un presupuesto?

Que Dios lo salvara de los imbéciles pomposos y arrogantes que *no* querían contratarlo.

Gage sacó una tarjeta de presentación de su bolsillo trasero. —¿Sí, claro. Puedo hacerlo. ¿Para cuándo lo quiere terminado?

El tipo sacó una tabaquera de oro del bolsillo interior de su chaleco —por supuesto que sí— y le entregó su tarjeta a Gage. —Daré una fiesta el mes que viene. Me gustaría que estuviera terminado para entonces. El nueve, para ser precisos. Los invitados llegarán sobre las cuatro.

Gage comprobó la dirección. J.C. McCullough en Fox Run Hills. Lujoso. Lo que significaba billete. Como si no lo hubiera adivinado solo por el aire del tipo. —Creo que es factible. ¿Estará en casa más tarde para que pueda ver el lugar y prepararle un presupuesto?

—Hoy no puedo, pero mañana sí. Después de las seis.

Gage repasó su agenda. —Que sean las siete y allí lo veré.

—Excelente. —El tipo asintió y luego se dirigió hacia el hoyo, extendiendo una mano al caddie para que le diera su palo.

Gage no pudo evitar reírse mientras se ponía los audífonos. Los tipos como J.C. siempre le hacían reír. Subían tan alto en la escalera corporativa con asistentes y caddies y criadas y choferes que se preguntó si también tendrían a alguien que les pasara el papel higiénico.

Ah, bueno, ¿quién era él para criticar? El dinero de ese hombre era tan bueno como el de cualquier otro y los de su tipo solían querer la mejor calidad. Para poder presumir y todo eso, lo que a Gage le parecía bien. Con los descuentos que podía conseguir en materiales de primera calidad, prefería trabajar en un proyecto de alta gama cualquier día porque las ganancias eran mayores.

Un proyecto más para llenar sus propias arcas para la cirugía de Connor. Todo era por Connor.

* * *

—Oye, tenemos otro pedido. —Cara colgó el teléfono, bailando como si fuera la mañana de Navidad. Cada pedido era un regalo—. El próximo viernes. La clienta quiere un pastel con tema de malecón con una noria llena de cupcakes. Nuestra estructura todavía gira, ¿verdad?

Lara levantó la tapa del recipiente de fondant. —Sí, gira. ¿Cuánta gente espera?

—Unas cien personas. Va a hacer una gran inauguración para su *spa* de día. Una fiesta en la playa, van a traer arena y todo eso. Dice que le gustaría que te quedaras en el lugar hasta que se haya servido el pastel porque no quiere pagar el depósito por la máquina.

Esa noria había sido un gasto enorme, pero iba a ser el primer equipo que se pagaría solo. A la gente, por alguna razón, le encantaban los cupcakes giratorios. —Pero mi tiempo vale algo, Cara.

—Lo sé. Por eso le cobré el setenta y cinco por ciento del depósito del equipo. Más barato para ella y una oportunidad para que les vendas nuestros servicios a sus invitados mientras ganas dinero haciéndolo.

Lara se puso un par de guantes de látex para no mancharse los dedos al añadir el colorante alimentario al fondant. —No puedo buscar clientes mientras estoy trabajando en su evento.

—Claro que puedes. Y no es realmente buscar clientes. Solo estarás allí para responder preguntas sobre nuestros servicios si alguien pregunta. Es lo mismo que dejar folletos por ahí, pero más interactivo. Todo lo que tienes que hacer es ser tú misma y te garantizo que conseguiremos algunas recomendaciones.

Lara negó con la cabeza. Lo único que siempre había querido era hornear y crear. Hacer sonreír a la gente. Por eso se había metido en esto con Cara, que no distinguía el fondant de la crema de mantequilla, pero que sabía cómo buscarse la vida y asegurarse de que las cuentas estuvieran pagadas.

Añadió el colorante alimentario al fondant blanco. El pastel de inauguración de la casa de la Sra. Keswick tenía que hacer juego con las contraventanas de su nueva casa. Tanto que la Sra. Keswick había hecho que el constructor le enviara una. Lara iba a hacer todo lo posible por igualarla. —¿A qué hora el próximo viernes? Tengo la fiesta de cumpleaños de Marcella Sloan a última hora de la tarde.

—Yo lo hago. Es solo una entrega.

—No exactamente, Cara. Se necesita algo de montaje en el lugar.

—Pues enséñame. Si puedo hacer malabares con los números, seguro que puedo hacer malabares con las decoraciones adicionales.

—Ven aquí entonces y te daré una clase sobre cómo trabajar con fondant porque vas a tener que usarlo para cubrir la base de los girasoles. —Marcella, de seis años, iba a celebrar una fiesta de té en el jardín y su madre quería que el pastel *fuera* un jardín. Uno de tamaño real, con vincas y margaritas y rosas, todas cosas que Lara podía colocar antes de la entrega, pero los girasoles eran otra historia. Había preparado los soportes de PVC en la base para los «tallos» de bambú, pero Cara iba a tener que cubrirlos con «hierba» de fondant en el lugar.

—Dame diez minutos —dijo su prima, sacando un lápiz de detrás de la oreja—. Tengo que darle una lista de ingredientes a la mujer del evento benéfico para que la publique y la gente esté atenta a las alergias, y he llamado a media docena de esas tarjetas de presentación que trajiste de la expo y quiero contactar con ellos.

Lara no necesitaba más recordatorios sobre la expo porque no había podido sacarse a Gage de la cabeza. Incluso había llegado a revisar su página web, www.BeefCakeIncorporated.wordpress.com, durante el fin de semana. Sí, no estaba orgullosa de sí misma, pero ojos que no ven, corazón que no siente.

Y de todos modos no había muchas fotos de Gage. La mayoría de los videos e imágenes eran de los chicos. La página «Sobre nosotros» tenía una foto de él y su socio, pero iban con trajes de negocios, con un aspecto muy corporativo y profesional. Una imagen muy diferente a la del Sr. C.D.A.

Lara se secó la frente con el antebrazo. Debería subir el aire acondicionado. Era una batalla constante con Cara para mantener los costos bajos mientras intentaba evitar que los pasteles y los glaseados se derritieran.

Y ahora ella. Necesitaba mantener los pensamientos sobre Gage fuera del taller.

—Así que, ¿viste a los *strippers* mientras estuviste allí el sábado? —Cara grapó un montón de papeles y los ensartó en su pincho de facturas—. He oído que fueron la sensación de la expo.

—Nadie se desnudó. —Bueno, el sábado...

Cara le sonrió. —¿Así que prestaste atención? Por casualidad, no conseguiste el número de ninguno, ¿verdad?

Había conseguido *su* número, desde luego... —¿Para qué? ¿Para mantenernos entretenidas mientras trabajamos?

Cara sonrió y movió las cejas. —Oye, no lo critiques hasta que lo hayas probado.

Lo *había* probado... y se había quedado dormida haciéndolo.

Dios, si Cara se enterara, nunca se lo perdonaría.

—He oído que era el mismo grupo que estuvo en el club para la despedida de soltera de Jenny.

—Eso no es sorprendente. Dudo que esta ciudad pueda mantener muchos espectáculos de *strippers* masculinos, así que no es de extrañar que sean los mismos.

—Mmm. —Cara se tocó el labio.

—¿Qué?

—Esas fueron muchas palabras para referirte a unos tíos buenos. No habrás estado pasando el rato en su puesto, ¿verdad?

Lara se secó la frente con el antebrazo de nuevo, pero esta vez no era para quitarse nada de los ojos. Esta vez se trataba de no mirar a Cara. Prácticamente habían crecido juntas; Cara podía leerla como un libro abierto, y el sonrojo en sus mejillas era seguramente una prueba irrefutable.

—¿Ves ese montón de tarjetas de presentación? —preguntó, esperando darle la vuelta a la tortilla a su prima—. ¿Cuándo crees que tuve tiempo para mirar embobada a los participantes?

—Una lástima. Necesitas salir más. Mirar a tu alrededor. Solo porque Jeff fuera un imbécil no significa que todos los hombres lo sean.

—¿Y eso lo dices tú? ¿La mujer que clasifica a los hombres por el tamaño de sus manos?

—Oye, al menos sé para qué sirve un hombre. Tú pareces haberlo olvidado.

Oh, no, no lo había olvidado. Había revivido el incidente de la habitación de hotel de Gage en tecnicolor cada minuto de los últimos dieciséis días.

—Pensé que estábamos concentradas en hacer que este negocio fuera un éxito. ¿Quién tiene tiempo para citas?

—Las citas y el sexo no tienen por qué ir de la mano.

—Sabes, Cara, solo porque un tipo se desnude por propinas no significa que esté disponible para ser contratado para otra cosa. Esas cosas tampoco van de la mano.

Cara se tocó el labio de nuevo, esta vez con una pequeña sonrisa.

—¿Qué?

La sonrisa de Cara se hizo más grande. —Nada.

No era nada. Lara podía oír las ruedas girando en la cabeza de Cara. —Suéltalo, Cara.

—Bueno, estás terriblemente locuaz sobre un tema del que deberíamos haber dejado de hablar hace párrafos.

Lara resopló. —Claro. Entonces te habrías preguntado por qué me quedé callada y le habrías dado más importancia de la que tiene. Mira, Cara, los tíos estaban buenos. Por supuesto que miré. Igual que todas miramos en la fiesta de Jenny. Por eso estaban los tíos *allí*. Para que los miraran. Es su trabajo. Igual que este... —agitó su rodillo por el taller— es nuestro trabajo. Así que, a menos que vayas a poner una partida en la lista de gastos sobre entretenimiento en el trabajo, no sé por qué tenemos que seguir hablando de esto.

—Oí que te fuiste temprano de la fiesta de Jenny.

Maldita sea, Cara siempre había sido capaz de cambiar de tema en un abrir y cerrar de ojos sin pestañear.

—Te lo dije, estaba cansada. Había trabajado en tres fiestas ese día, además del pastel de Jenny. Estaba agotada.

—Sí, pero Jenny dijo que había llamado a tu habitación y no habías contestado.

Lara hizo una mueca. —Sambuca. La poción para dormir por excelencia.

—Maldita sea. Esperaba que te hubieras ligado al tío con el que estabas bailando y hubieras tenido una noche de sexo salvaje.

Lara no pudo contener una carcajada. —Sí, yo también, pero lo siento, no soy tan aventurera.

Nada de esa afirmación era mentira. Por desgracia. Ella también *deseaba* haber tenido sexo salvaje, pero Gage le había asegurado que eso no había sucedido.

Se inclinaba a creerle. Nunca antes había tenido sexo salvaje y estaba bastante segura de que habría tenido algunas agujetas a la mañana siguiente si lo hubieran hecho.

Todavía no podía creer que hubiera sido tan caballero. No le habría culpado si la hubiera dejado en el pasillo o en un banco en algún lugar. Podría haber sido lo suficientemente amable como para contactar con la recepción y podrían haber encontrado su habitación por ella, o podría haberla llevado de vuelta al club y haberla dejado con sus amigas. Pero la había llevado a su habitación y la había dejado sola.

Aunque la *había* desvestido...

Sus mejillas comenzaron a arder de nuevo. Y Cara la miraba con demasiada atención.

—Deberías haberlo hecho, ¿sabes? Probar algo nuevo. No todos los tíos son como Jeff.

—No quiero hablar de Jeff.

—Nunca quieres.

—Con buena razón.

—Sí, pero si dejas que te calle así, le estás dando poder. Nunca lo superarás si no lo exorcizas.

Le gustaría exorcizarlo, sí. Palmas ardientes, sopa de guisantes, un muñeco vudú o dos... —Ya superé a Jeff, Cara. Créeme, ya no ocupa ningún espacio en mi cerebro.

—Sigue diciéndote eso y puede que empieces a creértelo. Pero te he visto con los tíos; no le prestas atención a ninguno. Cuando Jenny me dijo que habías estado bailando con un tío realmente bueno en su fiesta, casi me caigo de espaldas.

—Vaya, gracias por el voto de confianza.

—Oh, cariño, sí que confío en que puedes atraerlos. Simplemente no estoy tan segura de que reconozcas que se sienten atraídos por ti. Realmente necesitamos encontrarte a alguien que te devuelva lo que Jeff te robó. Alguien que pueda enseñarte a vivir.

Imágenes de Gage —desnudo, de vaquero, coqueteando, contoneándose— pasaron ante sus ojos. Definitivamente podría enseñarle algunas cosas.

Levantó el fondant extendido. —¿Podemos aplazar esta discusión por, no sé, otros dos años hasta que este lugar sea autosuficiente? Tengo que completar tres pedidos hoy y hacer otros ochocientos pétalos de rosa. Además de tu lección sobre fondant.

—Bien. Como quieras. Los negocios primero.

—Tú eres la que siempre insiste en que los negocios son lo primero, Cara.

—¿Desde cuándo me haces caso? —Cara agitó las manos—. Entonces, ¿cuándo llega nuestra pasante? Esos pétalos de rosa la mantendrán ocupada un buen rato.

Habían concertado una pasantía con la escuela técnica local para conseguir la mano de obra que podían permitirse —gratis— a cambio de experiencia práctica. Y, con suerte, para cuando Jesse se graduara, podrían contratarla.

Lara miró el reloj. —En una media hora. Así que déjame terminar de cubrir estos pasteles con fondant para poder prepararme antes de que llegue y luego te enseñaré lo que necesitas saber.

Cara movió las cejas. —¿Pero quién te va a enseñar a *ti* lo que necesitas saber?

Nueve

Gage subió con la camioneta por el camino de entrada de la enorme mansión de J.C. McCullough. Techo a dos aguas, fachada de piedra, jardines diseñados por profesionales con un césped bien cuidado que podría pasar por un campo de golf y, por supuesto, un garaje para cuatro autos.

¿Solo cuatro? ¿Dónde estacionaba el tipo su carrito de golf?

Estacionó la camioneta detrás de unas tuyas para ocultarla de la vista de la calle. La mayoría de las casas de lujo tenían una barrera visual como esa solo para los contratistas que contrataban.

Agarró su iPad, el portapapeles y la cinta métrica, se encasquetó la gorra de béisbol de Tomlinson Contracting y se bajó de la camioneta. Guardaba allí una muda de ropa para las visitas a clientes después de un día de trabajo, así que la camisa polo roja y los pantalones caqui eran un atuendo apropiado; también se había cambiado las botas de trabajo por un par limpio que llevaba en la camioneta para ese mismo propósito. No había nada como dejar un rastro de tierra de la obra en la casa de alguien después de un día en el sitio para perder un trabajo.

Tocó el timbre de McCullough y no le sorprendió que le abriera una mujer mayor con un vestido negro y un delantal blanco.

—Hola, soy Gage Tomlinson. Tengo una cita con J.C. McCullough.

—Sí, el señor McCullough está en el patio. Dijo que la puerta de la piscina está abierta y que pase usted por ahí.

Gage se mordió el labio. La entrada de servicio. Entendido.

Sí, el tipo tenía la palabra *imbécil* escrita en la cara; Gage no lo había juzgado mal.

Pero, de nuevo, el dinero de un imbécil era tan bueno como el de cualquier otro.

Encontró a McCullough en un magnífico patio de piedra, leyendo el periódico y cenando un chuletón, con una copa de coñac con algo de color ámbar a su lado. Lo que daría Gage por poder permitirse un lugar como ese. La piscina parecía un estanque privado, con cascada y jacuzzi incluidos, que harían maravillas para la fisioterapia de Connor, y el patio tenía un centro de cocina integrado con un horno de leña para pizzas. La caseta de la piscina, con bar y todo, era el lugar perfecto para las fiestas. La fiesta de McCullough el día nueve iba a ser la hostia.

—Tomlinson. —McCullough dejó el tenedor y dobló el periódico—. Gracias por venir. Como puede ver, solo hay un lugar para un cenador. Allá. —Señaló el lado izquierdo de la piscina—. Me gustaría que tuviera capacidad para seis u ocho personas, si es posible.

Con la cantidad de dinero adecuada, todo era posible.

Gage se quitó la cinta métrica del cinturón, esperando que el movimiento ocultara el sonido de su estómago rugiendo. Había pasado mucho tiempo desde el almuerzo y ese filete olía delicioso. —Déjeme tomar algunas medidas y luego hablamos.

McCullough asintió, abrió el periódico y volvió a su cena.

Gage tomó las medidas y las superpuso en las fotos que hizo con su iPad para darle a McCullough una idea preliminar de lo que proponía. Se había dado cuenta de que darle al cliente una representación personalizada ayudaba con las expectativas.

Se tomó su tiempo, queriendo que las relaciones espaciales fueran correctas, pero también queriendo darle al tipo la oportunidad de terminar de comer, porque babear por la cena de un cliente también contribuía a arruinar un trabajo.

Cuando McCullough dejó el tenedor, Gage regresó y se sentó a la mesa. Puso la tableta con su boceto frente a McCullough. —¿Qué le parece esto? Igualamos la piedra del patio y la usamos en los muros de la base y los soportes del techo. Usaré bloques de hormigón para el interior y luego los cubriré con la piedra. Supongo que quiere que el techo combine con la caseta de la piscina, ¿verdad? La pizarra es un producto excelente para este tipo de estructura.

—Por supuesto. Quiero lo mejor.

No era ninguna sorpresa. Gage evitó sonreír. El tipo definitivamente quería esto para presumir, o para no ser menos que los vecinos; lo que a él le parecía perfecto. Cuanto más lujoso fuera el diseño, mayor sería el beneficio. —Pizarra será. También ayudará con el mantenimiento, ya que es mínimo. Un desembolso mayor al principio, pero se amortiza a largo plazo.

McCullough tomó un sorbo de su copa. Tenía que ser brandy; un tipo como él bebería brandy con la cena. Probablemente sacaba el oporto y los puros con el postre. —El dinero no es el problema. El tiempo y la apariencia sí lo son. Esta es mi fiesta de compromiso y quiero que sea perfecta para mi prometida.

Gage tuvo la extraña sensación de que la apariencia y el «el dinero no es problema» tenían mucho más que ver con el compromiso que con el cenador.

Dios, qué cínico era. ¿Por qué el tipo no podía tener una prometida que lo amara por quién era y no por su dinero?

Porque este tipo era tan adorable como los muebles de hierro forjado en los que estaba sentado.

—De acuerdo, tengo lo que necesito. Prepararé un presupuesto y se lo enviaré por correo electrónico mañana por la tarde. ¿Le parece bien?

McCullough asintió y volvió a abrir el periódico. —Lo esperaré con gusto.

El imbécil ni siquiera le estrechó la mano para despedirse.

Diez

—¿Lista para deslumbrarlos con tus cupcakes, prima? —Cara conectó la exhibición de la rueda de la fortuna en la regleta de enchufes pegada con cinta adhesiva entre los puestos en el evento de caridad en medio del campo de fútbol del centro comunitario.

Lara tuvo que resistir el impulso de mirar sus *cupcakes*. Todavía podía oír el acento burlón de Gage cuando la había llamado así en la exposición.

También tuvo que resistirse a sonreír por ello. Cara le preguntaría y, bueno, no tenía muchas ganas de compartirlo. Había pasado mucho tiempo desde que coquetear fuera divertido, y con Gage, definitivamente lo era.

—¿Lar? ¿Estás conmigo, cielo? —la pinchó Cara—. Sé que la fiesta de los Simpson anoche fue hasta tarde, pero hoy tenemos que estar al cien. Es nuestra mayor exposición hasta ahora.

—Estoy bien. No te preocupes. —Volvió a concentrarse en el aquí y el ahora, ya que Gage era cosa del pasado—. Pásame los cupcakes con los logos de los equipos deportivos, ¿quieres? Espero que sean un gran éxito hoy.

Dado que el evento era para un niño de seis años, supuso que los deportes eran una apuesta segura ya que, muchas veces, los niños se negaban a tocar cupcakes «de niñas».

Gage no lo haría. Se volvería loco por los cupcakes de una chica...

Ay, Dios. ¿Podía sacárselo de la cabeza de una vez? Él era tan de la semana pasada y, aparte de ese único momento de debilidad en que lo había buscado en línea, se había esforzado mucho por olvidarlo.

Obviamente no le estaba funcionando.

Para cuando ella y Cara terminaron de montar el resto del puesto, ya había una fila esperando. La comida siempre era un atractivo en eventos como estos. Lara se había asegurado de llevar el doble de la cantidad que normalmente traería. Cara había diseñado nuevos folletos para captar la atención local y los repartía en la parte delantera del puesto. Luego, Lara los enganchaba con muestras en el centro, y la lista para el boletín informativo estaba al final, solita, suplicando por direcciones de correo electrónico, que casi todo el mundo rellenaba con gusto.

—Tengo que ir al baño de damas —dijo Cara durante un momento de calma—. ¿Crees que puedas arreglártelas sola?

—Sin problema. Solo voy a reponer la mesa. ¿Me traes una limonada de regreso?

—Claro. Nos vemos en un rato.

Lara se agachó para abrir otra caja de cupcakes. Había descubierto que era menos probable que la gente se acercara a un puesto si la exhibición estaba escasa, así que siempre traía más de lo que pensaba que necesitarían. Solo se había equivocado una vez.

—Hola, Cupcake.

Dos veces, corrijo.

Lara levantó la vista. El vaquero Gage estaba de pie junto a su mesa. Sin sombrero, chaparreras ni botas, pero definitivamente era él. Esos ojos aguamarina eran únicos. Y también lo era el efecto que tenía en ella.

Se contuvo de pasarse una mano por sus rizos para asegurarse de que estuvieran presentables. La humedad lo hacía inútil de todos modos, y no había razón para llamar la atención sobre el desorden indomable cuando él se veía *muy* bien arreglado con unos shorts azul marino, una camisa de botones blanca y una sonrisa.

Dios santo, esa sonrisa. El hombre podría calentar un país del tercer mundo con la potencia que tenía.

—Eh, hola. ¿Tú..., o sea, tu empresa participa en el evento benéfico? —Habría pensado que los strippers eran demasiado atrevidos para un evento comunitario, pero quizás los organizadores contaban con el factor de atracción.

—No. BeefCake no es exactamente apropiado para este público.

Cierto. Era más para el público de despedidas de soltera con Zambuca, del cual ahora ella era miembro con carné, para su disgusto.

—Estoy aquí porque soy el tío de Connor.

—¿Connor Nelson? ¿El niño para el que es el evento? —No sabía por qué se sorprendía; Gage ciertamente tenía derecho a tener una familia. Solo que no había pensado en él de esa manera.

Quizás porque había estado pensando en él de otras maneras, inapropiadas.

—Sí, Connor es mi sobrino. Estoy yendo a ver a todos los patrocinadores para agradecerles en persona por ayudarlo a él y a mi hermana. Realmente lo necesitan y aprecian mucho lo que están haciendo. Todos nosotros.

Su voz se había quebrado de una manera que no tenía nada que ver con el coqueteo, y eso la hizo querer consolarlo. Le tomó la mano. —Me alegra que podamos ayudar. Espero que todo salga bien para todos ustedes y que Connor se ponga bien.

Él le apretó los dedos. —*Tiene* que estarlo.

—Si hay algo que pueda hacer, solo tienes que pedirlo.

—Gracias. Ha sido... —Desvió la mirada—. Ha sido duro.

No podía imaginar por lo que estaban pasando. Ya era bastante malo el accidente y las heridas, pero luego el estrés adicional de las crecientes facturas médicas; no era de extrañar que Gage estuviera al límite.

Tampoco era de extrañar que ella quisiera consolarlo. A pesar de todas sus bromas y coqueteos, había algo muy real en Gage. Algo que la llamaba.

No, no, no. No iba a volver a caer en eso. Tenía un negocio que atender. Un ego roto que recomponer. Una autoestima que reconstruir. Por y para ella misma; *no* por un hombre.

—Oye, ¿quieres un cupcake? —Le ofreció uno de los «de niñas». Los que ella había horneado, claro. No los otros...

Le puso un alto a ese pensamiento.

Pero su pregunta sí le sacó una sonrisa, tal como ella había pretendido.

—¿Rosa y con diamantes de imitación? ¿Eso es lo que piensas de mí? —preguntó, mientras su sonrisa causaba su propio tipo de estragos.

—En realidad son pequeños caramelos de roca, pero te hicieron sonreír, ¿no?

Y *eso* le hizo soltar una risita. —Dámelo. Estoy seguro de que está delicioso sin importar cómo lo decoraste. —Quitó el envoltorio de papel de aluminio rosa intenso y le dio un mordisco.

Definitivamente no debería haberlo visto hacer eso.

Cerró los ojos mientras su lengua pasaba rápidamente por sus labios y gimió. Todas las cosas que se había perdido en esa noche de borrachera.

—Guau, Lara. Tus cupcakes son espectaculares.

No iba a mencionar el episodio de Seinfeld. No lo haría.

Pero sí iba a pensar en ello.

—Me alegro, eh, de que te guste. —Volvió a rellenar la mesa. Y la rueda de la fortuna. Y al diablo, también puso más folletos. Cualquier cosa para no verlo lamerse el betún rosa intenso de los labios.

Tampoco tuvo mucho éxito en eso. Especialmente cuando se lamió los dedos.

¿Dónde estaba su prima con esa maldita limonada? Lara necesitaba refrescarse de inmediato.

Gage hizo una bola con el envoltorio y la lanzó —dos puntos, por supuesto— al bote de basura detrás de ella. —Oye, gracias. Por el cupcake y por participar.

—De nada. Como dije, espero que ayude.

—Estoy seguro de que lo hará.

—Bien.

—Sí.

Vale, ahora la cosa se había puesto incómoda. Especialmente porque él tenía un trocito minúsculo de betún en la comisura de la boca y ella tenía muchas, muchas ganas de ser quien se lo lamiera.

—¡Cupcakes! —El chillido interrumpió el momento incómodo, gracias a Dios. También lo hicieron el centenar de campistas de verano que descendieron en masa sobre su puesto.

—¡Quiero el de los Eagles!

—¡Lakers!

—¡No, dame el de los Cowboys!

A Lara no le importaría un vaquero en particular...

Quitó su mente de Gage y la puso en los preadolescentes hambrientos que exigían cada equipo que había hecho, lo cual no sería un problema si pudiera recordar qué logotipo iba con qué equipo. Aunque le gustaban los deportes, esto estaba poniendo a prueba sus conocimientos.

Por suerte, Gage se metió a ayudar, tomando cupcakes a diestra y siniestra para satisfacer la demanda. —¿Quién quiere el de los Marlins? —Levantó el cupcake como un subastador.

Seis niños levantaron la mano.

—¡Yo quiero el de los Dolphins! —gritó otro.

—¿Qué es un marlín? —preguntó otro.

—Es un equipo de béisbol, tonto. Y los Dolphins juegan fútbol americano.

Una niña negó con la cabeza. —No es cierto. Un marlín es un pez grande. Mi papá pescó uno una vez.

—Y los delfines son mamíferos —dijo otra niña, esta toda vestida de rosa y pedrería—. Son más inteligentes que la mayoría de la gente.

Lara tenía el cupcake perfecto para *ella*. Le entregó el gemelo del que le había dado a Gage.

Él le alzó las cejas y sonrió.

—Cualquier cosa es más inteligente que tú —se burló uno de los niños, y sus secuaces se rieron con él cuando la cara de la niña se entristeció.

Lara estaba a punto de decir algo cuando un niño larguirucho se abrió paso entre la multitud y se enfrentó al abusón. —Oye, Miller, cuidado.

—¿Y qué vas a hacer al respecto, Greeley? —Miller se cruzó de brazos con una sonrisa que le puso la piel de gallina a Lara.

—Esto.

No habría pensado que Greeley tuviera el valor, pero le dio un puñetazo a Miller en el brazo.

Fue una muy mala decisión. Miller y sus compinches se hincharon de ira prepubescente que podría carecer de testosterona, pero no por mucho.

Estaba a punto de ponerse feo cuando Gage ladró un: —¡Alto ahí, chicos! — y salió corriendo del puesto para interponerse entre los dos niños—. Oigan, tranquilos. Se supone que este es un día agradable y relajante. No se permiten peleas.

—Él empezó —dijo Miller, con petulancia.

Gage lo miró fijamente. —No empecemos con eso. Tú tuviste la misma culpa. Mejor hablemos de lo que se trata hoy.

—A un niño lo atropelló un carro. —Miller lo dijo con desdén, como si no fuera gran cosa.

Lara pudo ver el dolor en los ojos de Gage, pero lo reprimió.

Su corazón se conmovió por él. El día de hoy era personal para él a un nivel muy real.

—Ese niño es un chico de seis años llamado Connor. ¿Recuerdan cómo era tener seis años?

Los muy sabios niños de diez años asintieron solemnemente. Lara tuvo que ocultar su sonrisa. Gage era realmente bueno con ellos.

—Aww, es solo un bebé —dijo la niña de rosa y pedrería, ahora mirando con adoración a su caballero de brillantes espinilleras.

¿Qué tan patético era que Lara estuviera celosa de una niña de diez años con su primer amor platónico?

—Así es, Connor *es* el bebé de alguien —dijo el objeto de *su* amor platónico, agachándose para estar a su nivel—. Su madre lo quiere mucho. Igual que sus padres los quieren a ustedes. Y está muy triste porque se lastimó cuando alguien lo atropelló con su carro. No puede caminar y solo puede usar uno de sus brazos debido a sus heridas. Así que organizamos este día familiar con la ayuda de todas estas personas solidarias en los puestos para recaudar dinero para las facturas médicas de Connor, para que pueda concentrarse en mejorar en lugar de preocuparse por no recibir el cuidado adecuado. ¿Cómo les gustaría estar atrapados en una silla de ruedas todo el tiempo y no poder moverse a menos que alguien los ayude?

Miller y sus sicofantes asintieron con sabiduría. —Eso apestaría.

En una palabra, sí, apestaría. Lara tuvo que reprimir las lágrimas mientras escuchaba a Gage. Les estaba hablando a su nivel sin permitir que la emoción que sabía que sentía nublara su voz.

—Sí que apesta para Connor. No puede hacer nada por sí mismo, y no puede salir a jugar con sus amigos. Incluso comerse uno de estos cupcakes sería difícil para él porque no puede sacarlo del envoltorio solo. Así que, ¿qué les parece si nos tratamos con amabilidad y todos reciben un cupcake sin derramamiento de sangre, de acuerdo?

Los peleadores arrastraron los pies. —Sí, supongo —murmuró Miller.

—'Ta bien —dijo Greeley, cuya mano de alguna manera había migrado a la de la niña de la pedrería.

Los labios de Lara se crisparon. Ah, el amor joven.

Gage se puso de pie y la miró.

No. No iba a pensar en eso.

—Bien. Asunto arreglado. —Gage rodeó con sus brazos los hombros de los niños—. Ahora vamos a darle un cupcake a todos.

Después de eso, los niños se comportaron, formando una fila organizada y esperando su turno. Los agobiados monitores le agradecieron a Gage mientras llegaban al final de la fila.

—Eso fue increíble —dijo Lara cuando el grupo se marchó.

—Sí, de verdad querían cupcakes. Casi se te acaban.

—No me refería a eso. —Lara tomó una de las cajas que habían vaciado y la desarmó para darles a sus manos algo que hacer que no fuera deslizarse hacia la mano de *él*, como había hecho la de Greeley—. Me refería a ti. A cómo los manejaste. Eres muy bueno con los niños.

Él se encogió de hombros. —Supongo que viene de lidiar con adultos. No te imaginas a cuántas mujeres tengo que quitarles de encima a los chicos. Luego están los novios o maridos celosos. A veces puede ponerse peludo. Al menos con estos niños, no tuve que preocuparme por ponerme físico.

—Bueno, de verdad tienes un don de gentes. —Ella incluida. Podía sentir cómo su resolución de mantenerse al margen en lo que a él respectaba se derretía. Por muy encantador que fuera en su modo vaquero y coqueto, en ese momento era aún más peligroso para su equilibrio. Este era el verdadero Gage, y era una potente mezcla de sexi y dulce.

—Estoy acostumbrado a tratar con un niño de seis años que está confinado a una silla de ruedas y asustado de no volver a salir de ella. Créeme, puedo manejar las emociones que estos niños derrochaban mucho más fácilmente que las de Connor.

Y ahí se abrió otra grieta en su armadura.

Gage se limpió las manos en una toalla de papel y se anotó otros dos puntos. —Supongo que debería irme. Hay muchas otras personas a las que necesito dar las gracias.

—Gracias a *ti* por ayudar.

Él le dio un apretón en el brazo. —Fue un placer.

Para ella también. —Eh, sí, bueno, gracias por pasar. Fue un gusto volver a verte.

Él sonrió con una bonita media sonrisa, con hoyuelo incluido. —Igualmente —dijo antes de abandonar el puesto, llevándose parte de la resolución de ella consigo.

Pero mientras lo veía alejarse, quiso gemir. *¿Gracias por pasar? ¿Fue un* *gusto volver a verte?* Olvídate de hoy; él era el hombre con el que había estado en la *cama*. El que le había quitado el vestido para ponerle su camiseta. El que había sido lo suficientemente caballeroso como para no aprovecharse de ella (pero que probablemente planeaba hacerlo a la mañana siguiente), ¿y ella le *agradecía por pasar?*

Con razón no había tenido más de dos citas con nadie desde el divorcio si así era como trataba a un hombre. No se merecía más.

* * *

A Gage le costó todo lo que tenía marcharse.

Tus cupcakes son espectaculares.

Por Dios. Estaba completamente fuera de juego. Nunca le diría algo tan cursi a una mujer si estuviera pensando con claridad, pero, obviamente, no lo había estado. Sus emociones estaban hechas un lío ese día, que no era el momento para estar cerca de una mujer que tenía ese mismo efecto en él.

Había reconocido la frase de aquella comedia de situación y sabía que ella también, y eso había hecho que su cerebro se fuera por una tangente que no tenía por qué recorrer cuando su sobrino estaba atrapado en una silla de ruedas y enfrentaba la posibilidad de no volver a ser el que era antes.

Gracias a Dios que aparecieron esos niños; necesitaba la distracción. Lara se veía preciosa incluso con su gorro de chef, algo difícil de lucir para cualquiera. Pero su pelo era un torbellino de rizos en el que había querido hundir los dedos, y el rubor de sus mejillas por el calor había hecho que sus ojos brillaran, y la sonrisa que le había dedicado cuando lo vio...

Le gustaría pensar que había algo más que un simple «gusto volver a verte».

Y, sin embargo, la había dejado solo con eso. ¿Dónde estaba su encanto? ¿Podría haber sido más torpe?

Nunca era torpe con las mujeres. Pero se estaba dando cuenta de que Lara no era una mujer cualquiera.

Se pasó una mano por la boca. Mierda. Glaseado. Menudo éxito estaba teniendo en el departamento de impresionar a Lara. Se había desmayado, no veía la hora de salir de su puesto, se fue de la expo antes de que pudiera verla de nuevo, y ahora andaba por ahí con glaseado rosa en la cara, además del «gusto volver a verte». Debería simplemente asumir las pérdidas y seguir adelante.

Excepto que, gracias a su complejo de caballero de brillante armadura, la vería en el toque de Gina el próximo fin de semana.

Su teléfono sonó. —Hola, Miss, ya voy para allá. —Connor había llegado. Era importante que todos lo vieran, pero él y Missy tenían que tener cuidado de no excederse. Por muy desesperado que estuviera el niño por el encierro, algo como esto agotaría su energía.

Demonios, mira lo que le estaba haciendo a Gage.

* * *

Lara vio a Gage marcharse y, por una vez, sus pensamientos no estaban en el espléndido trasero oculto por sus pantalones.

Bueno, no mucho.

Estaba sufriendo. Eso era tan opuesto al tipo que conocía. No que lo conociera. En realidad, no. Era guapo, sabía bailar, tenía un negocio interesante y podía coquetear como Casanova, pero en realidad no lo conocía.

Ahora sí. O, al menos, sabía un poco más de él que antes. Y lo que ahora sabía, le gustaba. Mucho.

Se agachó de nuevo debajo del puesto, tanto para tomar más cupcakes para rellenar el expositor como para apartar la vista de él. No podía *querer* que le gustara. Cualquier cosa entre ellos no sería práctica. Tenía demasiado que hacer, demasiadas horas que dedicar a Cavallo's Cups & Cakes, como para siquiera contemplar abandonar su regla de no tener relaciones. No era como Cara, que podía tener algo casual con tanta facilidad. Era una de las pocas diferencias entre ellas, pero Lara no se acostaba con cualquiera; sin perjuicio de la noche con Gage. Y aquello había sido un intento inducido por el alcohol para sentirse bien consigo misma. Lógicamente, sabía que Jeff era el del problema, pero ¿emocionalmente? Emocionalmente, había estado buscando validación desesperadamente.

Y aferrándose a Gage, también, al parecer, si los destellos de memoria que seguían apareciendo en momentos inoportunos servían de algo.

—No lo puedo creer.

Este sería uno de esos momentos inoportunos. Jeff.

—¿De verdad siguió adelante con esto? ¿En qué estaba pensando, Lara?

Se puso de pie, esta vez sin intención de alisarse los rizos. Su exmarido siempre había odiado su pelo cuando estaba salvaje y libre.

—Hola, Jeff. —Le costó todo su autocontrol ser cortés, pero no le daría la satisfacción de verla hecha un mar de lágrimas frente a él. Ya pasó por eso y no pensaba repetirlo. Bastardo.

—No puedo creer que se haya rebajado a esto. No debería haber seguido adelante con el divorcio, Lara.

—Usted me engañó. No tuve otra opción.

—Siempre tenemos opciones, Lara.

—Y usted tomó la equivocada cuando se le insinuó a ella.

—Ella no significó nada.

—Lo que hace que el hecho de que arruinara nuestro matrimonio por eso sea aún más patético.

Era la misma vieja discusión y podría haber sido cualquiera de una docena o más de mujeres. Habían visto a un abogado guapo y rico y no les había importado que estuviera casado.

A Jeff tampoco.

Pero a Lara sí. —¿Necesita algo o solo vino a burlarse de mí?

Jeff se pasó la mano por el abdomen. Era una de sus manías, intentar transmitir encanto y sofisticación del viejo mundo, pero ella veía más allá. Jeff estaba orgulloso de sus abdominales.

No eran nada comparados con los de Gage.

Genial. No era en qué o en quién necesitaba estar pensando al tratar con su exmarido.

—De hecho, vine a contratarla.

—Ni hablar. —Cara apareció de la nada y prácticamente se pegó al costado de Lara—. Ese día estamos ocupadas.

Jeff arqueó una ceja a Cara. Nunca se habían llevado bien. —Usted ni siquiera sabe qué día es.

—No importa. Para usted, estamos ocupadas.

A Lara le encantaba que su prima intentara protegerla, pero la realidad era que sí necesitaban trabajos, y tomar el dinero de Jeff por hacer lo que ella quería hacer era algo que, de hecho, la hacía sonreír. —¿Cuándo es, Jeff, y qué tenía en mente?

—Lara...

Le apretó la mano a Cara. —Escuchémoslo.

El evento era exactamente lo que esperaría de Jeff. Todos sus colegas abogados en un elegante bufé en la terraza trasera. De verdad llamaba a su patio «terraza». No era la casa en la que ella había vivido con él; con su ascenso a socio había llegado una nueva dirección. Pero la había buscado en Google. Vio la *terraza* ajardinada y la piscina. Un gran mausoleo para un solo hombre, porque, por supuesto, el capricho de ese mes nunca se había mudado. Lara había oído por algunos conocidos en común que él había pasado página. Varias veces. Si había un consuelo en el hecho de que la hubiera engañado, era que no le había importado la mujer más de lo que le había importado ella.

—Prepararemos una cotización y se la haremos llegar esta semana, Jeff. Gracias por su preferencia.

—Solo asegúrese de que sea especial, Lara. Como aquella fiesta que contratamos cuando los Garrett se casaron. No puedo permitir que mi propia fiesta de compromiso sea eclipsada por una pasada.

—¿Compromiso? —Mierda. Lo había hecho a propósito, intentando tomarla por sorpresa.

Había funcionado, maldita sea, pero no iba a darle esa satisfacción. No iba a *llorar*. No iba a *afectarle*.

¿Y por qué debería? La pobre mujer con la que se iba a casar debería ser la que diera lástima. Y a la que había que advertir. En ese orden.

—Sí. Me caso de nuevo. No pensaría que me iba a quedar de brazos cruzados esperando a que entrara en razón, ¿o sí?

Cara gruñó. Literalmente *gruñó*. —Mire, idiota pomposo...

Lara agarró el brazo de su prima. —Car, está bien. —Miró a Jeff—. Supongo que hay que felicitarlo. ¿La conozco?

—Difícilmente. Ya no se mueve en los mismos círculos.

Archivó la indirecta. Jeff era un maestro de las indirectas. —Bueno, felicidades de todos modos. ¿Le gustaría que hablara con ella sobre lo que quiere antes de darle la cotización?

—Claro. Como si quisiera darle la oportunidad de envenenarla en mi contra.

—Deberíamos envenenarlo a *usted* —murmuró Cara.

Jeff la fulminó con la mirada.

Lara negó con la cabeza. —Basta ya, ustedes dos. Jeff, ¿está seguro de que no quiere que hable con ella para saber su opinión? También es su fiesta de compromiso.

—Estará bien con lo que yo elija.

Por supuesto que pensaría eso. Porque Lara lo había estado. Nada había cambiado para Jeff excepto el nombre.

—Bien. Como le dije, le enviaré una cotización a mediados de semana.

—Bien. Y espero que *usted* esté presente. No su prima. —Dijo la última palabra con desdén antes de irse, sin siquiera mirar a Cara. Gracias a Dios, porque *ella* parecía lista para ir a su yugular.

—¿*Qué* fue eso? —Cara la confrontó en cuanto Jeff estuvo fuera del alcance del oído—. ¿Estás loca? ¿Qué crees que haces trabajando para él? El tipo es escoria. ¿No pasaste por un infierno aprendiendo eso?

—Claro que sí, Cara. Pero esta es una gran oportunidad.

—Para que te vuelvan a herir.

—No es eso. Piénsalo. Necesitamos trabajos; Jeff tiene uno. Y quiere que *yo* lo haga. Cree que me está insultando al ponerme a trabajar, pero no lo entiende. Podemos cobrarle el doble y lo pagará de buena gana. Así que, ¿quién se está aprovechando de quién ahora?

Tardó un par de segundos, pero la comprensión se iluminó en los ojos de Cara. —Vaya, qué astuta eres. No sabía que tenías esa faceta.

—Jeff tampoco. Eso es lo que lo hace tan genial. Y sería aún mejor si consiguiéramos más trabajos de sus supuestos amigos. Eso lo horrorizará. No lo ha pensado bien. Cree que me está degradando al hacerme trabajar para él, pero no le va a gustar que otras personas me vean allí, no cuando yo solía llevar su apellido. No va a poder soportar la vergüenza.

—¿Y tú podrás?

—La cuestión es que yo me llevaba bien con muchos de sus compañeros de trabajo, y no hay nada vergonzoso en trabajar en su fiesta. Estaré bien. De hecho, estaré más que bien. Me estaré riendo de camino al banco.

Once

—Quiero el bistec de costilla, una papa al horno con todo, una porción de aros de cebolla y una de ensalada de col. —Lara cerró el menú y se lo entregó a la mesera.

Cara se quedó con la boca abierta. —¿En serio te vas a comer todo eso?

—Sí. Estoy muerta de hambre. —Había trabajado todo el fin de semana después del evento benéfico para preparar las entregas de esa semana y se había saltado el almuerzo para dar los últimos toques al pastel de aniversario de los McBride, que habían dejado antes de darse el gusto con el especial de Donegan's.

—Yo quiero una ensalada de la casa.

—Ah, vamos, Cara. ¿No eras tú la que me decía que viviera un poco? ¿Que fuera aventurera?

Cara le dio un manotazo con el menú antes de dárselo a la mesera. —Dudo que algo en el menú de Donegan's pueda considerarse aventurero.

—Oh, no sé, esas ostras de las Montañas Rocosas no son para los débiles de corazón.

—Y tampoco son para mí, así que ni se te ocurra. Pero tal vez deberíamos pedir algo de vino o algo así. —Cara jugueteó con el popote en su refresco—. Hoy fue un buen día, Lara. Tuvimos dos pedidos más y un compromiso del centro de ancianos para su jornada de puertas abiertas. Está sucediendo. Nuestro nombre está empezando a sonar.

Lara respiró hondo y se recostó en el reservado. Justo las noticias que necesitaba. Ver a Jeff el fin de semana había reavivado toda la porquería por la que había pasado una vez más. Intentó no hacerlo, pero terminó viendo una película sensiblera el sábado por la noche, tratando de averiguar cómo A) no había sido capaz de hacer que su matrimonio funcionara, B) había sido lo suficientemente estúpida como para casarse con él en primer lugar, C) había renunciado a lo que había renunciado por alguien que no lo había apreciado, y D) todavía tenía que cobrar sus cheques de pensión alimenticia.

Había reconsiderado su oferta de trabajo. Mucho. Le había dado vueltas en la cabeza todo el fin de semana. Pero no iba a tirar piedras sobre su propio tejado. La fiesta de compromiso era un trabajo pagado y la pastelería era demasiado nueva para ser selectiva con los clientes, pero algún día, le encantaría tener la oportunidad de rechazarlo. ¿Quién sabe? Quizás obtendría suficientes negocios de sus invitados como para poder hacerlo.

Ah, bueno, soñar no costaba nada.

—Oye, Joe, ¿cómo va todo?

Y ahí estaba el hombre con el que había estado soñando. Gage había entrado en el local.

Lo había sabido incluso antes de que hablara. Era como si el aire cambiara. Se transformara. Sus sentidos se agudizaban.

Se atragantó con un bufido. Sí, claro, y unas haditas revoloteaban alrededor de su cabeza esparciendo polvo de hadas y la poción de amor número nueve por todas partes. Dios, qué mal estaba.

—Bueno, holaaaa. —Cara, por supuesto, *tenía* que fijarse en él—. ¿Ves *eso*, Lara?

Cara se sorprendería si supiera exactamente cuánto de *eso* había visto *ella*. —Uh, sí. Lindo.

—Cariño, eso es más que lindo. Es un bombón de primera.

No, era un *papacito*, pero Lara no iba a compartirlo.

Lara pasó la muñeca por su vaso de refresco frío. —¿Entonces qué vamos a hacer para el centro de ancianos? ¿Pastel o pastelitos? ¿Algún tema?

—¿En serio? ¿Quieres hablar de trabajo mientras hay un tipo guapísimo sentado solo por allá?

Lara tomó el refresco. —¿Desde cuándo estás a la caza? ¿Nick lo sabe? Y además, esto no es un bar de ligue; es un restaurante. ¿Quién dice que no está esperando a alguien?

Oh, Dios, esa idea ni siquiera se le había ocurrido hasta ahora. Debería haberlo hecho. Gage era, como Cara lo había expresado tan crudamente, un bombón de primera. De ninguna manera iba a estar soltero por mucho tiempo. Probablemente tenía una docena de mujeres en fila, una para cada noche de la semana y dos los fines de semana.

De las cuales ella había sido una.

Tomó un gran sorbo del refresco. Y procedió a atragantarse con un trozo de hielo.

Cara saltó de su asiento para darle una palmada en la espalda. —¿Estás bien?

El maldito hielo estaba atascado. Y no ayudaba que la mitad del restaurante la estuviera mirando.

Y, por supuesto, *él* estaba en esa mitad.

Gage se levantó de su asiento y sacó a Lara del suyo más rápido de lo que ella tardó en darse cuenta de que estaba en problemas.

La rodeó con sus brazos, hundió el puño en su diafragma y tiró hacia arriba.

El cubo de hielo salió disparado de su boca.

Él la giró en sus brazos y ella tuvo una vista muy de cerca del par de ojos más sexis que había visto en mucho, mucho tiempo.

—¿Estás bien, Lara?

—Ahora lo estoy. —Dios, se veía tan bien. Una sombra de barba de las cinco, el cabello alborotado y esos labios suyos a distancia de beso. Llevaba una camiseta tipo polo y pantalones caquis, y de alguna manera, ese look era tan sexi en él como el atuendo de vaquero y lo que se había puesto para el evento benéfico.

Y la desnudez.

No necesitaba pensar en eso. No cuando Cara los observaba como un halcón.

En realidad, no necesitaba pensar en ello en absoluto. No por Cara, y no por Gage. Sino simplemente porque no.

Cara se aclaró la garganta y extendió la mano. —Hola, soy Cara Cavallo. Gracias por salvarle la vida.

Gage tardó tres latidos del corazón en mirar a Cara. Lara los contó.

—Gage Tomlinson. —Él asintió hacia Cara, pero no soltó a Lara—. Me alegro de haber estado aquí para ayudar.

Lara también se alegraba.

—¿Quieres cenar con nosotras? —preguntó Cara.

Lara quería matarla. No había podido beber un refresco cuando él estaba al otro lado de la sala, en la barra; de ninguna manera iba a poder comer con él en su mesa.

—Sería estupendo. Gracias. —Gage retiró un brazo de su cintura, pero mantuvo el otro firmemente adherido—. ¿Te parece bien, Lara?

Ella asintió con la cabeza. ¿Qué iba a hacer, decir que no? Cara nunca se lo perdonaría.

Aunque por las miradas que le lanzaba Cara, iba a querer una explicación de cómo Gage sabía su nombre.

Lo que llevaría a cómo Gage la conocía.

Lo cual esperaba que no llevara a lo *bien* que Gage la conocía. En el sentido bíblico.

Bueno, técnicamente, no lo conocía en el sentido bíblico. Había visto la gloria que era Gage, pero solo a distancia. Una distancia corta, es cierto, pero suficiente para evitar el conocimiento bíblico.

Genial, estaba divagando en sus pensamientos. Otra vez.

Se deslizó en el reservado, y luego se deslizó un poco más cuando Gage se sentó a su lado.

Cara se deslizó a su lado con su mirada de ojos abiertos de «me *vas* a contar todo».

Lara sonrió. Más o menos.

—Así que, Gage. —Cara hizo un gran teatro al abrir su servilleta y ponerla en su regazo—. ¿De qué conoces a Lara?

Gage no apartó los ojos de ella. —Nos conocimos en la exposición de novias.

Lara quiso besarlo. Realmente era un caballero.

Bueno, quería besarlo por más razones que esa, pero era un comienzo.

—¿La exposición? —Cara golpeó las púas de su tenedor sobre la mesa—. ¿Te vas a casar?

Una comisura de la boca de Gage se curvó en una sonrisa. —Todavía no, no. Yo era uno de los vendedores.

—De verdad. ¿Qué vendías?

Lara puso los ojos en blanco. *Ahí viene...*

La sonrisa de Gage se hizo completa. —Servicios para despedidas de soltera.

Esa era una forma de decirlo.

Cara lo entendió de inmediato. —¿Eres uno de los strippers?

Eso finalmente hizo que la atención de Gage se centrara en Cara. —El término oficial es bailarines exóticos. Lo que los chicos se quitan o no se quitan depende completamente de ellos. Y no, yo no bailo.

Oh, sí que bailaba. Le había ofrecido darle una exhibición privada, también.

Lara podía sentir el calor recorrerle los huesos, aunque tener a Gage pegado a su costado también podría tener algo que ver con eso.

Frenó sus hormonas felices antes de que Cara se interesara más de lo que ya estaba.

—Seguro que ese lugar fue una mina de oro para ti si te fue tan bien como a nosotras con las recomendaciones. Lara dijo que estaba hasta el tope de mujeres —dijo Cara, de vuelta en modo de negocios, afortunadamente. Cara era apasionada en todo lo que hacía, ya fuera dirigiendo el negocio, tomando en serio a un chico o insultándolo. Si se concentraba en el aspecto comercial del evento, podría olvidarse de interrogar a Lara más tarde. Desafortunadamente, después de escucharla destrozar a Jeff verbalmente durante todo el fin de semana, Lara no contaba con ello.

—Fue bien —dijo Gage, entrelazando sus dedos sobre la mesa.

Manos fuertes. Capaces. Que podrían haber estado por todo su cuerpo si no se hubiera tomado ese último chupito de Zambuca.

—Me alegro de que hayamos asistido. Los organizadores nos pusieron las cosas difíciles al principio, pero al final, valió la pena todos los aros por los que tuvimos que pasar.

—¿Difíciles?

—Sí. La gente oye lo que hacemos e inmediatamente piensa lo peor. De hecho, tuve que firmar una cláusula que básicamente decía que no cobraríamos por ningún servicio privado en el lugar.

Cara dejó el tenedor en la mesa. —¿Es broma?

—Pienso lo mismo. Hablando de cosificación. Pero me pasa. Mucho. La gente oye lo que hacen nuestros chicos e inmediatamente piensa en un servicio de acompañantes y en todo el bagaje que eso conlleva. La mayoría no se da cuenta de que es un trabajo como ser mesero o cajero. La mayoría de mis chicos son estudiantes que ven el baile como una forma de pagar sus estudios. Yo lo hice y salí con muy pocas deudas, mantuve mi integridad y gané dinero haciendo algo divertido. Nadie debería tener un problema con eso.

Cara levantó las manos. —Oye, no le dispares al mensajero. Estoy totalmente a favor de la libre empresa.

Y de los bailarines desnudos. A Cara definitivamente le encantaban.

La mesera regresó a su mesa con un menú. —¿Le traigo algo de comer, Gage? Sus platos ya casi están listos.

—Pedí en la barra, pero si a las damas no les importa, pueden traerlo aquí.

—Por mí está bien —dijo Cara.

Lara solo asintió. Todavía no confiaba en su propia voz para hablar. ¿Cómo se suponía que iba a comer con él pegado a ella? Sus hormonas estaban cantando y dudaba que pudiera sostener un cubierto con algún grado de estabilidad.

—¡Oye, Gage! —gritó Joe, el cantinero, desde el otro lado de la sala—. Llamada telefónica.

Gage sacó su celular del bolsillo. —Maldición. La batería está muerta. ¿Me disculpan un segundo?

—Claro —dijo Cara-la-locuaz.

Lara-la-muda solo asintió. De nuevo.

Luego tomó una profunda y temblorosa respiración cuando él se deslizó fuera del reservado.

Cara jugueteó con su tenedor. —Sabes, atragantarse hasta morir no es una forma que se me hubiera ocurrido para conquistar a un tipo bueno, pero debo decir que la idea me está gustando cada vez más.

Lara puso los ojos en blanco. —Sí, claro. Arriesgué mi vida con la remota posibilidad de que supiera hacer la maniobra de Heimlich. Sé realista, Cara.

—Cariño, no hay nada más real que Gage. ¿Viste sus músculos?

Sí. Los había visto. Especialmente sus glúteos.

—¿Entonces por qué no sentiste la necesidad de compartir que habías conocido al dueño de la fábrica de papacitos cuando te pregunté por ellos?

—Conozco a mucha gente en esas exposiciones. ¿Acaso te cuento sobre cada uno de ellos?

—¿Alguno de ellos se ve como él?

—Bueno, no, pero...

—Se acabó el caso. ¿Entonces por qué no lo hiciste?

Lara metió las manos bajo sus muslos. —No es gran cosa, Cara. Nos conocimos, charlamos, intercambiamos tarjetas de presentación. Es algo profesional.

—No vi su tarjeta de presentación en la pila que me diste.

—No es un cliente potencial.

—Lara, todo el mundo es un cliente potencial. Y algunos son solo potenciales.

—Por eso. Exactamente por eso no te lo dije. Sabía que reaccionarías así.

—¿Puedes culparme? ¡O sea, es guapísimo!

—Jeff también lo era.

—Otra liga. Lar. Una liga completamente diferente.

Y tan fuera de la suya que esta discusión era ridícula.

Afortunadamente, Gage regresó a la mesa justo en ese momento.

—¿Todo bien? —preguntó Cara.

Él asintió. —Sí, una pequeña crisis familiar evitada. No es gran cosa.

—¿Tienes familia? —Cara se inclinó hacia adelante.

—¿No todo el mundo tiene?

Ahora sería el momento perfecto para informarle a Cara sobre el sobrino de Gage, pero Cara, que nunca perdía una oportunidad, estaba presumiendo su escote como venganza por haberle ocultado a Gage. Y como Gage era lo suficientemente alto como para tener una vista perfecta del escote de Cara, funcionaría, excepto que él la estaba mirando a *ella*, así que discúlpenla si no estaba dispuesta a compartir nada con Cara en este momento. Especialmente a Gage.

—¿Estás bien, Lara? Pareces como si te hubieras tomado un par de chupitos de Zambuca.

Ella lo fulminó con la mirada. No era justo.

Puso su sonrisa más dulce y cruzó los brazos bajo el pecho.

Eso captó su atención.

—Pues no, Gage, me siento perfectamente bien.

—¿Quieres que yo lo juzgue? —susurró él.

Uh, sí, sí quería.

Cara golpeó la mesa para que él volviera a prestarle atención, un movimiento por el cual Lara estaba profundamente agradecida. —¿Me refería a una familia como una esposa e hijos y esas cosas?

Gage giró la cabeza bruscamente. —¿Una esposa? ¿Hijos? No. Yo no. No ahora.

Interesante respuesta. ¿Así que no tenía pero podría quererlos en el futuro? Lara guardó eso para referencia futura.

La mesera, alabado sea Dios, apareció entonces con su comida. La pequeña ensaladita de Cara se veía bastante patética junto a los dos bistecs, las papas al horno con los aderezos aparte y dos porciones de ensalada de col.

—Oye, pediste mi plato favorito —dijo Gage, robándole uno de sus aros de cebolla.

Ella le arrebató uno de los suyos. —No, tú pediste *mi* comida favorita.

—Bueno, ustedes dos me están revolviendo el estómago con toda esa comida. Tal vez debería buscarme mi propia mesa.

Cara, por suerte, sabía cuándo había perdido. Sus encantos dejaron de estar en exhibición y sus ojos magnéticos empezaron a recorrer el lugar en lugar de la camisa de Gage, y se levantó para «ir a buscar una bebida a la barra», frase clave para «a ver si puedes hacer que este ligue funcione, prima».

Lara no debería sentirse excesivamente complacida por eso, pero lo estaba.

—¿Así que todo está bien con tu familia? —preguntó ella después de que Cara se fue.

—Sí. Connor necesitaba que le dijera a su mamá que no necesitaba su ayuda con... eh, algunas necesidades personales.

—¿Puede hacer eso por sí mismo?

Gage se encogió de hombros. —No me corresponde dudar de él. Ya tiene edad suficiente para querer su privacidad y, sí, lo entiendo. Mi hermana tiende a ser sobreprotectora.

—¿Puedes culparla?

—Para nada. Yo también lo soy. Ha sido... difícil.

Ya había dicho eso antes y Lara tenía la sensación de que había mucho más que no estaba diciendo.

Gage se aclaró la garganta y tamborileó los dedos sobre la mesa. —Necesita dos cirugías más y mucha fisioterapia, pero esperamos una recuperación completa.

—Espero que el evento benéfico haya recaudado mucho dinero para él.

La sonrisa que Gage esbozó no estaba precisamente llena de felicidad y luz, y el corazón de Lara se compadeció de él. Le puso la mano en el brazo.

Él no la apartó. —El recuento final aún no está listo, pero más que el dinero, fueron las muestras de apoyo de todos. Cuando algo así sucede, tiendes a querer encerrarte en ti mismo y bloquear todo. Pero no puedes. Necesitamos ayuda, aunque solo sean comidas o unas pocas horas para que alguien se siente con él y nos dé un respiro. Esa fue la parte sorprendente del sábado. No me lo esperaba, pero mi hermana ahora tiene una lista de gente a la que puede llamar cuando necesita un descanso y yo no puedo estar cerca. Es complicado con dos trabajos.

—¿Dos?

Él cubrió la mano de ella con la suya. —BeefCake es solo para después de las horas de trabajo, pero me ocupa tanto, si no más, que mi trabajo diurno. Pero mi hermana necesita más dinero del que cualquiera de los dos tiene para el cuidado de Connor.

Y justo ahí, Lara se enamoró un poquito de él. Y ni siquiera iba a martirizarse por ello, porque si alguien *no* se enamoraba de un tipo tan desinteresado, tenía que haber algo mal con esa persona. Y sin importar lo que Jeff quisiera hacerle creer, definitivamente no había nada malo con ella.

Pero enamorarse, aunque fuera un poquito, de él era un problema enorme.

—Entonces, ¿de verdad te vas a comer todo eso? —Gage agitó el tenedor sobre el plato de ella.

—No lo habría pedido si no fuera a hacerlo.

—Parece demasiada comida para una cosita tan pequeña como tú.

Tenía que seguir dándole razones para enamorarse de él, ¿no?

—Créeme, puedo con todo.

—¿Te gustaría hacer una apuesta sobre eso?

—¿En serio? ¿Vas a apostar a que no puedo comerme todo esto?

—Sí.

—Acepto. —Atacó la papa, lista para empezar—. ¿Qué apostamos?

—Un baile erótico.

Ella escupió el bocado de papa. —¿Un qué?

Él limpió la mancha. —Me oíste. El primer que termine gana un baile erótico del otro.

—Estoy notando un patrón contigo.

—No se te pasa una, ¿verdad?

No, pero él bien que podría darle otra cosa.

—Entonces, ¿aceptas o te vas a acobardar? —Se deslizó un trozo de bistec en la boca, y sí, ella vio el movimiento de la lengua que siguió, y sí, eso la excitó.

¿Qué diablos le haría un baile erótico si solo verlo comer le convertía los nervios en papilla?

Sé aventurera. Las palabras de Cara se burlaban de ella.

Casi como lo estaba haciendo Cara desde la barra. Las cejas de la mujer se movían a mil por hora. Solo Dios sabía lo que harían si Cara pudiera oír esta conversación.

Bien. ¿Quería ponerse todo sexi con el reto del baile erótico? Hacían falta dos para jugar a ese juego.

Tomó un aro de cebolla y lo partió por la mitad. Luego, deslizó un extremo entre sus dientes. —Acepto. —Y se metió ese aro de cebolla en la boca con los labios, centímetro a sabroso centímetro.

Gage tragó saliva.

Dos veces.

Ella bajó la mirada a su papa y, con aire despreocupado, mezcló un poco de queso crema en ella, luego lamió el tenedor bocado a bocado.

Gage se removió en su asiento.

—¿No tienes hambre? —le preguntó, dándose un rápido lametón en los labios.

—Eh, sí. La tengo.

Definitivamente era hambre lo que brillaba en sus ojos, y ella apostaría un baile erótico a que no era de comida.

Dios santo, ¿qué le había pasado? Lara casi se ahoga con su siguiente bocado de papa. ¿Quién era esta mujer que había invadido su cuerpo y puesto su libido en hipervelocidad?

Esta no era ella. Para nada. ¿Tener pensamientos carnales en medio de Donegan's por una papa al horno? Eso era tan impropio de ella como aceptar un reto para un baile erótico.

Y sin embargo, lo había hecho.

Se tragó la papa. Lo había aceptado porque no quería mirar atrás dentro de unos años y arrepentirse de no haberle seguido el juego a un tipo supersexi. No significaba nada, no llegaría a nada, pero ahora, en el momento, era divertido.

Sí, y ese probablemente había sido su último pensamiento coherente en la despedida de soltera de Jenny, también, y mira cómo había terminado eso.

—¿Ya estás aflojando el ritmo? —Él le dio un codazo suave.

—Para nada. —Se metió otra cucharada de papa.

—Con todos los acompañamientos, también.

—Pues claro. No hay otra forma de comer una papa al horno. —Mojó las puntas de su tenedor en la mantequilla y luego las lamió. Una por una.

Gage tomó su cerveza y le dio un trago o dos.

Lara cortó un trozo de bistec y lo envolvió amorosamente con sus labios. Oh, y ups, tuvo que atrapar con la lengua esa diminuta gotita de jugo que se le escurría por la comisura de la boca.

Gage tomó su cerveza de nuevo.

Ella asintió hacia el vaso. —Creo que deberías comer algo.

Su cerveza se congeló a medio camino de su boca. También el tenedor de ella. Ella no había querido decir... No quería que él pensara...

Se metió una cucharada colmada de papa. Luego otra. Y, diablos, ¿por qué no una tercera?

Se bebió la mitad de su refresco encima.

En serio, ¿cuándo iba a abrirse el suelo para tragársela?

* * *

Gage juró que su corazón se había detenido.

Lara estaba *coqueteando* con él. Diablos, estaba haciendo mucho más que coquetear. *¿Comer algo?*

No. Demonios, no. No quería decir lo que él quería que quisiera decir. No podía. La mujer no podía evitar sonrojarse cuando él simplemente la *miraba*. Hacer *eso*...

Bebió otro sorbo de cerveza, se tomó su tiempo para tragarlo y luego dejó el vaso. Después, cogió con cuidado el cuchillo y el tenedor, cortó otro trozo de bistec y se lo metió en la boca, concentrándose en lo bueno que sabía.

Ella sabría mucho mejor.

Se metió un aro de cebolla en la boca.

—Y bueno, ¿cuánto tardaste en hacer todos esos cupcakes? —En realidad no le importaba, pero necesitaba algo para sacar de su mente la imagen de ella con su camisa y esa diminuta tanga rosa que llevaba en su cama la primera noche que se conocieron.

La imagen había quedado grabada a fuego en su cerebro.

—Hacerlos no lleva tanto tiempo. Tenemos dos hornos industriales. Lo que lleva tiempo es la decoración. Trabajé en los de los equipos deportivos durante tres días seguidos.

—Fueron un gran éxito.

—También los de Greeley's.

Se rieron, recordando a los chicos.

—Entonces, ¿cuál es tu otro trabajo?

Gage cortó otro trozo de bistec. —Soy contratista general de oficio. Remodelación, carpintería, ese tipo de cosas. Los tiempos están un poco difíciles en ese campo ahora mismo, así que BeefCake, bueno, cada poquito ayuda.

—No puede ayudar que hayas asumido la carga de pagar las facturas médicas de tu sobrino.

—Connor no es una carga. Nunca.

—No quise decir...

Él soltó un suspiro. —Lo siento. Estoy un poco tenso cuando se trata de él. Mi hermana es madre soltera —su padre es un imbécil— y soy todo lo que ella tiene.

—¿Son solo ustedes dos?

—No, tenemos otra hermana. Está en su primer año de universidad, por suerte con una beca. Iba a estudiar para ser maestra, pero esto de Connor... Va a cambiar su especialidad a medicina. —Estaba muy orgulloso de Jayna. Cuando sus padres murieron en el accidente hace tres años, ella había canalizado su dolor para convertirse en la mejor estudiante que podía ser y solicitó todas las universidades y becas que pudo encontrar. Después de ver lo que Missy no había hecho con su vida, decidió que no iba a seguir los pasos de su hermana mayor.

—¿Y tú? ¿Solo tú y Cara? ¿Y qué pasa con los nombres que riman? ¿Son gemelas? —Podrían serlo; se parecían bastante y tenían más o menos la misma edad. Pero mientras que la belleza curvilínea y menuda de Lara lo noqueaba por completo, la sexualidad descarada de Cara no lo hacía.

—No, somos primas. Nacimos con tres semanas de diferencia. Nuestras mamás pensaron que sería divertido hacer eso con nuestros nombres. Eran mejores amigas de niñas y se casaron con dos hermanos. Una gran familia feliz a la que le gusta pasar el invierno en Florida en el campo de golf. Migrarán al norte en las próximas semanas.

—¿No tienes hermanos?

Ella negó con la cabeza y se llevó un poco de ensalada de col a los labios. —Por eso somos tan unidas. No solo nos criaron como hermanas, sino que cada una es la única que la otra tendrá.

Una hebra de zanahoria se le quedó en el labio.

Gage quiso chupársela.

—¿Estás aflojando el ritmo? —No le importaba cuál de los dos ganara la apuesta; saldría ganando de cualquier manera. Y, de hecho, podría haber ganado ya; esta cantidad de comida no era nada para él. Pero estaba disfrutando de la conversación y de lo decidida que estaba ella a ganar, y bueno, perder no le quitaría el sueño.

—¿Aflojando el ritmo? ¿Yo? —Se metió más papa; maldita sea, la mantequilla le resbaló por el labio inferior—. De ninguna manera. Voy a ganar.

Bien. Le encantaría resucitar sus viejos movimientos solo para ella.

—¿Qué pasa si empatamos? —Se terminó lo último de su ensalada de col.

—Nos damos un baile erótico mutuamente.

Se le cayó el tenedor. —¿Qué te pasa con los bailes eróticos?

—¿No te gustan?

—No lo sé; nunca me han hecho uno.

Fue a él a quien se le cayó el tenedor. —¿Bromeas?

—No. No es exactamente algo que haya puesto en mi lista de cosas por hacer antes de morir.

—¿Ningún ex te ha hecho eso?

Ahí estaba de nuevo ese sonrojo endemoniadamente sexi. —Ni de lejos. Mi exesposo no se habría atrevido a hacer algo así ni muerto. Y aun así dice que *yo* soy la vainilla.

¿Ex-*esposo*? Mierda. ¿Y *vainilla*? —Esa tanga rosa fuerte que llevabas en la despedida de soltera no era vainilla.

Se puso del mismo color que esa tanga. Dios, se lo ponía tan fácil.

—No usaba tangas con él. Fue mi declaración de liberación posdivorcio. Parecía lo apropiado para una despedida de soltera.

—¿Cuánto tiempo ha pasado desde el divorcio?

—No el suficiente.

Mierda otra vez. No quería ser el chico de rebote. No con ella.

—Dos años.

—¿Cuánto tiempo estuvieron casados? —Calculó que ella tenía veintinueve años; a todas las mujeres de finales de los veinte o principios de los treinta les daba veintinueve. Lo convertía en un héroe la mayor parte del tiempo. Así que eso la situaría divorciándose a los veintisiete, un año para que el matrimonio se fuera al traste...

—Tres años. Era joven y estúpida. Él era mayor y superficial. Nunca lo vi hasta que estuvo a punto de ser socio en su bufete de abogados y decidió que un socio debía tener una amante rubia y esbelta para completar el estereotipo.

—Lo siento. —Que su exesposo fuera un imbécil, no que estuviera divorciada.

—Yo no. Ya superé a Jeff. Estoy concentrada en hacer que la pastelería sea un éxito.

Probablemente para restregárselo en la cara al ex, pero Gage lo entendía. A él le gustaría restregarle el puño en la cara al tipo, aunque probablemente debería agradecerle por ponerla de nuevo en circulación para que Gage pudiera encontrarla.

Terminó la papa al horno antes de que él hubiera empezado a tocar la suya. Se metió dos bocados pequeños más en la boca, tomándose su tiempo. Toda mujer tenía derecho a al menos un buen baile erótico en su vida.

Él planeaba al menos dos para ella.

—Hola, chicos. —Cara regresó a la mesa—. Nick está aquí, y bueno, tenemos algunas cosas que aclarar, así que me voy. ¿Hay alguna posibilidad de que puedas llevar a Lara a casa, Gage? No quiero tener que depender de Nick después de nuestra, eh, discusión.

—Car...

—Por supuesto. No hay problema. —Bajó la voz para que solo ella lo oyera —. El momento perfecto para pagar la apuesta.

—Está bien para ti, ¿verdad, Lara? —preguntó Cara.

Tenía que reconocerle que se preocupaba por su prima, pero de ninguna manera iba a dejar escapar a Lara esta noche.

Lara lo miró, finalmente con algo de ardor en sus ojos en lugar de vergüenza. —¿Estás seguro?

—No te lo habría ofrecido si no lo estuviera.

Ella tomó su último aro de cebolla. Él rezó para que no hiciera de nuevo esa cosa de deslizarlo entre los labios. Apenas había podido mantenerse erguido la primera vez que lo hizo.

—Sí, está bien, Cara.

—Genial. —Cara saludó con la mano, y una sonrisita—. Diviértanse, chicos.

Gage quiso devolverle la sonrisita. Diversión era exactamente lo que planeaba tener.

Doce

—Entonces, supongo que te debo una. —Gage abrió la puerta del copiloto y le ofreció la mano para ayudarla a subir a la camioneta. Se alegró de no haber derrochado en estribos. Él era lo suficientemente alto como para no necesitarlos y, aunque a Lara le vendrían bien, prefería simplemente rodearle la cintura con las manos y subirla.

Pero cuando ella subió de un salto por su cuenta y sus pechos se menearon de una forma tan impresionante como los de su prima en el pub, decidió que prefería verla subir sola.

—No, de verdad, Gage, no me debes nada. Fue divertido hacer la apuesta.

No le soltó la mano una vez que estuvo en la camioneta. —Pagarla será mucho más divertido. Créeme.

Sus ojos se abrieron de nuevo y se pasó la lengua por el labio inferior.

Dios, cómo deseaba hacer eso.

Un tironcito de sus dedos hizo que se inclinara hacia él y, demonios, Gage no pudo evitarlo.

Solo una mordidita...

Sus labios eran tan suaves como había fantaseado y sabía a mantequilla, filete y refresco. Hasta los aros de cebolla sabían bien en su boca. Y esa pequeña y entrecortada bocanada de aire que tomó... Hizo que la sangre le hirviera en las venas.

Entonces ella rozó su lengua con la de él y eso acabó con su compostura.

Gage le pasó los brazos por la cintura y la arrastró por el asiento mientras se acomodaba entre sus muslos, y el beso se volvió carnal. Metió la lengua en su boca y pegó sus pechos contra su torso y, si hubiera podido meterse dentro de ella ahí mismo sin que lo arrestaran por indecencia pública, lo habría hecho.

Lo único indecente de ese beso era que tenía que terminar. Besuquearse en un estacionamiento era algo de hacía quince años y Lara se merecía algo mejor. Mucho mejor.

Se apartó —no demasiado porque todavía no iba a soltarla— y apoyó su frente contra la de ella, sus respiraciones agitadas acompasando su ritmo.

—No voy a disculparme por eso. —No podía porque no lo lamentaba.

—Bien.

Y logró sorprenderlo.

Se apartó y esta vez fue él quien abrió los ojos de par en par. —¿En serio? Pensé que volverías a sonrojarte y empezarías a tartamudear.

—No tartamudeo.

—Entonces no he hecho un buen trabajo dejándote sin palabras.

Ella le tiró del pelo. —¿Desde luego, te tienes en muy alta estima, no?

Estaba bromeando, pero aun así... podría bajarle los humos si él la dejaba. —Yo diría una *buena* opinión, no alta. Sé que te afecto; eso no es presumir. Puedo verlo en tus pupilas dilatadas, en el rubor de tu piel y en la forma en que respiras.

Ella siguió su mirada mientras él observaba su pecho. Sus senos eran realmente impresionantes. Justo del tamaño adecuado para sus manos —si alguna vez lograba ponerlas sobre ellos— y se movían de forma muy impresionante, provocando un bulto correspondientemente impresionante (o al menos a él le gustaba pensar que lo era) en sus pantalones caquis.

Se apoyó contra ella. —Tú me provocas lo mismo. ¿Qué te parece si vamos a resolver lo de la apuesta y vemos qué pasa a partir de ahí?

Ella quería; podía verlo en sus ojos. Pero también sabía que no lo haría. *Vainilla*, la había llamado su ex. Iba a necesitar mucho más que un beso en un estacionamiento para eliminar la *vainilla* de su mente.

Podía retarla o podía besarla hasta que ese sabor en particular se derritiera y saliera de su psique, pero no iba a hacerlo. Quería que ella lo deseara. Que lo deseara a él. Y no porque él estuviera bailando o ella estuviera ebria, sino porque ella veía lo que le gustaba e iba por ello.

Él esperaría.

—Vamos. Deja que te lleve a casa.

Sintió su mirada de asombro durante todo el trayecto mientras rodeaba la parte delantera de su camioneta.

* * *

A Lara le costaba procesar lo que acababa de suceder. En un momento había sido un mar embravecido de hormonas, y al siguiente… nada. Bueno, de acuerdo, sus hormonas todavía daban volteretas, pero él se había detenido.

Detenido.

¿Qué demonios pasaba con eso? Esos pantalones caquis no eran precisamente una armadura; él la deseaba. Ella había *sentido* cuánto la deseaba. ¿Y ahora se marchaba? ¿Llevándola a casa?

Jesús. ¿Tenía razón Jeff? ¿Acaso tenía *vainilla* escrito por todas partes? ¿Una enorme calcomanía en la frente? Gage probablemente era tan opuesto a la *vainilla* que lo había ahuyentado.

Sacó la llave de su auto del bolsillo del pantalón. —¿Y bien, a dónde?

Respiró hondo. —A tu casa.

La llave se le cayó de la mano. —¿Qué?

—A tu casa. Después de todo, me debes una. —Listo. ¿Qué tan poco *vainilla* era eso?

—¿Estás segura?

No estaba segura ni por todo el oro del mundo, pero ya se había comprometido. —¿Me harías pagar si hubieras ganado?

La mirada ardiente en sus ojos fue su respuesta.

—Exacto. Paga o le diré a todo el mundo que no cumpliste.

En serio, ¿quién era esta mujer que había invadido a su yo normal y *vainilla* y lo había vuelto picante como un chile?

Gage metió la llave en el contacto, movió la palanca de cambios a reversa y salió derrapando del estacionamiento.

Lara se retorció en su asiento, admitiendo plenamente sus nervios. Él apenas la miró. Sus ojos estaban pegados a la carretera cuando diez minutos antes habían estado pegados a *ella*.

¿Y si se decepcionaba? Después de todo, ella no había sido capaz de mantener el interés de su marido. El hombre que supuestamente se había comprometido a hacerle el amor por el resto de su vida. A Gage se le tiraban las mujeres encima. Ella lo había visto de primera mano. ¿Por qué demonios la querría a ella?

—Estás pensando demasiado.

Su acento de vaquero no la excitaba ni de lejos tanto como su voz real. Porque era la suya. Real. Y llena de todo tipo de tonos e inflexiones que le erizaban la piel, y la forma en que sus labios formaban las palabras...

Él tomó su mano y entrelazó sus dedos.

Sí, tenía razón. Estaba pensando demasiado. Solo tenía que mirar dónde se tocaba su piel y darse cuenta de que no necesitaba pensar. Se gustaban. Lo que eso significaría en el futuro, no lo sabía. Y en ese momento, no le importaba. Lo único que quería examinar era lo que significaría para ellos al final de *este* camino.

Entró en una urbanización más antigua. Dos giros a la izquierda más tarde, entraba en la entrada de una casa de dos niveles de los años 70 con revestimiento nuevo, ventanas nuevas, un garaje para dos autos y un columpio de plástico en el patio trasero.

—¿Esta es tu casa?

—De mis padres. La heredamos cuando murieron.

La había llevado a la casa de sus padres.

Claro, *ellos* ya no vivían allí, pero no era un departamento de soltero para ligar. Aquí era donde había crecido. Donde había vivido su familia. La realidad.

Demonios. Definitivamente era *vainilla*. No podía insultar esta casa, esos recuerdos familiares, con un baile erótico. Especialmente su primer baile erótico.

Él ya tenía la puerta abierta antes de que ella hubiera procesado ese último pensamiento.

Luego la sujetó por los brazos con sus fuertes manos y el último pensamiento desapareció en una oleada de ese anhelo al rojo vivo.

—Te dije que dejaras de pensar demasiado.

El anhelo se desvaneció. —No puedo evitarlo. Esto... ¿Tu habitación de niño sigue igual que cuando vivías aquí? ¿Con trofeos, pósteres y guantes de béisbol?

Él desvió la mirada. —No es así. Es decir, sí, mi habitación sigue igual, pero ahora duermo en la recámara principal.

La habitación de sus padres. Ella enarcó las cejas.

—La he remodelado. Estoy remodelando toda la casa. Poniéndola al día. Deshaciendo cómo era.

Pero él nunca se desharía de los recuerdos y ella nunca olvidaría que probablemente se había raspado la rodilla aquí, o había comido las galletas de chispas de chocolate caseras de su mamá, o se había besado con su primer amor en el sótano.

Sí, realmente era *así* de vainilla.

La puerta principal se abrió y un niño pequeño apareció en una silla de ruedas en el umbral, saludándolos como si la casa estuviera en llamas. —¡Gage! ¡Estás aquí!

—Connor. Hola, amigo. —Gage le soltó los brazos y le levantó la barbilla—. Parece que tendré que posponer ese baile erótico.

No supo si exhalar de alivio o de arrepentimiento.

Entonces él tomó su mano y la condujo por la rampa hacia la puerta principal, una modificación que obviamente había hecho por las lesiones de su sobrino.

Arrepentimiento. Definitivamente, arrepentimiento.

—Hola, Con. Esta es mi amiga, Lara.

—Hola, Lara.

—Hola, Connor.

Gage le alborotó el pelo a Connor. —¿Qué haces aquí? ¿Dónde está tu mamá?

—Está en la recámara, desempacando.

La mano de Gage se detuvo a medio alboroto. —¿Desempacando?

Una mujer que se parecía lo suficiente a Gage como para ser su hermana apareció detrás de Connor. —Sí, desempacando. Tenías razón. Tiene más sentido que vivamos aquí. No has cambiado de opinión, ¿verdad?

—No. Para nada. Solo que, es decir, no esperaba que fuera esta noche.

—Ya veo. —La mujer extendió la mano y, sí, esa sonrisa era toda de su hermano—. Hola, soy Missy. Soy la hermana de Gage.

—Lara. Ah, Gage y yo...

Él le apretó la mano. —Cenamos juntos.

A su hermana no se le pasó por alto el apretón de manos. —Oh.

Lara no supo quién se sonrojó más, si ella o Missy.

—Yo solo, eh... —*Vine para que tu hermano me encienda el fuego.*

—Connor y yo podríamos salir. Al cine. O algo —dijo Missy.

Gage se mordió el labio y Lara pudo ver su sonrisa ansiosa por salir. —No te preocupes por eso, Missy. Solo pasábamos para que yo recogiera algunas cosas.

¿Pasaban? Lara solo parpadeaba. Dejaría que él se encargara de esto.

—Voy a arreglarle algo a Lara, así que solo pasé a recoger mis herramientas.

¡Él ya tenía todas las herramientas que necesitaba encima!

Lara tragó saliva y rezó para que nadie la oyera. ¿Qué demonios le habían puesto a su cena? Hasta donde sabía, los aros de cebolla y la ensalada de col *no* eran afrodisíacos.

—Ah. De acuerdo. —Missy se dio la vuelta y volvió a la casa—. Vamos, Connor. Puedes ver a Gage mañana.

—¿Puedo ir contigo, Gage? Puedo pasarte tus herramientas.

Los adultos miraron a cualquier parte menos el uno al otro.

Gage le alborotó el pelo de nuevo. —Esta vez no, campeón. Puede que no vuelva hasta después de tu hora de dormir.

—Oh, qué mal. Es verano. ¿No puedo quedarme despierto hasta tarde?

—Ya oíste a tu tío, jovencito. Vámonos. —Missy agarró las manijas de la silla de ruedas e hizo girar a Connor de vuelta a la sala—. Que se diviertan.

Se divertirían si pudieran encontrar un lugar para estar a solas.

Trece

La casa de Lara no era ese lugar.

Gage había planeado todo tipo de ideas divertidas para ellos: primero empezaría con un baile normal y corriente, luego pasaría a la parte del baile en el regazo y, bueno, después quizá habría algo de baile horizontal.

Pero cuando entraron en el estacionamiento de su complejo de apartamentos y vieron el auto de Cara —con una desconsolada Cara adentro—, Gage se despidió de la idea de *cualquier* tipo de baile.

Preferiría estar besando a Lara.

Puso la camioneta en modo de estacionamiento y apoyó los antebrazos en el volante. —¿Supongo que de verdad quedará pendiente, eh?

Lara hizo una mueca; eso, al menos, salvó un poco su ego. —Tengo que ver qué le pasa.

—No pareces muy entusiasmada.

—¿Tú lo estarías? Tengo que elegir entre un hombre sexi dándome mi propio espectáculo privado o escuchar cómo a Cara se le rompe el corazón.

—Así que crees que soy sexi, ¿eh?

Ella le dio una palmada en el brazo. —Sabes que lo eres. Eso no es ninguna novedad.

La agarró por la nuca y la atrajo hacia él para un beso rápido. Le demostraría lo sexi que era... para ella.

Pero no tuvo nada de rápido.

Lara aspiró una bocanada de aire y su lengua entró con ella, y Gage se perdió por completo. Forcejeó con el cinturón de seguridad y la atrajo hacia él. Gracias a Dios por los asientos de banco.

Le rodeó las piernas con el brazo y las colocó sobre su muslo.

Ah, sí, ahí. Necesitaba presión justo ahí.

Ella gimió y se movió y, sí, aún mejor.

Le inclinó la cabeza y metió la lengua en su boca con un movimiento que el resto de su cuerpo quería imitar.

Entonces ella le acunó la mejilla y Gage casi explotó. Sus dedos le encendieron la piel como fuegos artificiales en el Cuatro de Julio.

Apartó sus labios de los de ella y los enterró en el hueco de su cuello. Dios, olía tan bien como sabía, aunque esta vez no había aros de cebolla. Un aroma dulce y afrutado que le hacía querer lamer cada centímetro de su piel.

Se estremeció cuando su verga se sacudió contra la pierna de ella. Cielos, la deseaba. Pero no en el asiento delantero de una camioneta en un estacionamiento donde cualquiera podía verlos, con la prima de ella a seis metros de distancia, llorando a mares.

Le enmarcó el rostro con las manos, capturando esos sensuales rizos entre ellas, y le besó la mejilla. La punta de su nariz. Ese labio superior que quería morder...

Lo mordisqueó.

Lara suspiró. De forma estremecedora.

Él sonrió mientras la besaba de nuevo. Un último beso. Uno dulce. Uno que no lo dejaría duro y dolorido el resto de la noche...

O quizá sí, pero en el buen sentido.

—La pasé genial esta noche —susurró mientras sus frentes y narices se tocaban.

Sus ojos, oscurecidos por la pasión, parpadearon hacia él y Gage tuvo que hacer un esfuerzo sobrehumano para no recostarla en el asiento y terminar lo que habían empezado.

—¿En serio?

Quiso matar a su exmarido por ponerle esa duda en la cabeza. Se propuso como misión personal borrarla y, de paso, limpiar el piso con el ex, si alguna vez tenía el dudoso placer de conocer a ese imbécil.

—Sí, en serio. Pero aquí hay asuntos pendientes, ¿sabes?

—Lo sé. —Se humedeció los labios.

Sus buenas intenciones de dejarla salir de esa cabina sin hacerle el amor fueron severamente puestas a prueba. —¿No serás tú la que se eche para atrás, o sí?

Otro lametón de labios.

Sus dedos se enroscaron en su cabello.

—No. No me echaré para atrás.

—Bien. Te tomaré la palabra. —Respiró hondo y guardó ese dulce aroma en su memoria antes de reclinarse—. Será mejor que entres. Te necesita.

Lara asintió. —Gracias. Por...

Él le puso un dedo en los labios. Y nunca quiso moverlo. —No hay nada que agradecer. —Se inclinó y le abrió la puerta—. Todavía.

Catorce

Lara no estaba segura de cómo había logrado bajarse de la camioneta de Gage y llegar al auto de Cara sin disolverse en un charco de feromonas.

El rostro de Cara, manchado de lágrimas, la miró, sobresaltada, solo para deshacerse en otro ataque de llanto.

Lara abrió la puerta.

—Vamos, Car. Entremos.

—¿Por qué los hombres son tan cabrones? —dijo Cara con un hipo mientras Lara abría la puerta de su apartamento.

—¿Quieres que te enumere las razones en orden alfabético o que las grite en orden aleatorio? —preguntó Lara mientras dejaba las llaves en la mesa junto a la puerta y se dirigía a la cocina por la botella de zinfandel que había comprado la semana pasada, pero que había estado demasiado agotada como para abrirla desde entonces—. ¿Qué hizo Nick?

—Nada. Ese es el problema. —Cara se dejó caer en el sofá, que había sido la segunda cosa que Lara había comprado para su nuevo lugar de «soltera» cuando el divorcio se concretó. Una cama había sido lo primero; una que había cubierto con sábanas con vuelos, flores y demasiadas almohadas. Se acabó la decoración monocromática de dormitorio «adulto» en la que Jeff había insistido.

—Entonces, ¿por qué lloras? Pensé que tenían una relación casual. —Sirvió dos copas de vino y las llevó a la sala.

Cara sorbió por la nariz.

—Yo también.

Lara le entregó una caja de pañuelos desechables.

—Entonces, ¿cuál es el problema?

—Quiere que me mude con él.

—Estás bromeando. —Lara se sentó de golpe en el sofá junto a ella.

—Ojalá. —Cara sacó un fajo de pañuelos de la caja—. ¿Por qué tenía que arruinarlo todo?

Lara acarició los rizos de Cara.

—Sabes, la mayoría de las mujeres no se molestarían por esto. La mayoría estaría encantada.

—No soy como la mayoría de las mujeres.

No, no lo era. Cara era única.

—Entonces, ¿qué vas a hacer?

—Ciertamente no me voy a mudar con él. O sea, vamos, Lar, ¿puedes imaginarme haciendo el papel de diosa doméstica? ¿Yo, que preferiría manejar veinte minutos para comprar comida para llevar que poner a hervir agua? No distingo una escoba de un trapeador, y hacer sopa de pollo casera y cuidar a alguien con un resfriado es peor que una auditoría de Hacienda en mi opinión. ¿Cómo podría querer vivir con eso?

Lara tomó otro fajo de pañuelos mientras Cara se hundía en el que ya tenía.

—¿Qué tal si empiezan poco a poco? Solo dos días. Cuarenta y ocho horas. Vas a su casa después del trabajo, cenan, pasan el rato, hacen lo que sea... Te levantas a la mañana siguiente, vas a trabajar, y luego de vuelta a su casa. Para cuando llegue la cena del segundo día, sabrás si quieres quedarte allí o volver a tu casa.

—¿Ves? Eso es lo que le dije, pero él es el señor Todo o Nada. No puede conformarse con soluciones temporales.

—Car, dale un respiro al tipo. La mayoría de la gente no es de soluciones temporales. Le importas; quiere tenerte cerca.

—Sí, pero ¿y lo que yo quiero?

—¿Qué es lo que *tú* quieres? Querías un «felices para siempre» con Dale...

—No me menciones a ese imbécil si quieres vivir para ver el mañana.

—¿Es posible que no lo hayas superado?

—En serio, Lara, puede que seas mi prima, pero no dudaré en acabar contigo si sigues con ese hilo de pensamiento. Lo de Dale y yo se acabó. Terminado. Fin. Él se perdió lo mejor que le ha pasado en la vida y no voy a volver a meterme en el hoyo del que me costó demasiado salir, y si piensas por un minuto que siquiera *consideraría* una repetición, entonces no me conoces...

—Car...

—...tan bien como crees...

—Car...

—...y de ninguna manera voy a caer en eso.

Lara le tapó la boca a su prima con la mano.

—Oye. Cállate un segundo, ¿quieres? —Apartó la mano, solo un centímetro, totalmente preparada para volver a ponérsela de golpe si Cara siquiera pensaba en abrir la boca de nuevo.

—Bien. Ahora cállate y escúchame un segundo. —Lara metió la mano bajo su muslo—. No sé si te acabas de escuchar, pero ¿todo lo que decías sobre Dale? Lo estás proyectando en Nick.

—Claro que no...

Lara sacó la mano rápidamente.

—Lo digo en serio; deja de hablar. —Esperó hasta que Cara arrugó la cara en una mueca de enfado antes de asentir.

Su mano volvió a estar debajo de su muslo.

—Bueno, entonces. Lo que te oí decir en esa encantadora perorata es que no quieres que te vuelvan a herir como te hirió Dale, y al ceder a lo que Nick quiere, al abrirte a una relación más seria con él, te estás abriendo a la posibilidad de que él pueda hacerlo.

—Eso es ridículo, Lar. Nick no es Dale.

Lara se cruzó de brazos, se reclinó y sonrió.

—Oh, te crees muy lista, ¿no? —Cara le dio un almohadazo en el estómago.

—Eh, si fuera tan lista, habría esquivado ese golpe. —Lara se acomodó en su asiento para poder proteger su abdomen de más ataques de almohadas rebeldes—. Pero en serio, Car, piénsalo. Nick no ha hecho más que tratarte maravillosamente, darte tu espacio, y ahora quiere vivir contigo. ¿Dónde está el problema?

—El problema es... —Su boca se movía de un lado a otro con la clásica expresión de berrinche de una niñita de cuatro años, una que Cara había perfeccionado a los dos años y de la que nunca se deshizo.

—¿Sí?

—¿Y si no puede vivir conmigo? ¿Y si *no* está bien que doble las toallas en tercios tan pronto como termino de usarlas? ¿Y si no soporta tener un cajón de cubiertos ordenado por tamaño y uso? ¿Y si deja la tapa del inodoro levantada?

Lara se acomodó la almohada bajo los brazos e intentó con todas sus fuerzas no reírse. Ojalá ese hubiera sido el problema entre ella y Jeff.

—Cariño, esas son cosas sin importancia. Lo sé, lo sé. Tú no las ves así, pero tú y Dale eran compatibles de esa manera y aun así no funcionó. Quizás esta es la forma en que el universo te dice que le des una oportunidad a Nick. Prueba algo diferente. Sal de tu zona de confort.

O quizás era la forma en que el universo se lo decía a *ella*, porque Gage estaba *muuuy* fuera de su zona de confort.

Cara lo entendió al mismo tiempo que ella.

—Oh, ¿cómo si debiera *ser aventurera*?

Fue su turno de recibir un almohadazo en el estómago.

Lo que se convirtió en un ataque de risa y almohadazos que envió una nube de pañuelos usados que caían como nieve sobre la alfombra.

Cuando las risas cesaron, estaban en el suelo frente al sofá con los pañuelos aplastados bajo sus traseros.

—Somos un caso, ¿no? —dijo Cara, desplomándose contra la espalda de Lara.

—Somos algo, eso seguro. Dos mujeres aterradas de lo único que todo el mundo parece querer.

—Amor.

—Iba a decir compromiso.

—¿No son lo mismo?

—No en mi mundo. ¿Y en el tuyo?

Cara se encogió de hombros.

—Cierto. Yo amaba a Dale, pero eso no tuvo nada que ver con su compromiso.

—Jeff, también.

—Cabrones.

—Sí.

—¿Y Gage?

—Oh, estoy segura de que se convertirá en uno con el tiempo, pero ahora mismo, no, no lo es.

Cara se sentó y se acomodó con las piernas dobladas debajo de ella.

—¿Por qué crees que se convertirá en uno con el tiempo? Parece un buen tipo. Y ciertamente parece que le gustas.

Lara se quitó un par de pañuelos del muslo izquierdo y los arrojó sobre la pila de periódicos en la mesa de centro.

—Porque los tipos como él siempre lo hacen. O sea, yo estoy bien, pero míralo a él. Puede conseguir a la mujer que quiera y entonces me mandará a volar. Ya pasé por eso, no quiero volver a hacerlo.

—Ah. —Cara arrugó los pañuelos en la primera página de la sección de deportes—. Jeff asomando su fea cara.

—La cabeza de Jeff no era fea. Eso era parte del problema.

—No estaba hablando de la que tenía sobre los hombros.

Eso le sacó una risita a Lara.

—Ojalá pudiera decir que tienes razón, pero ese tampoco era el problema de Jeff.

—Puras pendejadas. Esa cabecita suya tuvo una idea de mierda en su diminuto cerebro de maní y decidió que no eras lo suficientemente buena para el *eso* colectivo que era Jeff McMonstruo.

Lara arqueó una ceja.

—¿McMonstruo? Por favor, dime que nunca me llamaste así cuando tenía su apellido.

—Claro que no. Y solo lo llamaba así en mi mente. Aunque creo que se me escapó una vez. Su mamá me miró raro en la última fiesta de cumpleaños que le organizaste.

La fiesta de cumpleaños donde había querido mostrarle su idea para su negocio de pasteles. Se había matado haciendo ese pastel y, carajo, había quedado bueno. Le había tomado fotos y podía competir con los que hacía ahora. Pero Jeff se había horrorizado de que su esposa hubiera *horneado un pastel* en lugar de encargarlo a la pastelería de lujo que usaba su bufete.

Y ella se había quedado allí, aguantando sus burlas porque *ella* no había querido hacer una escena.

—¿Te imaginas lo que diría McMonstruo si te viera con Gage? Especialmente si viera a Gage en el trabajo.

—BeefCake no es lo único que hace Gage, ¿sabes?

Cara resopló, todavía con risitas escapándosele.

—Lo siento, Lara, pero eso suena muy mal.

—Sabes a lo que me refiero.

—Lo sé, pero tienes que admitir que es gracioso. O sea, ¿no podrían haber inventado un nombre, no sé, más sutil?

—Tienes que admitir que llama la atención.

—También los chicos.

—Por lo tanto, es el nombre perfecto. Digo, no se puede endulzar lo que hacen. Más vale ir con todo.

—Palabras que quizás deberías tomarte en serio, Lar. El hombre te quiere. ">

—Podría decirte lo mismo a ti, Car.

Las risitas se secaron como leche derramada sobre papel de cocina.

Gage era bastante fornido...

Cara se pasó una mano por los rizos y Lara se abstuvo de decirle que parecía Medusa. Ese había sido su terror secreto en la preparatoria. Con buena razón. ">

—Está bien, lo haré si tú lo haces.

—Gage no me ha pedido que me mude con él. —Y *no* iba a mencionar lo del *lap dance*. Demasiada información, incluso entre primas.

—Eso no. —Cara había dominado el mal de ojo de su abuela italiana por parte de padre—. Dale una oportunidad. Dense una oportunidad de llegar a ese punto. Y yo veré si puedo convencer a Nick de lo de las cuarenta y ocho horas. Quizás setenta y dos si tiene suerte.

Progreso. Definitivamente, Cara estaba progresando. ">

Ahora, ¿tendría *ella* el valor de hacerlo también?

Quince

El universo decidió no cooperar.

Entre el trabajo diurno de Gage y su repentina avalancha de pedidos, sin mencionar sus actividades extracurriculares en BeefCake, Inc., no les quedaba tiempo para terminar lo que habían empezado. Para el jueves por la noche —a las once y siete—, Lara tuvo que pensar que el universo estaba tratando de decirle algo.

—Odio el fondant —murmuró Cara, intentando abrir su auto con la llave al revés.

Lara se la volteó. —El fondant está pagando tu hipoteca.

—Oye, tengo una idea. Hagamos un montón de billetes de cincuenta y cien con esta cosa. ¿Crees que los cajeros del banco los aceptarían?

Lara le puso la mano en la cabeza a Cara y la empujó hacia el asiento del conductor como si fuera un policía con un sospechoso. —No estoy tan segura de que debas manejar hasta tu casa.

Cara se hundió en el asiento. —No voy a mi casa. Voy a lo de Nick.

—¿Lo hiciste? ¿Lo convenciste?

Cara asintió. —Le dije que las relaciones se basan en ceder. Yo estaba dispuesta si él también lo estaba. —Abrió un ojo—. Además, está más cerca que mi casa ahora mismo.

Qué suerte la de Cara. La casa de Gage estaba media hora más lejos que la suya, y a las once de la noche, era demasiado lejos para manejar. Además, su hermana y su sobrino se estaban quedando allí.

Sí, ¿qué le pasaba al universo?

—Maneja con cuidado. Mándame un mensaje cuando llegues.

—Tú también, Lar. —Cara cerró la puerta, encendió el auto y bajó la ventanilla—. Te quiero.

Lara prácticamente se desplomó en el asiento del conductor. —Yo también.

Dios, qué cansada estaba. No creía haber estado nunca tan agotada hasta los huesos. Iban a tener que derrochar en los tapetes de goma junto a las mesas de preparación en los que no había querido gastar las ganancias todavía, pero los Crocs que usaba no eran suficientes para jornadas de quince horas. La espalda la estaba matando.

Encendió el aire acondicionado, subió las ventanillas y subió al máximo el volumen de la estación de musicales; necesitaba algo que la mantuviera despierta, pero el hecho de que ella no supiera cantar no tenía por qué mantener despiertos a los demás.

Se vio de reojo en el espejo retrovisor. Ay, Dios, sus rizos se habían apretado como sacacorchos gracias a la humedad, con «mechas» de betún de mantequilla verde de cuando Cara había encendido la batidora a demasiada potencia y había hecho que el glaseado saliera volando por todas partes (nota para el día siguiente: revisar la parte superior de los gabinetes antes de que aparezcan ratones adictos al azúcar). *Ella* parecía Medusa. Menos mal que no iba a ver a Gage esa noche; saldría corriendo y gritando en la dirección opuesta.

Aunque, ya que la había soportado en su coma de Sambuca, quizás no lo haría.

¿Cómo diablos se había interesado en ella esa noche?

Nunca se le había ocurrido preguntarle a Jeff qué le había atraído de ella al principio. Lo había conocido en un restaurante del que estaba haciendo una reseña. Había estado sentada en la barra, probando el menú con toda la confianza de una recién graduada universitaria que había conseguido el trabajo de sus sueños, y él ocupó el asiento a su lado. Una cosa llevó a la otra y le pidió su número. Él era nueve años mayor, guapísimo, del tipo rubio de club de campo, con un título en derecho y la cantidad justa de encanto para que su estómago se llenara de mariposas.

Más tarde descubrió —demasiado tarde— que su edad había sido su mayor atractivo para él. Alguien a quien pudiera moldear como su ideal perfecto de la esposa de un socio. Incluso antes de la noche en que lo pilló engañándola con la rubia, había pensado que él debería haber estado con alguien como esa tontita. Había salido con algunas tipo modelo antes que ella, pero dijo que los comentarios de Barbie y Ken se habían vuelto cansinos con los años. Quería algo —alguien— diferente, y una italiana bajita, curvilínea y de cabello oscuro era definitivamente diferente. El hecho de que ella se prendiera de cada una de sus palabras probablemente solo aumentó el atractivo.

Al menos por un tiempo. Al menos, ella había *creído* que tuvieron un par de años buenos. Pero luego lo pilló, y bueno...

Debería haberse quedado con la esposa trofeo desde el principio. De sangre azul en lugar de salsa de pasta. Ese tipo de mujeres nunca querrían otra carrera que no fuera ser su anfitriona perfecta.

Se preguntó a qué se dedicaría la prometida de él. O a qué no se dedicaría. Y si se llamaría Barbie.

Lara entró en el estacionamiento de su condominio mientras la última nota del éxito de *Evita* se desvanecía. No era muy fan de la versión de Madonna, pero al menos se sabía toda la letra. El nombre de la prometida de Jeff no importaba. Ni la prometida.

Ni Jeff.

Pero Gage, por otro lado... ¿Qué veía él cuando la miraba? ¿Le gustaba la salsa de pasta? A él le gustaban la carne y las papas, así que tenían eso en común. Pero, ¿era esa una base suficiente para una relación?

¿Y quién decía que él siquiera quería una? Un par de buenas noches, sí, definitivamente estaba dispuesto a eso, pero ¿y a largo plazo?

Lara subió los escalones del sendero hacia su condominio. Tenía treinta años; necesitaba pensar a largo plazo. Los hombres no tenían que preocuparse tanto por eso, pero sus óvulos no se estaban rejuveneciendo, y si el dolor en la parte baja de su espalda era un indicio, no iba a estar para corretear detrás de niños pequeños por muchos años más.

No podía desperdiciar esos años con un tipo que solo buscaba pasar un buen rato. Sexo genial, sin compromiso, verse cuando pudieran... todo eso de vivir el momento hubiera estado bien en sus veinte, excepto que los había malgastado estando casada con el Sr. Ken, pero estaba pensando en el resto de su vida. Necesitaba mantenerse enfocada en eso y no en el hecho de que Gage era como un dulce en un palito y todo lo que ella quería hacer era lamerlo.

Subió los dos escalones hasta el porche de su casa, abrió el mosquitero y…
Vio las flores.

No eran rosas. Por supuesto que no. Las rosas serían demasiado comunes. Demasiado cliché. Demasiado de *esposa trofeo*.

Eran lirios. Lirios tigre, azucenas, calas, con iris y crisantemos mezclados, abarcando toda la gama desde el rojo, al naranja y todos los tonos de rosa existentes, con hilos de pedrería entrelazados.

Vi estas y pensé en ti.
Pero tú eres más bonita.
~ G

Bueno, quizás vivir el momento tenía sus ventajas.

Dieciséis

—Recuerda dejar los girasoles en la hielera hasta el último minuto, Cara, para que no se marchiten. Este calor va a ser letal para todo el glaseado. —Lara acomodó varias toallas de cocina enrolladas debajo de la caja de girasoles en el asiento trasero del auto de Cara. Había tenido que cortar los tallos a un metro veinte en lugar de a un metro y medio, y también improvisar una forma de último minuto para unirles la flor, porque necesitaba la camioneta para la entrega de la fiesta en la playa y el asiento trasero de Cara era significativamente más corto de lo que había planeado para transportarlos—. Y agrega otra camioneta de reparto a nuestra lista de deseos.

—¿Antes o después de la segunda batidora?

—¿Qué tal al mismo tiempo?

Cara se deslizó en el asiento del conductor, derribando su gorro de chef en el proceso. —Creo que nos mataríamos si lo hiciéramos al mismo tiempo, Lara. En serio, estoy agotada. No sé cómo has podido seguir adelante.

Pura determinación inspirada por los cheques mensuales de la pensión alimenticia de Jeff.

—Recuerdas cómo conectar los tallos...

—Sí, sí, lo recuerdo. Demonios, anoche soñé con eso, de tan preocupada que me tienes de que lo haga mal. No es la gran ciencia, Lar. Si puedo pasar el examen de contadora pública, sin duda puedo atornillar unos cuantos pernos en un poco de bambú.

—Pero no los atornilles demasiado o lo romperás y se caerá. Y si se caen…

—Tendrá un efecto dominó en el resto del jardín. Sí, lo sé. Entiendo. Creo que por eso estuve despierta la mitad de la noche.

—Quizá eso tuvo que ver con Nick.

Cara cerró la puerta de golpe. —Esa fue la primera mitad de la noche. Tú te adueñaste del resto. Ahora déjame salir de aquí o nunca llegaré a tiempo. Diviértete en la fiesta de la playa.

Lara se apartó del auto para que Cara pudiera irse y se pasó el antebrazo por la frente. Sentía como si ella fuera a la playa. Menos la agradable brisa marina. Apenas empezaba junio y la Madre Naturaleza ya había decidido irse con todo, subiendo el calor para que pareciera más bien mediados de agosto.

Especialmente cuando estacionó la camioneta en la fiesta y vio a Gage de pie allí en shorts, una camiseta sin mangas, un par de chanclas, y con el pelo aclarado por los largos días bajo el sol. El hombre estaba para comérselo más que uno de sus cupcakes.

—Hola, Cupcake.

Al diablo con el fondant; *ella* se estaba derritiendo. —¿Qué haces aquí?

—Toma, déjame ayudarte con eso. —Levantó la rueda de la fortuna de la parte trasera de la camioneta—. Dos de mis chicos están aquí para actuar. Gina es prima de Bryan.

—¿Su prima? —Sacó el carrito, desplegó las patas, puso los frenos y luego se puso a arrastrar el pastel en plancha sobre él—. No habrás tenido nada que ver con que consiguiéramos este trabajo, ¿o sí?

Se encogió de hombros. —Gina necesitaba postre, tú tienes postre. Parecía una solución perfecta.

No paraba de resquebrajar su armadura, ¿no es así?

—Gracias. —Se esforzó por decir las palabras a pesar del nudo que tenía en la garganta y del férreo control que mantenía sobre sus emociones. No todos los hombres guapos eran como Jeff. Gage lo estaba demostrando.

—De nada. ¿Dónde quieres esto? —Gage levantó la rueda de la fortuna y sus bíceps se flexionaron.

Y Gage *definitivamente* no era como Jeff.

Se secó una gota de sudor de la frente. Hacía mucho calor aquí bajo el sol.

—Gina dijo que tendría dos mesas para mí.

—Ah, sí. Están junto a la nueva sala de masajes. Sígueme.

Con mucho gusto. Sus shorts de nailon le colgaban del trasero con un balanceo tentador y, de vez en cuando, se curvaban sobre sus nalgas muy bien.

Sí, hacía mucho calor aquí bajo el sol.

Él vació el resto de la camioneta por ella mientras ella montaba la rueda y le daba los toques finales al pastel en plancha.

—Se ve genial, Lara. —Pasó por detrás de la mesa y le entregó la caja de folletos, inclinándose para darle un beso rápido—. Tú también te ves genial.

Se agarró el gorro de chef, cohibida. —El calor debe estar derritiéndote el cerebro. Nadie se ve genial con un gorro de chef.

—Tú sí. —La besó de nuevo, demasiado rápido y ni de cerca con suficiente lengua. De hecho, *sin nada* de lengua.

Suspiró y se recordó a sí misma que eso era bueno. La pastelera no debería estar babeando sobre sus cupcakes. ¿Sobre Gage? Claro. ¿Cupcakes? No tanto.

Se abanicó las mejillas. —Cielos, sí que hace calor esta noche.

—Ahora sí. —Le dedicó esa sonrisa de lado que garantizaba calentarle la sangre aún más que el sol, y le pasó un nudillo por el brazo—. Te he extrañado.

Sintió un escalofrío, lo cual era ridículo con este calor. —Yo también. Gracias por las flores.

—Ya me agradeciste por ellas.

—Un texto no cuenta. Quería agradecértelo en persona.

—Te tomaré la palabra, digamos, ¿después de esta fiesta?

No terminaría aquí hasta después de las once, luego tenía que devolver la camioneta, limpiar los utensilios, las bandejas y la rueda de la fortuna, y dejar todo listo para mañana. —Está bien.

Esta vez le pasó el nudillo por la punta de la nariz. —Genial. Es una cita.

Ella volvió a sentir un escalofrío.

—¡Gage! —Una mujer corrió hacia la mesa. Una mujer muy guapa.

—Geen, ¿qué pasa? ¿Ya conoces a Lara?

Lara se relajó un poco. Gina. La prima de Bryan. Si Gage la hubiera querido, habría tenido años para intentar algo.

—Un placer conocerla. —La bienvenida de Gina fue, en el mejor de los casos, poco entusiasta. Ah, bueno, Lara estaba acostumbrada a la señora Applebaum, así que esto no era nada. El cliente siempre tiene la razón—. Gage, tenemos un problema.

—¿Qué es?

Gina miró a Lara. —Es, eh… Quizá deberíamos hablar de esto en privado.

Lara repitió su mantra de *el cliente siempre tiene la razón* y los despidió con un gesto. —Adelante. Podemos cortar el pastel cuando quieran.

—Genial. Gracias. —Gina se lo llevó a rastras, y Lara no podía quejarse. Gage se veía tan bien yéndose como… viniendo.

Sí. Hacía un calor de los *mil demonios* hoy.

* * *

—¿Qué pasa, Geen? —Gage se apresuró para seguirle el paso.

—Tanner está, eh, indispuesto.

Él le arqueó una ceja. —¿Y?

—No está en condiciones de actuar.

—¿A qué te refieres con que no puede actuar? —Gage ya se dirigía hacia la casa. Mierda. No necesitaba esto. Esta noche era la gran inauguración del nuevo spa de día que le había construido a Gina, y sus amigas y clientas estaban en el grupo demográfico clave de BeefCake. Esperaba conseguir algo de negocio esta noche, pero eso no pasaría si este evento salía mal.

Atravesó la cocina, pero se detuvo al llegar al pasillo. —¿Dónde está?

Gina señaló hacia arriba. —En el baño. No es una escena agradable.

Había visto a Tanner con su vestuario en numerosas ocasiones. Si Gina decía que no era agradable, algo malo había pasado.

—Mierda. —Subió las escaleras de dos en dos.

Tanner estaba acurrucado en el suelo del baño, con Carlo a su lado, impotente.

—¿Qué pasó? —Gage se arrodilló junto a él.

—No lo sé. No me he sentido muy bien últimamente y cuando me estaba preparando sentí un dolor muy agudo. —Se agarró el abdomen—. Estoy sudando como un cerdo. Espero que no sea mi apéndice.

Gage también lo esperaba. Pondría a su chico de mayores ganancias fuera de servicio y, demonios, Tanner *no* era un buen paciente. —Gina, llama a una ambulancia.

—Ya viene en camino. Iré a esperarlos. —Salió corriendo de la habitación.

—Tranquilízate, Tan. Te llevaremos al hospital y veremos qué pasa.

—Lamento decepcionarte, amigo.

—Oye, no te preocupes. Solo mejórate.

La puerta principal se abrió y oyó a los paramédicos subir las escaleras. Gage salió del baño para darles espacio para trabajar.

—Puedo encargarme de esto solo, jefe —dijo Carlo—. Bailaré el doble de tiempo. Les daré lo que pagaron.

Gage negó con la cabeza. Tenía que pasar, ¿no? Normalmente, Bryan estaría aquí. Gina era, después de todo, su prima. Él debería haber sido el que lo supervisara, pero Gage había querido acercarse a Lara, así que habían hecho un cambio. Con Bry encargado de la seguridad en la fiesta del quincuagésimo cumpleaños (esas mujeres de mediana edad solían ser mucho más manoseadoras de lo que él hubiera esperado), le tocaba a Gage arreglar esto.

Solo había una forma de hacerlo.

—Tráeme el vestuario, Carlo. Tengo un par de shorts de repuesto en mi camioneta. —Había empezado a llevarlos después de la primera vez que tuvo que reemplazar a alguien. Bailar era una cosa, compartir espacio en un suspensorio con otro tipo era algo completamente diferente. Había usado un condón y un calcetín esa primera vez y, después de eso, había guardado su propio par de emergencia en su camioneta. Le había salvado el trasero —y el pene— más de una vez.

Corrió hacia la camioneta mientras subían a Tanner a la ambulancia y miró hacia la mesa de Lara. Estaba ocupada with un grupo de invitadas. Con suerte, la mantendrían así durante la actuación. Si hubiera sabido que iba a tener que bailar, no habría hecho que Gina la contratara. Los bailes eróticos privados eran una cosa, pero ¿públicamente? Esto iba a ser demasiado personal.

Diez minutos después, llevaba puesto el vestuario de Tanner y sudaba la gota gorda tras bastidores.

Sacudió los brazos, giró el cuello. Esto era ridículo. Nunca tenía pánico escénico. Había hecho este baile docenas de veces. Había actuado cientos. Quizá miles. Solo tendría que hacer lo que siempre había hecho. Elegir a una mujer entre la multitud y bailar para ella.

Lara estaba entre la multitud.

Eso se convirtió en un problema cuando su pene también se dio cuenta. Mierda.

La música empezó y le dio un manotazo a Carlo en el brazo. —Rómpete una pierna.

—Tú también.

A él le gustaría romperse la *tercera*, porque se estaba interesando demasiado en el hecho de que Lara estaría observando. Cuando había propuesto la apuesta del baile erótico, había sido con la idea de que serían solo ellos two. Una erección no habría sido un problema —habría sido la solución, en realidad, si una cosa hubiera llevado a la otra—, pero ¿ahora? Iba a tener que elegir a una abuela en quien concentrarse.

Ni siquiera ese pensamiento lo hizo encogerse. Genial.

Llegó su señal y Gage inhaló profundamente, se enfocó en hinchar sus pectorales y entró al escenario contoneándose.

* * *

Lara levantó la vista cuando empezó la música. El patio trasero había sido rodeado con los paneles de terciopelo negro de BeefCake, Inc. colgados de marcos de PVC, con el estandarte de su logo en el frente. Las fotos ampliadas de los chicos no estaban allí, pero, ¿para qué, si el público iba a tenerlos en carne y hueso?

Los dos bailarines salieron y...

Uno era Gage.

Ay, Dios.

Llevaba un chaleco negro, un moño y un par de pantalones negros ajustados que no dejaban nada a la imaginación.

Y entonces empezó a contonearse... lo que *de verdad* no dejó nada a la imaginación.

Vaya, el tipo sabía *moverse*. Qué pena que se hubiera perdido esos movimientos por quedarse dormida en su cama.

Hizo un par de embestidas pélvicas y su tableta de seis —no, *de ocho*— se contrajo con una sensualidad que hacía agua la boca. Su compañero también lo hacía, pero, bueno, *él* no le provocaba lo mismo que Gage.

Al público le encantó. Empezaron los piropos y las mujeres se abrieron paso hasta el escenario.

Sus novios se abrieron paso hasta la mesa de ella. Entendía perfectamente por qué.

Gage levantó los brazos y los puso detrás de su nuca, sus pectorales bailando al compás del ritmo grave y pesado que retumbaba por sus venas hasta un punto en particular. Flexionó los bíceps con el ritmo, primero uno, luego el otro, y entonces se dio la vuelta y —¡santo cielo!— meneó el trasero a un ritmo vertiginoso.

Esos shorts de nailon que había usado antes deberían ser quemados porque no le hacían ninguna justicia a sus atributos como lo hacían esos pantalones. El cuero negro moldeaba los glúteos más firmes que había visto en mucho tiempo... bueno, desde la mañana siguiente en su habitación de hotel.

—Eh, ¿señorita? —Un tipo le chasqueó los dedos en la cara—. ¿Tiene cupcakes de red velvet? Son los favoritos de mi novia.

Lara sacudió la cabeza, apartando la mirada de Gage. El negocio primero.

—Mmm, sí. Sí tengo. Son... Déjeme ver... —Maldición, estaba toda azorada—. *El negocio, Lara.*

Correcto. A concentrarse. Y a sacar la mente de los pantalones de Gage.

Hacía un calor infernal esa noche.

Le entregó el cupcake al tipo.

—Gracias. A ver si esto funciona —masculló él antes de dirigirse a la multitud de mujeres que bailaban.

—¿Y de chocolate? —preguntó otro tipo—. ¿Con glaseado de chocolate? ¿Y relleno? Cuanto más chocolate, mejor.

Lara le entregó su Especial Delicia del Diablo, que tenía las tres cosas.

Otro tipo quería de pastel de fresa, otro de tarta de queso; todos llevando los cupcakes de vuelta a la multitud contoneante, probablemente para intentar desviar la atención de sus novias hacia otro lado.

Buena suerte con eso. Sus cupcakes eran buenos, pero nada se comparaba con la pura perfección de la forma masculina haciendo embestidas pélvicas al ritmo sensual y sexy de la música sobre ese escenario. Este espectáculo era un festín para todos los sentidos y el azúcar no era el sabor que esas mujeres deseaban. Gage y Bryan sin duda sabían lo que hacían cuando armaron su plan de negocios y —¡*uf*!—, ciertamente sabían cómo encender al público.

Las mujeres prácticamente gritaban. Alguien de hecho lanzó un sostén al escenario. El compañero de Gage lo recogió y le guiñó un ojo a una mujer en la primera fila.

De forma totalmente irracional, una marea de celos creció en el interior de Lara, amenazando con ahogarla.

De hecho, a Lara le gustaría ahogar a esa mujer. No se le había insinuado a Gage, pero ¿y si él hubiera estado en ese lado del escenario? Debía de estar tan acostumbrado a que pasaran cosas así. Demonios, mira cómo se le había lanzado ella en la despedida de soltera y él ni siquiera se había quitado la mitad de la ropa. Solo Dios sabía lo que habría hecho si lo hubiera estado.

¿Qué podía ver Gage en ella? El hombre era la perfección física pura; más de lo que Jeff había sido jamás y *él* la había dejado.

Las palabras de Cara resonaron en su mente. *Gage te desea. Sé aventurera.*

Fácil de decir; Gage era un riesgo enorme para su frágil ego.

Por suerte, tenía un flujo constante de novios celosos en busca de cupcakes para mantener su mente alejada de él, pero de vez en cuando levantaba la vista y... sí, ese cosquilleo volvía a arremolinarse en la parte baja de su vientre.

El chaleco se fue. Lo estaba haciendo girar sobre su cabeza como un lazo cuando ella levantó la vista y la boca se le secó por completo.

Vale, no era una buena elección de palabras, porque hizo que su mirada se dirigiera directamente a su entrepierna, y, oh, sí, no quedaba *nada* a la imaginación. Incluso desde allí atrás podía decir que el hombre no tenía ningún problema en ese departamento.

Entonces se arrancó los pantalones.

Santa madre de... Agarró la botella de agua que guardaba debajo de la mesa y se echó un poco por la camisa.

No sirvió de nada para refrescarla.

Llevaba unos pequeños shorts negros ajustados sobre esas caderas contoneantes, con demasiados meneos y contorsiones para su gusto... bueno, no, eso no era cierto. Le gustaba; solo que no quería que a las demás mujeres también les gustara.

Y entonces salieron los billetes de dólar. Por supuesto, en el lapso de unos treinta segundos, Gage lucía el equivalente a una fortuna.

Estaba celosa. No tenía derecho a estarlo, en realidad, pero *él* la había besado a *ella* cuando llegó. Cierto, no había sido tan intenso como el de hacía unos días, pero tenían planes para después. Esas mujeres necesitaban mantener sus dedos y sus billetes de dólar para ellas.

En un mundo perfecto, eso sucedería, pero a esto se dedicaba Gage. Alimentaba las fantasías de esas mujeres. Dejaba que metieran sus sucios deditos dentro de sus pantalones. Quizás algunas llegarían más lejos, ¿quién sabía? ¿Aceptaba a menudo sus ofertas? Después de todo, lo había hecho con ella.

Lara se sentó en un taburete. Dios, no lo había pensado de esa manera. Ella había estado allí esa noche, más que dispuesta, y él se había aprovechado.

Bueno, no, no se había aprovechado de ella, solo de su oferta. De hecho, había sido un caballero increíble al respecto, pero aun así. No podía haber sido la primera vez que se llevaba a una mujer a su habitación... ¿querría que fuera la última?

Lara *no* compartía.

Se secó la nuca con un paño de cocina. Estaba siendo ridícula. Cara le daría una bofetada si pudiera escucharla. *Sé aventurera. Él te desea.*

¿Pero por cuánto tiempo?

Esa era la cuestión. No podía soportar que la dejaran de nuevo. Dolía demasiado. Era demasiado degradante. Debilitante. El amor simplemente no valía la pena... ¿y quién decía que el amor estuviera siquiera sobre la mesa? Tal vez esto era solo lujuria a la antigua. Que, por alguna razón, Gage encontraba algo interesante en ella, pero después de un par de revolcones en la cama, todo se acabaría.

¿Y entonces dónde quedaría ella?

Él y su compañero estaban ganando un dineral allí arriba en ese escenario. Realmente sabía bailar. ¿Y no decían que la forma en que un hombre bailaba estaba directamente relacionada con la forma en que él...?

—¿No está mal, eh? —Gina se acercó a la mesa.

Lara se puso de pie de un salto. —Mmm, sí. Ha tenido una gran asistencia para este evento. Gracias, de nuevo, por usar a Cavallo's Cups & Cakes.

—Estaba hablando de Gage. —Gina señaló con la cabeza el escenario donde Gage ahora provocaba al público pasando los billetes por la cinturilla de sus shorts.

Si se los quitaba, ella se derretiría en un gran charco informe allí mismo.

—Mmm, sí, genial. Él y Bryan tienen un buen modelo de negocio.

Deseó tanto enterrar la cara en el pastel rectangular cuando Gina sonrió con aire de suficiencia.

—Es la primera vez que lo oigo descrito de esa manera, pero de acuerdo. —Gina tomó un cupcake de Tentaciones Sabrosas—. Así que Gage me dice que este es un negocio nuevo para usted.

Negocios. Gracias a Dios. Eso era lo perfecto para quitarle de la mente los abdominales de Gage… y su trasero, sus muslos y sus brazos. —No es nuevo. Mi prima y yo llevamos siete meses en el negocio. Tenemos muchos clientes satisfechos y los pedidos llegan todos los días. —Le entregó a Gina uno de los folletos, tratando de no mirar por encima de su hombro los abdominales marcados de Gage, pero, ay, qué difícil era no hacerlo—. Aquí hay algunos testimonios y puedo conseguirle números de teléfono si desea hablar con ellos directamente.

Gina tomó el folleto. —Tranquila. La contraté por la palabra de Gage, y si usted es lo suficientemente buena para él, es lo suficientemente buena para mí. —Gina le dio un mordisco al cupcake—. Solo asegúrese de *ser* buena para él.

Estaba hablando de cupcakes, ¿verdad?

Lara estaba ponderando su respuesta a eso cuando, de repente, hubo una gran conmoción en la zona del espectáculo cuando una mujer se *lanzó* al escenario. O sea, en serio, se *lanzó*. Impulsada desde el trampolín improvisado de las manos cruzadas de sus amigas… y la habían arrojado directamente a Gage.

—Oh, diablos. ¿Es *broma*? —Gina dejó caer el cupcake sobre la mesa y salió corriendo.

Lara solo pudo quedarse mirando cómo Gage se tambaleaba por el impacto, pero de alguna manera logró mantenerse en pie con la mujer envuelta en él como una manta. *Besándolo*.

Oh, Dios. Lara cerró los ojos. No podía verlo. Claro, él no lo había provocado, pero, cielos, no lo necesitaba con mujeres que literalmente se arrojaban sobre él.

No podía pasar por esto de nuevo.

La música se cortó en medio de los vítores del público. Genial. El pobre Gage estaba siendo asaltado y la gente animaba a la lapa. Lara abrió los ojos y vio a Gina y un par de tipos del público tratando de despegar a la mujer de él, una escena tan similar a cuando había visto a la rubia enroscada en Jeff en la parrillada de los Schmitt. Jeff se había liberado y le había dicho que no había sido su culpa —que ella se le había insinuado—, pero el daño ya estaba hecho. Le habían halagado el ego —y probablemente no solo eso— y él había empezado a mirar a su alrededor. Empezó a encontrarle defectos. A criticarla, degradarla, desmoralizarla.

Finalmente, despegaron a la sanguijuela de Gage, y ¿cómo no? Él miró por encima del público, a través de la extensión del patio trasero, su mirada buscándola como un misil teledirigido.

La disculpa que vio allí la golpeó con la misma fuerza.

Necesitaba encontrar un tipo agradable, de apariencia normal y corriente. Olvidarse de alguien sexy y atractivo; todas las mujeres querían eso. Necesitaba encontrar a alguien en quien pudiera confiar; alguien que quisiera establecerse con ella por el resto de sus vidas y se contentara con no mirar a otra parte. La pasión podría no ser la que sentía con Gage, pero al menos podría contar con un para siempre.

Diecisiete

Después de la actuación, Gage tomó la ducha más rápida —y más fría— que el hombre haya conocido, se puso su camiseta sin mangas y sus shorts, y salió en busca de Lara.

Había visto la expresión de su rostro cuando la mujer lo emboscó. Si no se hubiera estado concentrando tanto en no mirar a Lara, habría visto lo que estaba sucediendo justo frente a él antes de que llegara al punto al que había llegado. Pero no lo hizo, y la expresión en el rostro de Lara lo preocupaba muchísimo.

Leslie había demostrado lo grande que podía ser el problema de los celos. No que debiera haberlo sido. Cuando él estaba con alguien, estaba con ella y solo con ella. Pero se necesitaría una mujer muy segura de sí misma para soportar su trabajo extra. Lo sabía. Hasta que vio la expresión herida en el rostro de Lara desde el escenario, había esperado que ella fuera esa mujer.

Debería serlo, maldita sea, sin importar lo que ese imbécil de su exmarido le hubiera hecho o dicho. Era hermosa, era amable, era divertida y tenía éxito en lo que hacía; además de ser sexy como el infierno. ¿Cómo podría no ser segura?

Eso era lo que quería averiguar. Llegar al fondo del asunto. Convencerla de que lo que pasó esta noche no era nada. Que no tenía ningún impacto en lo que estaban comenzando.

Pero, diablos, la idea de que estaban comenzando algo lo aterraba casi tanto como volver a ver esa expresión en su rostro.

Un par de mujeres solteras lo interceptaron e hizo lo posible por zafarse sin ser grosero. Era parte del trabajo y no podía permitirse ser poco profesional con todo este negocio potencial alrededor. Pero tenía que llegar hasta Lara.

—¡Gage! —Gina lo tomó del brazo—. Lamento mucho lo que pasó. No sé qué les picó a Megan y a su grupo. Claro, son escandalosas, pero hacer eso... —Gina negó con la cabeza.

—Así son las cosas, Geen. No puedo decir que no haya pasado antes. —Y probablemente volvería a pasar. Si tan solo no necesitara el dinero que estos trabajos le proporcionaban.

—Lara parece simpática —dijo Gina, entregándole una cerveza y caminando con él hacia la mesa de los cupcakes—. Aunque no es tu tipo habitual.

Él le dio un buen trago largo y fresco. —No sabía que tenía un tipo.

—Espectaculares, rubias y unas arpías. Tus últimas cinco novias me trataron como si fuera la servidumbre.

—Estás exagerando.

—Si tú lo dices.

—Pero Lara es espectacular.

Gina inclinó la cabeza. —Pero no una bomba sexy.

—Sabes, Geen, en algún momento un hombre madura. Empieza a pensar con la cabeza que tiene sobre los hombros en lugar de la que tiene en los pantalones. —Tomó otro trago, no queriendo pensar en *eso*.

—Estoy segura de que a ella le encantará saber que es la elección lógica y no aquella sobre la que quieres lanzarte.

Se atragantó con la cerveza. —¿Qué te pasa esta noche? No sueles ser tan directa sobre mi vida amorosa.

Ella exhaló. —Tienes razón. Lo siento. Es que me sorprendiste con ella. Nunca hubiera esperado que quisieras a alguien como ella.

—¿Qué quieres decir con alguien como ella?

—Agradable. Con los pies en la tierra. Genuina.

—Ah. —La miró—. ¿Tan malas han sido las otras?

—No tanto malas como que no eran nadie con quien pudiera verte estableciéndote. ¿Con ella? Sí, puedo verte estableciéndote con ella. —Chocó el cuello de su botella con el de él—. Tengo que ir a cortar el pastel. Buena suerte, Gage.

La vio dirigirse a la otra mesa. *Establecerse con ella*. Gina se estaba adelantando un poco. No podía pensar a largo plazo. No ahora que Connor, Missy y Jayna lo necesitaban. Había demasiadas cosas que hacer y nunca suficiente tiempo para hacerlas. Vaya ejemplo cómo él y Lara no habían podido verse en toda la semana. Unos cuantos mensajes de texto —ni siquiera una llamada telefónica— no eran la base para una relación.

Además, ambos estaban demasiado ocupados construyendo sus negocios. Ella acababa de salir de un mal matrimonio y él... bueno, él no sabía cuándo estaría listo para un «para siempre». En este momento, el día a día era un desafío. Y después del desastre de esta noche, se enfrentaba a uno más.

—Buen espectáculo —dijo una mujer que se puso en la fila detrás de él para los cupcakes.

—Gracias.

—¿Haces fiestas privadas?

Gage le dedicó la sonrisa lenta que las derretía, mientras le daba tiempo para evaluar la situación. Le habían hecho propuestas cientos de veces. Había aceptado algunas de sus ofertas en el pasado, pero, hoy en día, ya no estaba interesado.

—Las fiestas más pequeñas que hacemos son de cuatro personas y requieren un mínimo de dos bailarines. —Él y Bry habían establecido esa pauta desde el principio, ya que ambos habían tenido demasiados encuentros que podrían haber terminado mal en sus mejores tiempos.

Vio los signos de dólar desfilar por la mente de la mujer. La vio sacar una balanza mental y sopesar esa cantidad contra la posibilidad de que ella saliera ganando en ese trato. Le encantaría decirle que ese porcentaje era cero: nadie se acostaba con clientes que pagan en horario de trabajo, razón por la cual había tenido que esperar hasta que terminara el espectáculo para irse con Lara esa primera noche.

—¿Tienes una tarjeta?

Sacó una del bolsillo de sus shorts. —Claro que sí. Llámanos mañana. Te agendaremos y puedo reunir a un par de los chicos.

—Oh, pero tú podrías hacerlo. Quiero decir... —Su sonrojo era completamente fingido—. Lo hiciste tan bien allá arriba.

Sí, justo lo que pensaba. No habría fiesta. O si la hubiera, intentaría que terminara siendo una fiesta de uno... bueno, de tres.

—Lo de esta noche fue una ocasión especial. Ya no bailo. Soy el dueño de la empresa.

Sus cejas se alzaron y se acercó un poco más. —¿Hay alguna manera de que pueda hacerte cambiar de opinión?

Dejó de sonreír. No había necesidad de engancharla. O lo contrataba o no, pero no iba a vender su alma por un par de cientos de dólares. Ya era bastante malo que estuviera vendiendo su cuerpo.

—Lo siento, me temo que no. Como dije, esta noche fue una ocasión especial.

—Ciertamente lo fue. —Se lamió los labios.

Dios lo salvara de las mujeres al acecho.

Salió de la fila. De todos modos, no quería un cupcake, no cuando quería a la *repostera* de los cupcakes.

Si es que todavía le hablaba.

Se deslizó detrás de la mesa de ella, observándola atender a la multitud. Era agradable, con la cantidad justa de profesionalismo para que supieras que cada uno de sus cupcakes tenía su sello personal de aprobación. Habiéndolos probado, él podía dar fe de su maestría en su oficio.

Habiéndola probado a *ella*, podía dar fe de su maestría sobre *él*.

—Si quieres un sabor que no tengamos —le dijo a dos mujeres que tenían folletos en las manos—, estaré más que feliz de ver si puedo conseguirlo para ti.

Él no iba a comentar sobre el sabor de ella. Eso quería guardárselo solo para su conocimiento.

Lara le entregó el último de los cupcakes con temática de tortuga marina a uno de los invitados. Gage sabía que guardaba más debajo de la mesa en la caja térmica con ruedas que había ayudado a descargar antes, así que se subió los shorts, se agachó a su lado, tomó una caja y se la pasó.

—Gracias —dijo ella con esa sonrisa frágil que lo golpeó en el plexo solar.

Necesitaban hablar.

—¿Qué más puedo hacer por ti? —Lo dijo en todos los sentidos de la palabra.

Ella tragó saliva, un movimiento diminuto, pero revelador. Sí, definitivamente necesitaba llevársela a un lugar a solas para aclarar las cosas.

—¿Quedan más caballitos de mar? No hice muchos porque, por lo general, son los niños los que prefieren el sabor a bastón de menta, no los adultos. Pero parece que a todos se les ha despertado el apetito por algo dulce.

Él tenía apetito por algo dulce, desde luego. Y su nombre era Lara Cavallo.

Revolvió en las cajas, pero los caballitos de mar no estaban por ningún lado. —Parece que se acabaron.

Lara no vaciló ni un segundo; en su lugar, le recomendó al cliente uno de los cupcakes de concha de caracol. Dijo que el algodón de azúcar era tan dulce y delicioso como el bastón de menta.

Todo en lo que él podía pensar era en lamer algo. Preferiblemente sus piernas. Estaba sentado justo al lado de ellas y le era imposible no ser consciente de ellas. Tersas, bronceadas y desnudas… Solo quería un mordisquito.

Se ajustó los shorts. Nunca habría pensado que los cupcakes pudieran ser excitantes, pero con Lara, definitivamente lo eran.

En ese momento, ella se movió al otro extremo de la mesa, así que Gage se dedicó a hacerse útil por aquí, donde no estaría tentado…

Corrección. *Siempre* estaría tentado cerca de ella.

¿Qué tenía ella que lo afectaba tanto? Gina tenía razón; nunca había estado con alguien como Lara. Olvidándose de su apariencia —no que pudiera —, era en esa parte *genuina* en la que estaba enfocado. Había estado tan sexy esa noche en el club. Su apariencia oscura y sensual había capturado su atención en un mar de rubias falsas con demasiada silicona y bronceados artificiales, la extraña percepción de la sociedad sobre un supuesto ideal.

Luego había bebido un poco de más y él había tenido la oportunidad de conocer a la verdadera Lara. *In vino veritas* nunca había sido más cierto. Era adorable. Tan orgullosa de su pastelería, tan dispuesta a festejar y bailar y estar con él. Incluso había querido besarse en la pista de baile. Él había sido el que se contuvo entonces, queriendo mantener ese momento en privado, tanto por las bromas que le habrían hecho los chicos como porque había querido saborearlo. Saborearla a ella.

Todavía lo hacía.

Gina se acercó mientras Gage sacaba las dos últimas cajas de cupcakes, hizo su numerito para animar al público por el micrófono y luego cortó el pastel. Toda la fiesta se abalanzó sobre la mesa entonces, y Gage no tuvo ninguna oportunidad de hablar con Lara, ya que estaban demasiado ocupados repartiendo postres como para tener un momento a solas.

Pero encontraría el momento una vez que esto terminara.

Dieciocho

Gage ayudó a Lara a desarmar su puesto y a empacar todo en el carrito para llevarlo de vuelta a su camioneta. Se había ofrecido a empujarlo por ella, pero Lara se había mantenido firme en que podía arreglárselas sola y, al tener dos hermanas, él había aprendido que cuando una mujer dice que puede arreglárselas sola, es porque puede, y era mejor que la dejara en paz.

—Lara, sobre lo que pasó en el show de esta noche...

—Oh, sí. Eso. ¿Cómo estás? ¿Estás bien? ¿Qué la hizo hacer eso? ¿La conoces?

Estaba divagando y a él le pareció adorable. *Ella* le pareció adorable. E increíblemente sexy. ¿Cuándo había sido la última vez que una mujer le había parecido adorable *y* sexy al mismo tiempo? Quizá Gina tenía razón sobre su tipo de rubia explosiva.

—Estoy bien. Probablemente su orgullo está más herido que otra cosa.

—¿Eso pasa seguido? ¿Que las mujeres se te lancen encima? —se mordisqueó el labio inferior mientras evitaba el contacto visual levantando los moldes de pastel frente a ella, obstruyendo perfectamente su campo de visión.

Lo que Gage no hubiera dado para que ella se enfocara en él.

—Técnicamente, sus amigas me la lanzaron encima.

Ella bajó los moldes de pastel y lo fulminó con la mirada.

De acuerdo, las bromas no eran la mejor opción. —Eh, no, no pasa seguido, pero *son* gajes del oficio. Debes saber que, independientemente de la política de no confraternización de nuestra empresa, tengo mis propias normas, y hacer el amor en público no es una de ellas.

En privado, por otro lado...

Empujó el carrito hasta la camioneta y rebuscó las llaves en su bolso. —Pero pensé que habías dicho que ya no bailabas.

—Tanner se enfermó. Podría ser apendicitis. Tuve que cubrirlo. Por eso Bryan o yo vamos a todas las presentaciones. Uno nunca sabe lo que va a pasar y, como en este caso, fue bueno que tuviéramos a alguien más disponible. La gente pagó por un show; merecían verlo.

—Ciertamente se los diste.

No estaba seguro si eso era un halago o una condena. —¿A ti te gustó? Bueno, antes de que Megan se descontrolara, quiero decir.

—Tendría que haber estado muerta para que no me gustara. —Lara abrió las puertas dobles de un tirón y se volvió hacia el carrito—. A todas las mujeres aquí esta noche les gustó. Tienes que saberlo.

—La tuya es la única opinión que importa.

Ella se detuvo a medio camino hacia el carrito por un instante.

Dos.

—Lara.

Respiró hondo y luego tomó la pila de cajas aplanadas. —Estoy segura de que tendrás un montón de trabajo mañana a primera hora.

Eso no era lo que él quería oír.

—Digo, vi a Maryellen Bledsoe hablando contigo después. Eso será bueno para una despedida de soltera.

—¿*Ella* se va a casar? —Eso le daba un giro totalmente nuevo al hecho de que la mujer se le hubiera insinuado.

—No, su hija. —Lara plegó el carrito y lo deslizó en la parte de atrás de la camioneta, luego se dio la vuelta y se sacudió las manos—. Gracias por ayudarme con todo, Gage. Te lo agradezco.

—¿Así que eso es todo?

—No sé a qué te refieres.

—Creo que sí sabes. —Se cruzó de brazos, muy consciente de lo que eso le hacía a su pecho y sus pectorales, y el efecto que tenía en las mujeres. No estaba por encima de usar lo que Dios le había dado para llamar su atención. Un golpe bajo, tal vez, pero estaba desesperado—. Yo no me le insinué a Megan.

Ella y sus amigas se descontrolaron un poco. Pasa, pero sin resentimientos. No es como si fuera a aceptar su oferta.

Ella se quitó el gorro de chef. —Ese es el punto, Gage. No es nada. Todas las mujeres aquí te deseaban.

—Sí.

—¿Sí? ¿Eso es todo lo que tienes que decir? ¿Lo sabes?

—Por supuesto. Se supone que deben hacerlo. De eso se trata el show. De ofrecer una fantasía. Es lo que me propongo hacer.

—Pero sus novios estaban aquí mismo.

—¿No crees que los hombres van a clubes de *striptease*? En todo caso, hemos traído igualdad a las relaciones.

—¿Cómo puede ser igual si están deseando a otra persona? ¿No es el punto de una relación estar *en* una? ¿No es por eso que la gente forma relaciones, para estar con esa única persona? No entiendo eso de mirar a otras personas. ¿Para qué molestarse en tener una relación si eso es lo que vas a hacer?

Así que su ex también la había engañado. Un deseo ardiente de destrozar al tipo, miembro por miembro, rugió en su interior. El imbécil no merecía vivir. Y ciertamente no la había merecido a ella. ¿Qué diablos haría que el hombre que había tenido a *Lara* se fuera con otra persona?

Pero gracias a Dios que lo había hecho, porque ahora Gage tenía una oportunidad con ella.

Y así de simple, su mundo cambió.

Sí que quería una oportunidad con ella. Más que solo unos cuantos mensajes de texto o una noche robada aquí y allá, la quería a *ella*. Estar con ella. Explorar lo que estaba pasando entre ellos. Sí, sería difícil, pero sería más difícil no tenerla en su vida.

Le tomó la mano. Necesitaba tocarla y quería que ella lo sintiera. —Lara, no puedo definir las relaciones de otras personas. Hay una demanda para Beef-Cake, Inc. y nosotros la estamos satisfaciendo. Pero eso no significa que eso sea quien soy. Que me defina a mí o cómo vivo mi vida. Sabes por qué hago esto. Para mí, eso es lo fundamental. Connor y Missy. Me mato trabajando para ayudarlos, tanto en mi trabajo de día como en este. Es la mejor oportunidad que tenemos. No cometas el error de pensar que eso es quien soy. No lo es. Es una fantasía... para las clientas.

»Salgo, doy un show, les doy lo que quieren y luego me voy. Vuelvo a mi vida real. Missy y Connor y mi trabajo de día. Y a ti. —Le llevó la mano a los labios y la besó—. Volví a ti. Trabajé en tu mesa, te ayudé a terminar, limpié contigo y empaqué para ti. No para nadie más.

Podía ver que ella quería creerle. Él quería hacerla creerle, y aunque las acciones hablaban más que las palabras, en este caso solo enturbiaría el asunto porque ella había visto toda esa sexualidad descarada esta noche y no había podido lidiar con ella.

Justo como Leslie.

Exhaló, rezando para que ella no lo dejara todo antes de que siquiera hubiera comenzado.

O... ¿quería que lo hiciera? Le haría la vida mucho más fácil.

Pero no mejor.

Fue ese pensamiento lo que lo impulsó. —Me gustaría mucho ir a algún lugar y estar contigo. Como sea que quieras definirlo, solo quiero estar contigo.

Ella quería; podía verlo en el aleteo de su pulso en la garganta. En la forma en que sus ojos se encontraron con los de él y esa manera tan sexy en que se mordisqueaba el labio.

Él le acarició con los dedos la sien y le bajó por la mejilla. —Por favor, cariño. Solo quiero estar contigo. Aunque sea solo para hablar. Me gusta hablar contigo. Me gusta estar contigo. Te he extrañado esta semana. Esperaba que sintieras lo mismo.

Ese era el problema. Ella *sí* sentía lo mismo. Y eso la asustaba de muerte. A pesar de todo el *sé aventurera* de Cara, simplemente no estaba segura de estar lista para el riesgo. Mira lo que había pasado esta noche: Gage no había hecho nada malo, pero ella estaba lista para crucificarlo por eso. En lo único que había podido pensar era en lo que él podía ver en ella. En cuándo caería el segundo zapato y él estaría encima de una de esas mujeres —o, demonios, tal vez más— y ella se quedaría curando un corazón roto *otra vez*.

Pero entonces Gage deslizó esas deliciosas yemas de los dedos que ya habían enviado escalofríos desde su sien por su mejilla hasta partes más al sur, retorciéndose y revolviéndose en su corazón y su estómago, y las deslizó por su mandíbula, a lo largo de su garganta hasta la clavícula. Apenas un roce, pero captó su atención y ella esperaba... realmente esperaba que esta vez, con él, fuera diferente. Que pudiera confiar en lo que decía. A diferencia de Jeff.

Jeff.

Lo estaba haciendo de nuevo. Permitiendo que su exesposo definiera su vida y cómo veía el mundo.

De ninguna maldita manera. Jeff había perdido ese derecho cuando eligió a otra persona.

—Tú me deseas, Lara. Quieres estar conmigo.

Bueno, obvio.

—Y yo quiero estar contigo.

Tragó saliva. *Sé aventurera.*

Siempre había seguido las decisiones de Jeff. Lo que fuera que él quisiera hacer en cualquier situación. Su trabajo, su casa, su negocio de repostería, de qué lado de la cama podía dormir, qué ropa debía usar... No se había dado cuenta de lo controlador que había sido y de cuánto se había dejado controlar hasta que todo se desmoronó.

Si de verdad quería liberarse de Jeff, necesitaba hacer lo que *ella* quisiera hacer.

Y quería a Gage. Por el tiempo que fuera, sin importar lo que había pasado en ese escenario esta noche, o que las mujeres se le hubieran insinuado todo el tiempo. Si no confiaba en él, si se rendía a la paranoia, estaría dejando que Jeff ganara de nuevo.

Sé aventurera.

Gage no se había movido. Estaba a unos doce centímetros de ella, con el dedo justo encima de su corazón y sin que ninguna otra parte de él la tocara, dejándola tomar la decisión.

—Sí, Gage. Tienes razón. Sí te deseo. Vayamos a casa.

Diecinueve

Hay que reconocerle a Gage que no infringió ninguna ley para llevarlos de vuelta a casa de ella, pero a Lara no le habría importado que lo hiciera. Una cosa era dar el salto, pero otra muy distinta era tener que dudarlo durante veinticinco minutos mientras lo seguía en la camioneta.

Pero todo se reducía al hecho de que lo deseaba. Era tan simple como eso, porque aunque esa tal Megan le había estado coqueteando descaradamente, *él* no le había seguido el juego a *ella*. Era muy importante que Lara recordara eso. A diferencia de Jeff, que había sido un pulpo alrededor de la Barbie de plástico la noche que ella descubrió la infidelidad, Gage no era el culpable, y si quería tener alguna oportunidad de superar a Jeff, tenía que permitir que Gage fuera quien decía ser, sin que ella proyectara sus problemas en él.

Él le abrió la puerta de la camioneta cuando ella apagó el motor y le tendió una mano para ayudarla a bajar, o tal vez fue para atraerla hacia él.

Ella fue de buena gana.

—No tuve la oportunidad de hacer esto como se debe —dijo él antes de besarla.

Definitivamente no fue un beso como se debe.

Fue apasionado, hambriento y todo lo que ella necesitaba. Esas mujeres podían fantasear todo lo que quisieran; ella tenía al de verdad en sus brazos y pronto, con suerte, en su cama.

Oh, Dios. Las imágenes que vio en su mente mientras la lengua de él hacía cosas deliciosamente pecaminosas con la suya, encendiendo cada terminación nerviosa a toda máquina, casi la hicieron perder la cabeza.

—Adentro —fue todo lo que consiguió decir.

Pero fue todo lo que necesitó decir. Gage la tomó de la mano, le dio un último beso intenso en los labios y luego prácticamente la arrastró por el sendero. Batallaron un poco con la llave de ella, pero terminaron empujando la puerta juntos y casi cayendo adentro.

Gage cerró la puerta de un portazo detrás de ellos y la atrajo contra él. —¿Así que supongo que no quieres hablar?

Era tan jodidamente sexi. Sus ojos aguamarina taladraban los suyos, su duro cuerpo presionado contra el de ella para que pudiera sentir cada contorno y músculo, y sí, hablar estaba definitivamente sobrevalorado.

Se mordisqueó el labio, tratando de no sonreír. —Bueno, si eso es lo que quieres hacer...

Él la besó. Con fuerza.

Necesitaba eso. Lo necesitaba a él. Necesitaba esto. Lo rodeó con sus brazos y le devolvió el beso.

Él gimió y las rodillas de Lara se volvieron gelatina ante el sonido.

Afortunadamente, Gage la levantó en vilo con sus brazos fuertes y esculpidos y la llevó por el pasillo hasta su habitación, sin romper el beso ni una sola vez.

Con los pies colgando entre las piernas de él, a Lara no le importó. Todo en lo que podía concentrarse era en el calor, el sabor y la sensualidad absoluta de su beso. Sus labios eran increíbles, su lengua aún más, y la tensión contenida que sentía en él era embriagadora.

Encendió el interruptor de la luz junto a la puerta de su habitación.

—¿Qué? —preguntó ella, echándose hacia atrás cuando él la puso de pie; la luz era demasiado deslumbrante.

—Quiero verte, Lara. Nada de andar a tientas en la oscuridad. Quiero ver todo lo que estás sintiendo. Quiero verte deshacerte en mis brazos. Quiero verte sonreír después.

Lo cual ocurriría demasiado rápido si seguía diciendo cosas así. Le puso la mano en la boca. —Cuidado. No te apresures. Quiero disfrutar cada segundo.

Le mordisqueó los dedos. —Confía en mí, cariño, lo harás.

Confiaba en él. Por sorprendente que fuera, dado a lo que se dedicaba y cómo se le insinuaban las mujeres, confiaba en él.

Eso debería preocuparla —mucho—, pero sus manos recorrían todo su cuerpo, desatando fuego por sus venas y a través de cada terminación nerviosa mientras se deslizaban por debajo del dobladillo de su camiseta para acariciarle el vientre, y no podía preocuparse. Lo único que podía hacer era sentir. Y disfrutar.

—Tan suave y tersa —susurró—. Como el satén.

Sábanas de satén, tal vez. Ojalá tuviera unas.

Iban a estar en su lista de compras mañana.

Sus dedos se deslizaron por debajo de la cinturilla de su falda. —Quiero sentirte, Lara. Entera. Tocar, saborear y tentar cada centímetro de ti.

—Ya lo estás haciendo.

—Oh, cariño, todavía no has visto nada. —Y con eso, desabrochó la cremallera de su falda para dejarla caer a sus pies, luego le arrancó la camiseta por la cabeza, dejándola solo con los dos jirones de seda y encaje color durazno que constituían su ropa interior.

Así que, bueno, quizás había estado esperando que esto sucediera esta noche.

Gage aspiró una bocanada de aire. —Dios mío, eres hermosa.

No, estaba cohibida. Después de todo, el hermoso era él. Con el cuerpo perfecto. Que había exhibido para el disfrute de todos.

Sé aventurera.

Cierto. No iba a dejar que sus inseguridades arruinaran esta noche. Gage estaba aquí con ella, la deseaba, y sería una tonta si dejara que algo se interpusiera.

Así que, en cambio, revivió el baile de esa noche en su cabeza, imaginando que solo habían estado ellos dos. Sin multitud, sin otras mujeres, sin Gina, solo Gage y ella, y él había estado bailando solo para ella. Que cada círculo de sus caderas, cada guiño y sonrisa, cada mano deslizándose sobre su piel y cada mirada seductora en sus ojos... todo eso había sido para ella.

Agarró el cuello de su camiseta sin mangas y tiró.

Los ojos de Gage se encendieron y, oh, Dios mío, no podía creer que hubiera hecho eso. Nunca antes le había arrancado la camisa a un hombre.

Él sonrió con esa sonrisa ladeada y perversamente sexi y retiró las manos de su cuerpo. —Toda tuya, Lara.

Ya no había tiempo para avergonzarse. Especialmente cuando eso la excitaba.

Agarró el último trozo de tela que mantenía unida la camiseta en la parte inferior y la rasgó, luego la deslizó por sus brazos y estampó sus labios en su pecho. Sabía tan bien. Jabón y sudor y Gage y... excitación. Ah, sí, reconocía ese aroma. Él la deseaba.

No es que lo dudara. El bulto debajo de sus shorts no podía ocultarlo.

Le pasó la palma de la mano a lo largo de su erección.

—Lara. —Él gimió su nombre y su cabeza cayó hacia atrás, dándole un acceso perfecto a esa garganta fuerte y musculosa y al pulso que latía en su base.

Lo besó. Lo lamió. Lo adoró. Luego fue bajando a mordiscos, saboreando cada flexión de sus pectorales, para encontrar su pezón. Se endureció al primer roce de su lengua, lo cual era justo, ya que los de ella ansiaban tener las manos y la boca de él sobre ellos.

Todo el anhelo reprimido y la frustración de los tres años de soledad desde que había estado con un hombre, desde que había sido *deseada* por un hombre, surgió dentro de ella. Luchó contra ello; si se permitía pensar en eso, arruinaría lo que podría tener con él.

Así que no pensó. En su lugar, sintió. Y oh, Dios, qué bien se sentía él.

Pasó las manos por ese cuerpo duro, sin un gramo de grasa en ninguna parte. Frotó su palma a lo largo de los músculos definidos junto a sus caderas, luego por encima y alrededor de ese trasero perfecto que recordaba tan bien.

—Caray, hablando de apresurarse. —Gage gruñó contra la curva de su cuello—. Con cuidado, Lara.

No quería tener cuidado. Había tenido cuidado y no la había llevado a ninguna parte.

Metió las manos bajo la cinturilla y le bajó los shorts —el tipo no usaba calzoncillos— por las piernas.

Esta vez, fue ella la que se echó hacia atrás y miró. —Dios mío, *tú* eres hermoso.

—Los hombres no son hermosos.

—No es cierto. Tú lo eres. —Le pasó un dedo por el centro del pecho, sobre cada uno de los ocho «cuadritos» de su abdomen, hasta esa delgada línea de vello debajo de su ombligo que conducía a...

Oh, sí. Definitivamente la deseaba.

—¿Lara? Estás segura de esto, ¿verdad? No tenemos que hacerlo.

Oh, sí que tenían que hacerlo.

Le pasó el dedo por el camino del tesoro hasta la base de su miembro.

Y luego recorrió con ese dedo toda su longitud, deteniéndose en la punta.

Se sacudió y Lara lo miró. —Te deseo, Gage. Hazme el amor.

Después de eso, no necesitaron palabras. Apartaron las sábanas de la cama y se tocaron y acariciaron, se provocaron y se tentaron mutuamente, jadeando y sonriendo mientras descubrían sus cuerpos. A Gage le gustaba que le besaran el punto debajo de la oreja izquierda; a ella le gustaba la parte interior de su codo. Los pies de Gage eran cosquillosos; a Lara le encantaba lamerle el empeine.

A Gage le encantaba lamer cualquier parte de ella.

Y ella se lo permitió. Se abrió, su cuerpo y ella, a él, a su deseo, y a esa lengua perversamente talentosa mientras él descubría todos sus lugares secretos, sacándola de su hibernación de tres años con una furia vengadora.

—Eres tan hermosa, Lara —susurró él contra su pecho mientras su lengua y sus dientes enviaban espirales de placer a través de ella—. Tienes que saberlo.

Ahora lo sabía. En ese preciso segundo, porque él la hacía sentir así.

Necesitaba esto. Lo necesitaba a él. Por el tiempo que durara.

Se giró para quedar encima de él y apoyó los puños bajo su barbilla, su cuerpo vibrando mientras se sentaba a horcajadas sobre él. —Te quiero dentro de mí, Gage.

Él se sacudió debajo de ella. —Oh, nena, ahí es donde quiero estar.

Dios, sí que quería.

Ella tomó sus shorts cuando él dijo que los condones estaban en el bolsillo, luego se sentó sobre él como una diminuta amazona conquistadora y desenrolló el condón por su pene, y Gage pensó que nunca había visto a nadie más hermosa. Era tan increíblemente sexi que no podía entender cómo ella no lo sabía. Cómo podía siquiera pensar en estar celosa de cualquier otra mujer.

La agarró por las caderas en el momento en que el condón estuvo en su sitio, ejerció presión para que se inclinara hacia adelante, luego la levantó y se deslizó en su estrecho y húmedo calor. —Dios, Lar, te sientes tan jodidamente bien.

—Tienes razón. Me siento bien. —Se hundió, tomándolo hasta el fondo, sus hermosos pechos balanceándose frente a él.

Era más tentación de la que cualquier hombre podría soportar, y él no iba a intentarlo.

Le tomó un duro y tenso pezón en la boca, y el sonido de su gemido envió el deseo martilleando por sus venas, hinchando su pene dentro de ella tan rápidamente que pensó que podría estallar. Tenía que pensar en algo —cualquier cosa— para calmarse y evitar girarlos y embestirla.

Espera. ¿Por qué estaba luchando contra esa idea?

No tenía ni idea. La giró sobre su espalda, deslizó una mano alrededor de su pierna y debajo de su trasero —esa curva deliciosa que encajaba perfectamente en su palma— y la atrajo contra él para que lo tomara más profundo.

Sonrió cuando ella gimió. —¿Te gusta así?

—Ajá. —Se arqueó hacia él, su cabeza echada hacia atrás, y Gage se aferró al pulso de su cuello que martilleaba al unísono con el suyo.

Flexionó las caderas, retirándose solo un poco, pero ella le clavó las uñas en el trasero.

—No te vayas.

—Cariño, no tengo ninguna intención de hacerlo. —Nunca.

¿Nunca?

Gage dejó de flexionarse. No, no, no. El *nunca* no era el tema aquí. No estaba sobre la mesa para ser considerado. Esto era por esta noche. Unas semanas, tal vez, pero no podía ser para *siempre*.

Ella se retorció debajo de él. —Gage... por favor... —jadeó, sus labios recorriendo su pecho, su lengua provocando su pezón, y sus manos —santo cielo— sus manos recorrían su espalda, su trasero, cada parte de él, instándolo a hundirse de nuevo en ella.

Lo hizo. No podía *no* hacerlo.

Ella sujetó sus piernas alrededor de su cintura. —Más, Gage.

Quería darle más. Mucho más.

Se retiró. Se hundió de nuevo cuando ella gimió. Se retiró y lo repitió todo de nuevo. Y otra vez. Y otra vez. Tantas veces, tan duro y rápido, que cuando la ráfaga cegadora de placer se apoderó de él, a Gage no le quedaba nada para combatirlo.

Así que no lo hizo. Se dejó llevar y la llevó con él, mientras el placer tronaba sobre ellos, rompiendo solo para retroceder y volver a crecer como las olas en la orilla, una y otra vez, la subida y la embestida, mientras él se vaciaba en ella.

Ella gimió debajo de él, con la cabeza echada hacia atrás, los ojos cerrados con fuerza, y gritó su nombre mientras se contraía a su alrededor, exprimiendo cada ápice de placer de su cuerpo.

—Lara —articuló él contra su pecho, el brillo húmedo de la transpiración más dulce que cualquiera de sus pastelillos—. Eso es, nena. Córrete para mí.

—Yo... Es...

Bien. La quería incoherente. Se meció dentro de ella de nuevo, sonriendo cuando ella jadeó...

Le besó el cuello. La mejilla. Los labios. Deslizó su lengua a lo largo de ellos, queriendo entrar.

Ella lo acogió, succionándolo en ese calor húmedo y apretado como su sexo hacía con su pene, y Gage sintió otra oleada surgir dentro de él.

Flexionó las caderas. Sí. Ahí. Se sentía tan bien apretada a su alrededor. Tenía que moverse. Otra vez.

—Oh, Gage. —Su aliento salió en un susurro estremecedor, incendiando sus nervios ya al límite.

Se movió de nuevo.

Sus piernas se cerraron de golpe alrededor de su trasero, sus tobillos se entrelazaron, y ella se arqueó hacia él y luego se deshizo a su alrededor.

Gage perdió el control, embistiéndola. Irguiéndose contra sus tobillos cruzados, hundiéndose en ella, la necesidad imperiosa de reclamar cada parte de ella impulsándolo. Necesitaba esto, la deseaba, tenía que tenerla, entera. Cada parte. Cada última respuesta.

Sus gritos resonaron en la habitación, sus uñas marcaron su espalda y sus talones —santo Dios, sus talones se clavaban en su trasero, empujándolo tan adentro de ella que no podía distinguir dónde terminaba él y comenzaba ella.

Y entonces ya no importó mientras él se corría, un momento largo, glorioso, que le robó el aliento y la visión, suspendido en el tiempo mientras ella tomaba todo lo que él tenía para dar y más, y Gage se precipitó al abismo sabiendo que nada había sido así antes y nunca lo sería de nuevo.

Y que nunca podría volver atrás...

* * *

Pasó un tiempo antes de que los temblores cesaran, y cuando abrió los ojos y encontró los hermosos ojos de ella justo frente a los suyos, toda la nebulosa satisfacción sensual que sentía reflejada en ellos, los temblores comenzaron de nuevo.

—Hola —susurró él.

—Hola, tú.

—¿Estás bien?

—Creo que ese podría ser un término suave para lo que estoy sintiendo, pero sí, estoy bien. —Sus dedos dibujaban círculos perezosos en la parte baja de su espalda y su sonrisa era de pura satisfacción.

Se deslizó fuera de su cuerpo y se giró sobre un costado, llevándola con él. —Eso fue más que bien, ¿sabes? Voy a optar por increíble.

—Me parece bien.

Y ella le parecía bien a él. Lo cual debería asustarlo, pero no lo hacía. Ya no.

Gage le ahuecó la mejilla e inclinó su cabeza hacia atrás. La besó. Frotó sus labios con los de ella, suave y dulce, pero con la promesa de mucho más.

Cuánto más era la pregunta.

Acomodó la cabeza de ella bajo su barbilla y la envolvió en sus brazos, protegiéndolos de esos pensamientos. La realidad llegaría muy pronto con el sol; esa noche solo quería disfrutar de Lara.

Veinte

Lara entró a la pastelería como en una nube. La noche anterior —y esa mañana— había sido... mágica.

Él le había hecho el amor; no, se habían hecho el amor el uno al otro. Luego se habían despertado esa mañana y lo habían hecho de nuevo. Él preparó el desayuno mientras ella se duchaba, ya que habían acordado que bañarse juntos solo los haría llegar tarde al trabajo, algo que ninguno de los dos podía permitirse. Comieron juntos y después ella limpió mientras él se duchaba; toda la domesticidad de la escena le tocaba la fibra sensible.

Acostarse con Gage había sido genial; despertarse con él, aún mejor. Hasta el punto de que no podía recordar por qué había pensado que no era una buena idea.

—O te tragaste medio kilo de crema de mantequilla esta mañana o de *otro* tipo.

Lara hizo una mueca. Cara siempre había sido directa, pero eso era pasarse de la raya, incluso para ella.

—¿Dormiste *algo*?

Lara se puso el delantal por la cabeza. Con suerte, se le atascaría en el moño y nunca tendría que enfrentarse a la sonrisa cómplice de su prima.

Cara la ayudó a bajarse el delantal. —Sabes que voy a sacártelo tarde o temprano, así que más vale que lo sueltes ahora.

—No hay nada que soltar.

—Ajá. Claro. No has tenido esa cara desde…, bueno, nunca.

Lara hizo una mueca. No *se* había visto ni sentido así con Jeff. Ni siquiera al principio. —La fiesta fue un éxito y creo que conseguiremos algunos trabajos más gracias a ella.

—De ninguna manera. No vas a salirte por la tangente con una discusión de negocios. Además, ya me enteré de lo que pasó. Así que dime, ¿Gage es tan bueno en la cama como al parecer lo es en el escenario?

—Por Dios, Car, ¿puedes dejarlo ya? ¿Acaso te pido que me cuentes tus intimidades?

—No hace falta. Te lo cuento todo de todas formas. ¿Eso significa que hubo algunos besos?

Lara puso los ojos en blanco y agarró un paquete de fondant. Necesitaba golpear algo.

—Vamos, Lar. No entiendo por qué tanto secretismo.

—Porque en realidad no hay nada que contar. Gage bailó, Megan se descontroló y a todo el mundo le encantaron los cupcakes.

—Bueno, por lo que he oído de su baile, me sorprende que puedas caminar hoy. Eso debió de haberte puesto a mil.

—Hablando de ponerse a mil, ¿qué pasa con esa faceta de diosa del sexo que has adoptado de repente? —Quería desviar la atención de sí misma.

Por desgracia, Cara era demasiado lista para caer en la trampa. Se sentó en la mesa de preparación. —No vas a cambiar de tema. Suéltalo.

—Tuvo que reemplazar a uno de los chicos que se enfermó.

—¿Y *reemplazó* bien?

Lara le lanzó un trozo de fondant. —Eres una pesada.

—Le dijo la sartén al cazo. Ve al grano. Explícame qué hacía su camioneta fuera de tu condominio esta mañana.

—Oh. —Lara cortó otro trozo de fondant con un poco más de fuerza de la necesaria. Debería haber sabido que Cara se fijaría de camino al trabajo—. Eso.

—Sí, eso. Entonces, ¿qué pasó?

—Prácticamente lo que te imaginas.

—¿Y?

—¿Y qué? Fue increíble. —*Él* era increíble.

—Gracias, Jesús. —Cara se santiguó—. Ya era hora de que volvieras a la carga.

—No es un caballo, Car.

—Espero que esté igual de bien dotado.

Lara ni siquiera se dignó a poner los ojos en blanco. Pero sí, lo estaba. No es que fuera asunto de Cara.

—Entonces, ¿vas a verlo de nuevo o fue cosa de una noche?

Lara sintió que la vergüenza le subía por las mejillas. —Voy a hacer un pastel de cumpleaños para su sobrino. —Durante el desayuno, Gage la había invitado a celebrarlo con ellos mañana por la noche y ella se había ofrecido.

—¿Ese del que está pagando las facturas médicas?

—Sí.

Cara ladeó la cabeza y se enroscó un rizo en el dedo. —Increíblemente guapo, sabe bailar, cuida de su hermana y de su hijo... Sabes, Lar, el tipo parece el hombre perfecto. ¿Por qué no te lanzas a por él?

De hecho, se había lanzado sobre él, pero no era eso lo que Cara quería decir. —Me estoy tomando mi tiempo, Cara. Tú deberías saber tan bien como yo que esto podría no ir más allá de las apariencias. —Cara la había abrazado más veces de las que ninguna de las dos quería recordar cuando lloraba por Jeff. El muy cabrón.

—No juzgues a todo el mundo por el mismo rasero que McMonstruo, primita. Le estás dando demasiado poder.

No, ella estaba retomando el poder. Durante demasiado tiempo se lo había dado a Jeff. Ahora era responsable de sí misma y las lecciones aprendidas valía la pena recordarlas. Se acabó estar bajo el influjo de nadie. Si esta cosa con Gage iba a llegar a alguna parte, quería tomar las decisiones con él, no solo dejarse llevar.

Aunque había sido un viaje de los buenos... —Como he dicho, vamos despacio.

—Vale, como quieras. —Cara tiró el fondant a la basura—. Tengo que ocuparme de los contratos. La señora Applebaum cambió la fecha a una semana antes.

—Uf, eso va a estar apretado.

—No si traemos ayuda.

—No podemos permitirnos ayuda.

—De hecho, sí podemos. —Cara sonrió—. Le dije a la señora Applebaum que tendríamos que hacer malabares con los proyectos para acomodarla y que habría un cargo por ello.

—No lo hiciste.

—Sí lo hice. Y aceptó. Así que ofrécele el trabajo a Jesse. Vamos a tener nuestro primer empleado. A partir de aquí solo puede ir a mejor.

Lara esperaba que eso fuera cierto en todos los aspectos de su vida.

* * *

Gage no podía borrar la estúpida sonrisa de su cara mientras llevaba las molduras hasta el cenador a la mañana siguiente. Gracias a Dios que trabajaba solo. No querría aguantar las bromas de los chicos; Lara era demasiado especial para eso.

Y eso era un gran problema. Uno que tendría que abordar en algún momento, pero ese momento no era ahora. Solo quería disfrutar del resplandor del momento. Había pasado demasiado tiempo desde que se había sentido así.

En realidad, no estaba seguro de haberse sentido nunca así.

Lo cual también era un gran problema.

Su teléfono sonó mientras colocaba las molduras en los caballetes. —¿Hola, Missy, qué pasa?

—Podría preguntarte lo mismo. Me preocupé cuando no volviste a casa anoche. ¿Estás bien?

«Bien» se quedaba corto. —Lo siento. Sí, estoy bien. —No estaba acostumbrado a tener que dar explicaciones a nadie y no le había mandado un mensaje para decirle que no iría a casa.

—¿Fue por Lara?

Se pellizcó el puente de la nariz; no quería compartir eso todavía. —La invité a cenar mañana por la noche para celebrar el cumpleaños de Connor.

Ella resopló. —¿Y te llevó toda la noche hacer eso?

De ninguna manera iba a discutir su vida amorosa con su hermana pequeña. —¿Necesitas algo más, Miss? Tengo que subir a este tejado.

—Necesito un montón de cosas, Gage, pero la más importante eres tú. Ten cuidado, ¿vale? En el tejado y en lo demás.

Podría ser su hermana pequeña, pero seguía siendo una madre y sonaba como tal.

Se guardó el teléfono en el bolsillo trasero y midió la primera tabla. Unas cuantas piezas más de moldura y este trabajo estaría terminado. Entonces podría facturarlo y concentrarse en los demás, incluido el cenador para McCullough.

Estaba a punto de cortar cuando su teléfono sonó de nuevo. Bryan. Carajo. Una noche fuera y el mundo entero tenía que saber de sus asuntos.

—Oye, Bry.

—¿Cuándo pensabas contarme lo de Tanner? Habría pensado que entre tú y Gina yo no sería el último en enterarme doce horas después.

Demonios. También se había olvidado de hacer esa llamada. Aunque había llamado al hospital de camino esa mañana. A Tanner lo habían ingresado por apendicitis. —Me encargué de eso.

—Sí, también he oído eso. Muy bien, por lo que parece. Megan Livezy ha estado llamando aquí durante la última hora buscándote. Dice que le debes una disculpa.

—¿*Yo* le debo una disculpa a *ella*? ¿De dónde ha sacado eso?

—Al parecer la tocaste inapropiadamente cuando intentabas quitártela de encima.

—Joder. —Se pellizcó el puente de la nariz de nuevo, esta vez por un dolor de cabeza—. La mujer estaba enrollada a mi alrededor como un burrito y *¿yo soy el que la tocó inapropiadamente?*

—Ya, lo sé. Me contaron la historia un montón de personas diferentes. Ahora estoy intentando conseguir un video. Necesitamos probar que ella fue la instigadora para mantenerla callada. No necesitamos este tipo de publicidad.

—Mierda. —Nada hundiría su negocio más rápido que los rumores sobre qué otros *servicios* ofrecían...

—Exacto. —Bry se aclaró la garganta—. Bueno, Missy llamó aquí, buscándote. Dijo que no habías vuelto a casa.

—¿Pero qué diablos? ¿Todo el mundo tiene que saber mis asuntos? Estaba fuera de servicio. Mi tiempo es mío. —Dejó la sierra por si cortaba algo que no debía.

—Te lo pregunto como tu amigo, no como tu socio. ¿Fue la chica de los cupcakes?

—¿Importa?

—Sí, importa, Gage. Te gusta. Y como sé todo lo que pasa en tu vida —cuántas veces me has dicho tus prioridades—, me puedo preocupar. O sea, no me malinterpretes, si te gusta y tienes una relación, genial. Pero si no, tengo que preguntarme qué estás haciendo, porque está en el mismo sector. No necesitamos malos rollos.

—No los habrá, Bry. Está todo bien. No te preocupes.

—Me preocupas tú. Últimamente estás al límite. Y con el trabajo de esta noche, bueno, como he dicho, tienes muchas cosas entre manos.

Gage se apoyó en el caballete. —¿Vas a hacerme de psicólogo?

Bry resopló. —Sí, ese soy yo. El doctor loquero. No, solo me aseguro de que tengas la cabeza bien puesta.

—La tengo. No te preocupes.

—Muy bien, entonces. —Gage lo oyó revolver unos papeles. Bry todavía no había asimilado la era sin papel—. ¿Quieres hacer la fiesta del Fin de Semana de Chicas del viernes o la hago yo?

La idea de pasar cinco horas con un grupo de diez amigas solteras de treinta y tantos años ya no le parecía atractiva. Especialmente porque tenía otra despedida de soltera esta noche. —Paso de esa. La llave al cuello de Megan fue más que suficiente para este mes.

—Entendido. Vale, pues avísame cómo van los clientes potenciales. Gina dijo que casi todo el mundo rellenó una tarjeta.

Y al menos dos tercios de ellas tenían mensajes personales para él o para Carlo.

Colgó, añadiendo a su agenda unas cuantas llamadas de venta después del sótano de los Torrington esa tarde, antes del cenador de McCullough. Nunca había suficientes horas en el día.

Y ahora había añadido a Lara a la mezcla, aunque no tendría ningún problema en hacer tiempo para ella.

La llamó. Solo había pasado una hora, pero oye, un hombre tenía derecho a llamar a la mujer con la que había pasado la noche una hora después del desayuno si quería.

—Hola. —Su voz era suave y gutural, como la última vez que había pronunciado su nombre al correrse en la madrugada.

—Hola a ti también. ¿Qué tal tu mañana?

—Ajetreada. Como siempre. Todavía tengo que vaciar la camioneta, el fondant se niega a cooperar y Cara está cerrando tratos a diestro y siniestro. Vamos a contratar a nuestra primera empleada.

—Oye, eso es genial. El negocio va viento en popa.

—Justo lo que necesitamos.

—Te entiendo. —Y lo hacía. Era bueno oír su voz. Iba a extrañarla esa noche, pero ambos tenían eventos y llegarían a casa demasiado tarde para verse —. Bueno, sobre la cena de mañana. Puedo recogerte de vuelta del trabajo, pero estaré bastante sucio. Espero que no te importe si te dejo con Missy mientras me doy una ducha. —Había pensado en pedirle que se duchara con él, pero con Connor en la casa, no era la mejor idea. Además, entonces nunca llegarían a la fiesta.

—¿Por qué? ¿Acaso Missy es una persona peligrosa de la que deba tener miedo? Digo, ya la conocí y después de soportar a ese padre de la novia borracho en la expo, debería ser capaz de lidiar con una hermana.

Gage frunció el ceño al recordarlo. Ese tipo la había estado mirando lascivamente de forma inapropiada, por no hablar de tocarla. Debería estar agradecido de que no la hubiera tocado. —Missy es inofensiva en comparación con ese tipo.

—Me parece que a ese tipo tú lo dejaste bastante inofensivo.

Podía oír la sonrisa en su voz y eso le dibujó una en la cara. No le importaba ser un caballero de brillante armadura si eso era lo que ella quería. —Estamos para complacerla, señora —dijo, haciendo su mejor imitación de vaquero sin los zahones, el sombrero ni las botas.

—Ciertamente lo haces, Gage. Definitivamente me complaciste. —Y con esas provocativas palabras, colgó.

Y lo dejó con las ganas.

Veintiuno

—Ese tiene que ser uno de los pasteles de cumpleaños más geniales que has hecho —dijo Cara la tarde siguiente, mientras examinaba el tablero de ajedrez de Connor.

Gage le había contado sobre la obsesión de Connor con el ajedrez y su videojuego favorito, así que ella había dedicado su tarde libre a buscar en internet ideas para las piezas de ajedrez que parecían los personajes del juego. Había hecho que el tablero de ajedrez fuera el gran salón de un castillo y usó el logo del juego como combinación de colores. Todo tipo de armas medievales, armaduras y tronos rodeaban los bordes, con la corte formada por más personajes.

—A cualquier niño de siete años le encantará.

—Eso espero.

—Oh, claro que sí. El problema va a ser cuando llegue el momento de cortarlo. Apuesto a que querrá jugar con él en su lugar.

El pensamiento se le había cruzado por la mente, pero con todas las fiestas de cumpleaños que habían hecho, todavía no había conocido a un niño que pudiera resistirse al pastel.

Lara cerró la tapa de la caja del pastel y se quitó el gorro de chef. —¿Estás segura de que no te importa encargarte del lugar mientras voy a casa a ducharme antes de la cena? Debería volver con tiempo de sobra antes de que Gage llegue.

—No hay problema. Es domingo de papeleo. Me pondré a trabajar en eso y responderé cualquier llamada que entre. Tengo que averiguar cómo configurar la nómina de nuestro nuevo empleado. —Jesse había aprovechado la oportunidad de un trabajo de verano de tiempo completo—. Anda, ponte guapa para tu hombre.

Eso es exactamente lo que Lara pensaba hacer.

De vuelta en su apartamento, echó un vistazo al último mensaje de texto de Gage justo antes de meterse a la ducha para quitarse de encima el esfuerzo del día.

No puedo esperar a verte.

Ella tampoco podía esperar. Habían estado enviándose mensajes como locos durante las últimas treinta y seis horas, con una llamada de una hora hasta tarde anoche.

Su cara —y el resto de su cuerpo— se sonrojó con *ese* recuerdo. ¿Quién iba a decir que el sexo por teléfono podía ser tan excitante?

Se abanicó. Nunca lo había hecho antes, pero surgió como una progresión natural cuando ambos estaban en sus respectivas camas y la noche los envolvía con su deseo mutuo.

Usó su reserva de jabones y aceites perfumados de diseñador que había comprado después de dejar su vida anterior —fragancias que *ella* había elegido —, se esmeró en evitar que los rizos de Medusa cobraran vida como un manojo de lana de acero, y luego se atormentó sobre qué ponerse.

Estaba siendo ridícula. Solo iban a estar ella, Gage, Missy, Connor y algunos de sus amigos. Pizza y papas fritas con pastel y helado de postre, no una visita al club de campo.

Y por eso podía decir que estaba agradecida. Nunca le había gustado el estilo de vida al que aspiraba Jeff. No era ella, pero lo había hecho por él.

¿Y a dónde la había llevado?

Mirándose en el espejo, con un vestido de verano y sandalias de tacón bajo, Lara tuvo que admitir que tratar de encajar en el mundo de Jeff la había llevado a donde estaba ahora: deseando cenar con un hombre maravilloso y su familia.

No era un mal lugar en absoluto.

* * *

Gage entró al estacionamiento de la pastelería quince minutos antes. Genial. Quince minutos más que tendría con Lara.

Entró. El área de recepción era pequeña. Les vendría bien un retoque de pintura y tal vez un mostrador más bajo. Siempre odiaba cuando la recepcionista no podía ver por encima de este para saludar a los recién llegados. No es que eso fuera un problema para ellas en este momento, pero con el talento de Lara y la determinación de Cara, con el tiempo lo sería.

Se dirigió por el pasillo. —¿Hola?

—¡Aquí atrás!

Siguió la voz. Resultó ser la prima de Lara en una oficina a la derecha del área de la cocina. —Hola, Cara. ¿Está Lara?

Cara levantó la vista, sus rizos brotando de su cabeza como si hubiera metido la mano en un enchufe. —Debería llegar en breve. Fue a casa a ducharse.

Una imagen que había tenido en su cabeza todo el maldito día...

—¿Quieres un recorrido por el lugar? —Cara golpeó la pila de papeles que sostenía sobre el escritorio.

—No te preocupes, estás ocupada.

Ella dejó el lápiz sobre los papeles. —No importa. Estoy harta de ver estas cosas. Los contratos no son mi fuerte, no cuando tengo que averiguar cómo hacer la nómina de la empleada que contratamos, revisar el inventario para el trabajo de un nuevo cliente, y cosas así. —ladeó la cabeza, pareciéndose lo suficiente a Lara como para ser bonita, pero sin ese algo especial que lo hacía interesarse—. En realidad no te interesa escuchar esto, ¿verdad?

—Claro que sí. Cualquier cosa en la que Lara esté metida me interesa. Además, sé todo sobre suministros y programación. Estoy trabajando en tres obras de construcción en este momento.

—¿Además de BeefCake?

Se encogió de hombros. —Tanto trabajo y nada de diversión hacen de Gage un chico aburrido. —Era una broma sarcástica entre él y Bryan porque no había suficientes horas en el día para todo lo que tenían entre manos como para pensar en divertirse. Tal vez en cinco años.

Ella rodeó su escritorio. —¿BeefCake es un *juego* para ti? ¿Te parecen divertidas las mujeres babosas, cachondas y maleducadas?

Cara obviamente no había entendido el sarcasmo. —Un momento. Para. Malinterpretaste lo que quise decir.

Se puso las manos en las caderas y caminó hacia él, una pequeña bola de furia. —Bueno, ¿por qué no me lo explicas, ya que estás saliendo con mi prima? No necesita que un jugador la use. Ya ha pasado por un infierno con su imbécil ex. Pensé que eras un buen tipo, con todo lo que estás haciendo por tu sobrino. Quiero decir, estoy a favor de que Lara salga y se divierta, pero con la forma en que ha estado suspirando por este lugar durante los últimos dos días, más vale que tengas un poco más de sustancia que solo buen sexo.

—¿Ella dijo eso? —Y él que había estado esperando que pensara que había sido fenomenal.

Cara rodó los ojos. —¿*En eso* te enfocas? Hombres. Juro por Dios que nunca los entenderé, criaturas.

—Tal vez si dejaras de llamarnos criaturas, podrías.

—Cuando tu especie deje de actuar como ellas, lo haré.

Vaya carácter... —¿No dejas que tu tamaño te detenga, verdad?

—¿Qué tiene que ver mi tamaño con algo?

Aparentemente nada, ya que lo tenía acorralado contra la pared.

Levantó las manos. —¿Tregua? ¿Me das la oportunidad de explicarme?

Se cruzó de brazos y golpeó el suelo con la punta del pie. —Dos minutos.

Realmente no debería sonreír. Intentó no hacerlo. —Estoy trabajando en tres proyectos de construcción diferentes en este momento, estoy tratando de conseguir más para cuando terminen, tengo que hacer las llamadas de ventas para los prospectos de BeefCake, sin mencionar ayudar a mi socio con la programación, la contratación, la capacitación, el vestuario y todo lo demás asociado con la producción de un espectáculo itinerante, estoy buscando un lugar para tener una presencia permanente, y ah, sí, tengo un sobrino lesionado que necesita terapia y cirugía, con una hermana que está haciendo todo lo posible para llegar a fin de mes. Así que, ocasionalmente, recurro al sarcasmo para lidiar con el estrés. Simplemente escuchaste esa pequeña desviación.

Sorprendentemente, la había callado.

Se recostó en el borde del escritorio —en realidad se apoyó en él porque no era lo suficientemente alta como para sentarse— y lo estudió.

—¿Ya estamos bien?

Se dio unos golpecitos en el labio. —Creo que sí. Pero si lastimas a Lara, vas a tener que responderme a mí.

Esa perspectiva lo asustaba más que Megan lanzándose a sus brazos la otra noche.

—No planeo hacerlo, Cara. Ella me importa. Pero la realidad de la situación es que solo hay un número limitado de horas en el día, así que tengo que conformarme con el tiempo que pueda pasar con ella.

—Por eso la invitaste a cenar esta noche.

—Una de las razones. La otra es que quería que estuviera allí. Es importante para mí, y el cumpleaños de Connor es importante para mí. Si quieres venir, eres más que bienvenida.

Volvió a tocarse los labios. —Esa es una idea.

Mierda. No había pensado que aceptaría la oferta.

Se puso de pie. —Entonces, ¿quieres ese recorrido?

Afortunadamente, la puerta trasera de la cocina se abrió. —¡Car, ya volví!

Lara estaba aquí.

—Cielos. No tienes que parecer tan aliviado —murmuró Cara mientras pasaba a su lado para salir de la oficina.

Gage sonrió y negó con la cabeza. No podía culpar a Cara; Missy haría lo mismo si la dejara a solas con Lara...

Lo cual planeaba hacer cuando llegara a casa. Tal vez era bueno que Cara viniera. Podría evitar un interrogatorio que realmente no era necesario.

Salió tras ella.

—¡Gage! Llegaste temprano.

Se alegró mucho de haberlo hecho. Lara se veía deslumbrante. Su vestido se ceñía en todos los lugares correctos y su cabello era un revoltijo de suaves ondas que caían sobre sus hombros como cuando había pasado sus dedos por él la otra noche mientras le hacía el amor.

—Terminé antes de lo que pensaba, así que vine. Quería sorprenderte, pero la sorpresa fue para mí. —Miró a Cara. *Eso es sarcasmo, cariño.*

Cara lo fulminó con la mirada.

Lara miró de uno al otro. —¿Está todo bien?

—Sí. Claro —dijo Cara—. Voy a cenar con ustedes.

—Eh, ¿qué?

Gage se encogió de hombros. —Cuantos más, mejor, ¿no?

—Eso es lo que siempre digo —dijo Cara.

—No, no lo haces. Odias las multitudes. —Lara se puso una mano en la cadera—. ¿Qué está pasando entre ustedes dos?

—Nada, Lara. De verdad. —Gage extendió los brazos—. ¿Puedo darte un abrazo o arruinaré tu atuendo? —Dos hermanas también le habían enseñado la importancia de pedir permiso precisamente por esa razón.

Lara se metió en sus brazos. —El día que un hombre no pueda abrazar a una mujer por eso, es el día en que el mundo debería acabarse.

Una mujer hecha a su medida...

Vaya.

—¿Gage?

Se había puesto rígido y ella lo había sentido. —Yo, eh, no quiero despeinarte.

Ella se echó hacia atrás y lo miró. —Ustedes dos están actuando muy raro. ¿Seguros que no pasa nada?

—Todo está bien. —La atrajo hacia él. Todo estaba bien *ahora*.

—Sí, Lar, todo está bien —dijo Cara, por una vez de su lado—. Ahora, ¿tomamos el pastel y nos vamos de aquí? Yo, por mi parte, estoy harta de este lugar por hoy. No he visto la luz del día en horas.

Gage miró el exterior del edificio mientras llevaba el pastel a su camioneta y lo colocaba en el asiento de banco. La oficina de Cara tenía una pared exterior. Era de bloques de hormigón, pero si no había cables eléctricos a lo largo de ella, podría ponerle una ventana a un costo relativamente bajo. Tenía esa extra que había rescatado de una casa cuando los dueños habían optado por puertas francesas en su lugar. Podría usar esa. Y tenía un par de piezas de granito de forma irregular que podría usar para hacer un nuevo mostrador de recepción también, ahora que lo pensaba. Un poco de madera sobrante con la que podría hacer una baranda para la silla, y le quedaba suficiente pintura para arreglar el lugar. Un día, tal vez dos, y su área de recepción se vería como nueva. Y Cara podría tener algo de luz solar para mantenerla de mejor humor.

Negó con la cabeza mientras caminaba hacia el lado del conductor. Míralo;

como si no tuviera suficiente para ocupar su tiempo, ahora iba a hacer trabajo voluntario en la pastelería.

Lara abrió la puerta y se sentó en el auto de su prima, su vestido deslizándose hacia arriba para revelar esa extensión de muslo que él había pasado un tiempo considerable conociendo bien la otra noche.

Sí, se haría el tiempo.

Veintidós

La casa estaba invadida por niños de siete años, la mayoría con atuendos de fantasía completos, y Connor, vestido de rey, dominándolos a todos desde su silla; en particular a una pequeña trol rubia con hoyuelos y ojos azules angelicales que miraba a Connor como si de verdad fuera un rey. Gage sonrió. Ah, los genes de los Tomlinson empezaban a actuar desde temprano.

A Gage le reconfortó el corazón ver a su sobrino disfrutar. Los niños venían a menudo, pero los encuentros de uno en uno se volvían aburridos después de un tiempo, y como Connor estaba confinado en casa la mayor parte del tiempo, esta era una tarde bienvenida.

Missy le dedicó una sonrisa de agradecimiento cuando entraron en la cocina.

—Gracias a Dios que llegaron. Todos vinieron temprano. Al parecer, Connor corrió la voz de que quería una batalla a gran escala antes de que llegara la pizza, así que aquí están. Me preguntaba por qué no paraba de molestarme preguntando a qué hora la pediríamos. ¿Hay alguna posibilidad de que los supervises mientras preparo todo aquí dentro?

—Déjame subir a darme una ducha rápida y luego soy todo tuyo.

—Cara y yo podemos encargarnos de ellos —dijo Lara—. Ve a ducharte y nosotras nos encargaremos del fuerte.

Por la expresión en la cara de Cara, Gage supuso que no era muy fan de la idea. Pero le dio un beso a Lara en la mejilla de camino a las escaleras. —Gracias. Te la debo.

—Y a mí —refunfuñó Cara—. Definitivamente me la debes. Y una muy grande.

Ah, sí, Cara definitivamente dominaba bien el sarcasmo.

* * *

—Muchas gracias por ayudar —dijo Missy cuando su hermano salió de la habitación—. La pobre chica parecía agotada y la fiesta ni siquiera había comenzado.

—No hay problema —dijo Lara—. ¿Hay algo que necesitemos saber antes de aventurarnos ahí dentro?

—Solo mantengan los sables de luz lejos de la pantalla plana. Es el orgullo y la alegría de Gage.

—Lo haremos —dijo Lara, dirigiéndose hacia la horda de vándalos invasores.

Cara resopló. —Vaya. Un tipo enamorado de una caja boba gigante. ¿Por qué no me sorprende?

—¿Pasó algo con Nick?

Cara puso los ojos en blanco. —Claro que no. No defino toda mi existencia por mi novio, ¿sabes?

—¿Estás tratando de decirme algo?

Cara la miró. —Mmm, no. Lo siento. Tienes razón. Estaba siendo una perra. Supongo que es por el exceso de papeleo.

—¡Uh, dijo una palabrota! —uno de los niños se echó la máscara hacia atrás y señaló a Cara—. ¡Cincuenta centavos en el frasco de las groserías!

Otros cinco se unieron al canto. Aparentemente, los frascos de groserías eran algo común entre los amigos de Connor.

Lara alejó a Cara de ellos. No había necesidad de incitar un motín.

—¡*Un guard*! —gritó un esbirro mientras cargaba contra un trol, con un francés que necesitaba una revisión.

—Te voy a *ensartar* —dijo otro, intentando hacerlo de verdad.

Lara le quitó el sable de luz. —Oye, no se permite ensartar a nadie. Si no, el pastel se le saldrá de la panza.

—¿Pastel? —Veinte pares de ojos se volvieron hacia ella y el pandemónium se detuvo.

Solo para empezar con otro tema.

—¿Dónde está el pastel?

—Quiero un poco.

—¿Me das un pedazo del borde?

—¿Hay una rosa? Quiero una rosa.

—A mí no me gusta el chocolate.

—A mí solo me gusta el pastel de café.

—¿Tienes pay?

Cara giraba sobre sí como si los niños la estuvieran haciendo dar vueltas como un trompo. Lara no pudo evitar reír. Era increíble lo parecidas que eran ella y Cara en muchas cosas, pero la idea de un niño descolocaba por completo a su pobre prima. Veinte de ellos podrían mandarla al manicomio.

Lara levantó las manos para calmar a la horda. —A ver, a ver, todos. Habrá pastel, pero no hasta después de la cena. Y para poder cenar, tenemos que mantener la casa de una pieza. Saben cómo hacer eso, ¿verdad? Si quieren correr, vamos a tener que llevar esto afuera, al patio trasero.

—Pero Connor no puede ir al patio trasero —dijo una pequeña y bonita trol rubia que prácticamente se había pegado al lado de Connor.

—Claro que sí. Cuando baje su tío Gage, lo cargará hasta afuera y lo pondrá en su trono. Entonces podrán honrarlo como a un verdadero rey.

Fue lo correcto. El pecho de Connor se infló, su sonrisa se duplicó en tamaño y la trol le dio una palmadita en la mano.

—¡Vamos, todos! ¡Salgamos a preparar el patio para un rey! —Lara señaló con la mano las puertas corredizas de cristal que daban a la terraza, y como una bandada de pájaros, todos salieron en tropel.

—¿Cómo diablos lo lograste? —Cara sacudió la cabeza—. ¿Acaso tienes superpoderes de flautista de Hamelín?

Lara le dio una palmada en el hombro a Cara. —¿Recuerdas cuando cuidábamos a los niños O'Malley? Eso fue un entrenamiento.

Los O'Malley habían tenido ocho hijos, uno por año. Lara había ganado todo su dinero para gastos en la preparatoria cuidándolos.

—Sí, lo recuerdo. Convenientemente me enfermaba cada vez que tú no podías cuidarlos. Me daban miedo.

—Ah, Cara, solo eran niños.

Cara se estremeció. —Eran mi peor pesadilla. Todo ese ruido y caos. — Miró alrededor de la sala de estar, ahora libre de niños, pero definitivamente no del caos. Había más espadas y capas perdidas de las que Lara podía contar —. No, gracias.

—*Yo sí* te doy las gracias. —Missy asomó la cabeza en la habitación—. No sé cómo lo hiciste, pero gracias. Llevo media hora intentando sacarlos de aquí.

—¿Ya puedo salir? —preguntó Connor, con su trol todavía a su lado.

—En cuanto baje Gage, Connor. Hasta entonces, puedo quedarme aquí contigo. —Lara miró a Cara—. ¿Quieres ir a supervisar afuera?

Cara la miró con la boca abierta. —¿Perdón? ¿Qué parte de *peor pesadilla* no entendiste? ¿Qué tal si *tú* vas afuera y yo me quedo aquí para hacerle compañía a Connor? Seguro que puedo manejar a un solo niño.

Lara ocultó su sonrisa mientras agarraba un montón de cajas de jugo y salía. A veces, Cara era demasiado fácil de manipular. —Me parece bien. Nos vemos en un rato.

* * *

Unos diez minutos más tarde, un Gage recién afeitado y con un aspecto delicioso salió por la puerta cargando a su sobrino en brazos y el corazón de Lara se aceleró.

No solo por la perfección física que era Gage, aunque también había de eso, sino por la compasión y el cariño que eran tan evidentes mientras ayudaba a Connor a acomodarse entre sus amigos.

Jeff había querido tener hijos. El requisito de niño y niña, aunque cómo esperaba que tuvieran su aspecto rubio cuando ella era la mitad de su acervo genético era algo que no entendía. Él había seguido posponiendo tenerlos «hasta que fuera el momento adecuado». En retrospectiva, se alegraba, pero en ese momento, ella simplemente lo había seguido.

Había hecho eso demasiadas veces.

Miró a Gage mientras acomodaba las cajas de jugo. Él la había dejado tomar las decisiones sobre lo que estaba pasando entre ellos. Claro, él había instigado la noche que pasaron juntos, pero no era nada que ella no hubiera estado pensando ya. Él simplemente le había dado voz, pero luego la había dejado tomar la decisión. Lo que fuera que ella decidiera, él lo habría acatado.

Se alegraba tanto de haber decidido lo que decidió. La otra noche había sido perfecta. Aterradoramente perfecta. Nadie podía ser tan perfecto como Gage. Y, sin embargo, lo era.

Se rio de algo que dijo Connor, y la pura delicia en su rostro le cortó la respiración. Su exterior era definitivamente muy atractivo, pero era quién era él lo que brillaba en este momento de descuido. Sería precioso incluso sin ese físico de infarto.

Se estaba abriendo a un montón de dolor potencial al bajar la guardia con él.

Un miniasistente chocó contra la mesa, derribando la pirámide de cajas de jugo que había hecho, así que se puso a reconstruirla.

—Un centavo por tus pensamientos. —Gage se le acercó sigilosamente por detrás, le dio un beso rápido en la mejilla y la rodeó con sus brazos por la cintura—. ¿O valen más que eso?

Se sacudió el desorden de su pasado y miró por encima del hombro. —Nada en lo que necesitemos volver a pensar. Y bien, ¿te sientes mejor después de la ducha?

—Ahora que te tengo en mis brazos, sí. ¿Qué crees que dirían los niños si te planto un beso aquí mismo?

—¡Guácala, qué asco! ¡El Sr. T está abrazando a una chica! —uno de los elfos los señaló.

—Oye, no lo critiques hasta que lo pruebes, Nicky. Las chicas son geniales. —Solo para demostrarlo, Gage la besó en la mejilla de nuevo.

Se levantó un coro de «guácalas».

—No creo que te crean —dijo ella, riendo mientras se soltaba de su abrazo. Por muy agradable que fuera, los niños no necesitaban verlo.

—Espera a que crezcan. Desearán haberme escuchado ahora.

Ella le dio una palmada juguetona en el brazo. —Eres una mala influencia.

—Voy a discutir ese punto contigo. Hace dos noches pensabas que era una buena.

Hace dos noches había sido muy buena.

Sintió el rubor subir por sus mejillas.

—Eres adorable cuando te sonrojas, ¿lo sabías?

Lo que solo la hizo sonrojarse más.

—Bueno, ustedes dos son más empalagosamente dulces que ese pastel de ahí dentro —dijo Cara mientras salía de la cocina, solo para dar media vuelta —. Voy a entrar antes de que me duela un diente.

Lara negó con la cabeza. —Esa es solo su excusa para alejarse de los niños. Cara siempre ha tenido un problema con ellos.

—¿Y tú? ¿Tienes algún problema con ellos?

—Me encantan los niños. Quiero tener un montón algún día. —Lo cual, con suerte, sería más temprano que tarde, ya que no se estaba haciendo más joven. Lo que significaba que tenía que volcar todas sus energías y esfuerzos en la pastelería para asegurarse de que tuviera una base financiera sólida antes de poder siquiera considerar tener hijos. Por supuesto, también tendría que encontrar a alguien con quien tenerlos—. ¿Y tú? ¿Quieres tener hijos?

—Definitivamente. Algún día. —Miró a Connor—. Déjame ir a ver si necesita algo. Missy dijo que la pizza debería estar aquí en unos quince minutos, así que no tendrá mucho tiempo aquí afuera. Debería traerlo más a menudo. No lo había pensado realmente. Gracias.

—Un placer. Es un niño dulce y me parte el corazón.

Gage miró a su sobrino. Parpadeó un par de veces. —No se merece esto. Era un niño normal, ¿sabes? Solo se divertía un minuto y al siguiente, toda su vida cambió.

—¿Y la persona que lo atropelló? ¿Hay dinero del seguro?

Gage se encogió de hombros. —No mucho. Y Missy no tenía ninguno porque no tiene auto. Su póliza de inquilino no lo cubre.

Ella le puso la mano en el brazo. —Al menos tiene gente a su alrededor que lo ama.

Él se aclaró la garganta y forzó una sonrisa en su rostro. —Sí. Eso sí lo tiene. —Puso su mano sobre la de ella—. Gracias, Lara. Por estar aquí.

—No hay otro lugar en el que preferiría estar. —Era verdad.

—¡Llegó la pizza! —gritó Missy desde la puerta, rompiendo el momento. Y la paz. De repente, veinte niños pisoteando y vitoreando irrumpieron en la terraza, serpenteando entre ella y Gage como un río entre rocas.

Gage se rio. —Nadaré río abajo para buscar a Connor. Será mejor que no luches contra la corriente.

Ella lo saludó. —A la orden, Capitán. Nos vemos en la orilla.

La cena transcurrió en un torbellino de platos, servilletas de avión de papel, demasiados matasuegras para pensar con claridad, y demasiada cafeína y bebidas azucaradas para una turba de seres que no necesitaban estímulos.

Y luego querían pastel.

Lara encendió las «antorchas» en las almenas del castillo y Gage lo llevó para colocarlo ante el rey.

Siguieron los suficientes «ohs» y «ahs» y, tal como Lara había predicho, todos querían un pedazo. Connor sí guardó su personaje favorito que ella había hecho de chocolate para modelar, pero el resto estaba disponible para quien lo quisiera, incluso los muros del castillo que había hecho de arroz inflado y malvaviscos.

—¿Cuánto tiempo se quedan estos paganos aquí? —preguntó Cara, despegándose otra masa aplastada de malvavisco de su camisa—. Nunca se van a ir a dormir esta noche.

Missy soltó una risita. —Ese es el problema de sus padres, no el mío. En momentos como estos, me alegro de tener solo uno.

Una vez que el pastel fue demolido, es decir, comido, y los regalos abiertos, guiaron a los niños de vuelta al exterior para quemar el subidón de azúcar. Connor estaba de nuevo en su trono, los niños jugaban al fantasma en el cementerio a su alrededor, mientras los adultos encendían la chimenea en la terraza y vigilaban que ningún fantasma se quedara atrás.

—Esto es agradable —dijo Cara, echando la cabeza hacia atrás en el columpio—. No recuerdo la última vez que simplemente me relajé y miré las estrellas. Claro que apenas recuerdo cómo es la luz del día, de tanto que he estado metida en mi hoyo de oficina.

—Hablando de eso, —Gage se incorporó y acercó a Lara más a su lado con el brazo alrededor de sus hombros—, puedo hacer eso por ti. Tengo una ventana extra de un trabajo si te interesa.

Cara levantó una ceja y lo fulminó con la mirada sin mover la cabeza. —¿Qué me va a costar?

—¿A ti? Nada. —Le dio un codazo a Lara—. A ti, por otro lado…

Ella chilló cuando él le rozó el cuello con la nariz.

—Ay, Dios. —Cara cerró los ojos, pero un atisbo de sonrisa jugaba en sus labios.

—¿Estás dispuesta a pagar ese precio? —susurró él mientras le mordisqueaba la oreja a Lara.

Ella tragó saliva y luego asintió.

Bien. —Y estaba pensando que podría arreglar tu recepción. Un poco de pintura, una encimera nueva y el lugar parecerá de un millón de dólares.

—Mientras no cueste eso —dijo Cara, de nuevo la maestra del sarcasmo.

—Lo único que costará es tiempo. Tengo un sótano y una cocina que terminar para dos clientes, y mañana empiezo un gazebo en la urbanización de Fox Run Hills. Iré encajando tu oficina como pueda.

—¿Fox Run Hills? Lara, ¿no es ahí donde...?

—Sí, lo es. Cambiemos de tema.

Interesante cómo encontró su voz para eso.

—¿No es ahí donde qué? —preguntó él.

—Nada. No es nada.

No era nada, pero no iba a presionarla. Se lo diría cuando estuviera lista.

Alguien llamó a la puerta principal.

—Parece que llegó la caballería —dijo Missy, poniéndose de pie—, rescatándonos de todos estos pequeños invasores.

Un flujo constante de padres entró por la puerta durante la siguiente media hora para recoger a sus agotados fiesteros. Gage, Lara y Cara ayudaron a limpiar, y luego fue hora de que los adultos agotados también se fueran.

Gage acompañó a Lara hasta el auto de Cara, pero no le abrió la puerta. En cambio, la acorraló entre el auto y él, con las manos en el techo a cada lado de ella.

—Gracias por venir y por el pastel. A Connor le gustó mucho.

—Me alegro. Fue divertido hacerlo. Gracias por invitarme. Y por dejar que Cara viniera.

—De alguna manera, las palabras «dejar que Cara» no parecen ir juntas. Tu prima hace lo que quiere.

Lara asintió. —Sí, a veces me gustaría ser como ella.

—No creo que necesites ser nadie más que quien eres, Lara. Me gustas tal como eres.

Especialmente cuando se mordisqueaba el labio inferior entre los dientes. Dios, él quería hacer eso. Pero mañana iba a ser un día largo y ya era casi mañana.

Tomó una respiración profunda. —Te extrañaré esta noche.

Ese adorable sonrojo se extendió por sus mejillas y no pudo resistirse a besarla. —Yo también te extrañaré.

—Entonces, ¿debería buscar cómo volver a casa, o ustedes dos van a bajarse del auto y tomar una habitación?

Gage le dio un último mordisquito a los labios de Lara. —Cara, eres todo un caso.

—Y que no se te olvide, Gage. —Abrió la puerta del lado del conductor—. Ahora deja que Lara suba al auto. Tenemos una semana importante por delante y necesita estar lo suficientemente despierta para enfrentarla, no como el sábado. Tenemos un negocio que atender, ¿recuerdas?

Gage, más que nadie, entendía lo que quería decir. La besó una vez más. —Tiene razón. Te llamaré. Recuerda, todavía te debo un baile.

Dios sabía que él no lo iba a olvidar.

Veintitrés

Gage atravesó en su camioneta la entrada privada del fraccionamiento Fox Run Hills. Todas las casas eran una variante del mismo tema, con céspedes bien cuidados, cercas de hierro forjado, pilares en las entradas para los autos, y Acuras, BMW y Mercedes por todas partes. Tanta gente tratando de aparentar... podría forrarse de dinero si J.C. McCullough lo recomendaba.

Sin importar lo que pensara del tipo, iba a construir el mejor maldito cenador que nadie hubiera visto, y en el menor tiempo posible, para que fuera el tema de conversación no solo en la fiesta de compromiso del tipo, sino en todas las reuniones de vecinos que hubiera después.

¿Acaso tenían reuniones de vecinos allí o eso solo pasaba en el club de campo?

Entró en el camino de la entrada, estacionó de nuevo su camioneta y el remolque con la excavadora detrás de las tuyas y sacó los letreros de su negocio de la parte trasera de la camioneta. A veces, eran la mejor publicidad.

Volvió a tocar el timbre de la puerta principal. A ver si J.C. le decía que usara la entrada de servicio. Si tenía las agallas.

La empleada volvió a abrir la puerta.

El imbécil *no* tenía las agallas. ¿Por qué no le sorprendía a Gage?

—El señor McCullough dijo que la puerta trasera está abierta y que puede pasar.

—Esta tarde me traen cemento, así que, si usted va a salir, quizá le convenga estacionar su auto en la calle para que no la dejemos encerrada. ¿Puede pasarle el recado al señor McCullough?

La mujer asintió y cerró la puerta, dejando a Gage allí plantado. Si algo le había enseñado la terrible experiencia de Connor era que, a fin de cuentas, todos eran iguales. Cuando dolía, dolía, así que toda esa condescendencia de la gente rica realmente lo sacaba de quicio. Pero el tipo le pagaba las cuentas, así que Gage se lo aguantó y fue a la parte de atrás.

El imbécil lo estaba esperando, mirando su reloj como si Gage estuviera marcando tarjeta.

—Necesito estar en la oficina a las ocho, así que le agradecería que mañana llegara a las siete.

Gage se aseguró de mirar su celular. Siete y dos. Había tardado al menos dos minutos en caminar desde su camioneta hasta la puerta principal y luego hasta la parte trasera.

Dejó caer con fuerza su caja de herramientas sobre el muro de piedra que rodeaba el patio. —Sí, claro. —No valía la pena discutir.

—¿Madeleine dijo que hoy vendrá un camión de cemento?

Gage asintió y sacó la cinta métrica láser y la pintura para el suelo. Traería la minicargadora después de haber delimitado el lugar de la excavación.

—Tiene seguro para cubrir daños en el camino de entrada, ¿verdad?

Gage se mordió la lengua para no contestarle con sarcasmo mientras se ajustaba el cinturón de herramientas a la cintura. —Sí. Puedo darle una copia si quiere. —Habría pensado que el señor Abogaducho habría preguntado por eso antes, pero en fin.

—Genial. Déjesela a Madeleine antes de irse. —El imbécil dobló su periódico y se levantó—. Regresaré a las seis. Para entonces usted ya se habrá ido.

No era una pregunta, así que Gage no sintió la necesidad de responder.

—Bueno, entonces, me voy. Intente que el ruido y el desorden sean mínimos, ¿quiere? No necesito que los vecinos se quejen.

Gage le hizo un saludo militar —absteniéndose de hacerle la seña del dedo— y se dirigió al lado izquierdo de la piscina para trazar dónde iba a cavar los cimientos, recordándose a sí mismo que estaba allí para hacer un trabajo y que no tenía por qué gustarle el cliente.

Menos mal, porque este tipo, definitivamente, no le gustaba.

* * *

—¡Me rindo! —Una ráfaga de papeles salió volando de la puerta de la oficina de Cara.

Lara recogió algunos y se armó de valor antes de entrar en la guarida de su prima. *Ella* nunca entraba allí si no era necesario. Los números le daban urticaria.

—¿Cuál es el problema, Car?

Cara agitó un montón de papeles hacia ella. —Esto. Estos contratos. Me están volviendo loca. Por cuanto y por lo tanto y por la presente... Necesitamos un abogado solo para llevar la cuenta de todos los cambios que recomienda el otro abogado. Apenas son las ocho y ya tengo migraña. —Se pellizcó el puente de la nariz—. Soy una persona de números, no una maldita experta en letras.

—Pues llama al abogado y pregúntale lo que necesites.

—¿Y pagarle trescientos dólares la hora? ¿Te volviste loca? Podría contratar a alguien a tiempo parcial durante una semana por eso. Quizá incluso menos.

—¿Y la hermana de Gage?

Cara abrió un ojo. —¿Cómo dices?

Lara dejó los papeles en la esquina del escritorio. No quería alterar el sistema de archivo que tuviera Cara. —La hermana de Gage. ¿La mamá de Connor? Estaba estudiando para ser asistente legal antes de que Connor se accidentara. Podríamos contratarla unas horas para que le encuentre sentido a las cosas y nos oriente sobre qué preguntarle al abogado. Quizá nos ahorraríamos algunas horas facturables. Sería más barato que llamar al abogado y Gage dijo que a ella le vendría bien un respiro. Saldríamos ganando todas.

—Oh. Dios. Mío. —El brazo de Cara se desplomó sobre su escritorio—. Estás perdidamente enamorada.

—¿Enamorada de qué?

—Esa historia tuya con Gage. Te encantó toda esa escena doméstica de anoche, admítelo.

Lara puso los ojos en blanco. —Cara, acabo de empezar a salir con él.

—Eso no impidió que te acostaras con él.

—¿*Tú* dándome un sermón a *mí*? ¿En serio?

—No te estoy dando un sermón. Solo señalo que has ido mucho más rápido de lo que sueles hacerlo.

154

—Considerando que no me he acostado con nadie en tres años, creo que eso es bastante obvio.

—¿Pero por qué él?

Lara se cruzó de brazos. No necesitaba este tercer grado de Cara. No ahora que todo era tan nuevo. —¿No eras tú la que me decía que fuera aventurera? ¿Ahora te estás echando para atrás? Decídete, Car.

—Solo quiero asegurarme de que sabes lo que haces. Yo estaba totalmente a favor de que te metieras en la cama con alguien solo para quitarte las ganas. Pero hacer el papel de la familia, pasar el rato allí, conocerlos... contratar a su hermana, por el amor de Dios... Eso va más allá de rascarse una comezón.

Que, irónicamente, no se había rascado anoche.

Lara respiró hondo. Lo había extrañado.

—Lo siguiente será que le prepares un almuerzo para ir de día de campo y se lo lleves a su lugar de trabajo.

Vaya, esa era una idea... —Considerando que está en el fraccionamiento de Jeff, no lo creo.

—Ah, sí. Se me había olvidado. ¿No sería divertidísimo que se topara con McMonstruo? ¿Te imaginas a Jeff lidiando con toda esa masculinidad en estado puro en su pequeño mundo perfecto?

—Vaya. De verdad no te cae bien Jeff. ¿Por qué nunca me lo dijiste?

Cara intentó a medias ordenar el desastre de papeles. —Estabas tan feliz con él que supuse que debía de tener algo que yo no veía. ¿Quién era yo para aguarte la fiesta? Además, ¿me habrías escuchado?

Lara negó con la cabeza. No lo habría hecho. Había estado loca por él.

—Exacto. Así que decidí aguantarme y estar aquí para ti si la cosa salía mal. Cosa que pensé que pasaría. Él no era el hombre adecuado para ti.

Eso lo había descubierto por las malas.

—Odio tener razón.

Lara se encogió de hombros y recogió un par de hojas más del suelo. Era asunto del pasado. —Preferiría no volver a hablar del desastre que fue mi matrimonio, si no te importa. ¿Por qué no piensas en contratar a Missy solo para arreglar ese desorden? Salvará tu cordura, mis oídos y un par de árboles que no tendrán que acabar hechos pulpa.

Cara tomó los papeles, mirándolos con malos ojos. Lara retiró la mano de un tirón; había oído demasiadas historias sobre esa mala vibra, no quería quemarse si los papeles de repente estallaban en llamas.

—Bien. Mándame su número por texto y la llamaré.

Lara volvió a la cocina a buscar su celular.

Te extraño. -G

No había oído llegar el mensaje a las... —revisó la hora— seis. Eso era porque había estado profundamente dormida, soñando con él.

Había sido todo un sueño. Quizá no se lo llevó físicamente a casa anoche, pero sí en sus sueños. Y, vaya, sí que se lo había pasado bien con él... Una y otra vez. Se había despertado con las sábanas revueltas, una capa de sudor en el cuerpo y un palpitar entre las piernas del que tuvo que encargarse antes de levantarse de la cama.

No era nada comparado con tener a Gage con ella, pero era lo mejor que podía conseguir hasta que sus horarios pudieran sincronizarse.

Probablemente había más posibilidades de que un meteorito cayera sobre la Tierra.

Yo también te extraño. Que tengas un gran día. –Yo

Bueno, no era el mensaje más romántico, pero al menos sabría que ella estaba pensando en él.

No podía *dejar* de pensar en él. Gage estaba resultando ser más de lo que jamás podría haber esperado o imaginado para sí misma después del desastre con Jeff.

Olvidando lo físico; la conexión emocional que tenía con su familia era suficiente para ella. El amor entre su hermana y él, el cuidado y la preocupación por su sobrino, la forma especial en que la hacía sentir... Añadiendo el hecho de que convertía su sangre en fuego líquido y podía excitarla con solo una mirada —demonios, incluso ese apodo tonto la hacía sentir especial—, Gage era casi demasiado bueno para ser verdad.

Veinticuatro

No todo el mundo pensaba que Gage era maravilloso.

Lara estaba sentada en la reunión mensual de la Cámara de Comercio, escuchando a Gage dirigirse a la asamblea sobre un local para sus chicos, y lo único que recibía era la oposición de los demás miembros.

Lascivo, asqueroso, sexista, pornográfico... No podía creer las palabras que lanzaban. Y las actitudes... Estuvo muy tentada a ponerse de pie y preguntarles a todos en qué década —no, en qué *siglo*— estaban, porque ciertamente no era el XXI.

—Vigilaríamos la entrada como en cualquier otro club. La edad legal para beber es de veintiún años y, como serviríamos alcohol, los clientes tendrían que tener veintiún años para entrar. Adultos legales. No nos dedicamos a corromper a menores. —Gage mantuvo la calma detrás del podio, pero como ella lo conocía, podía ver el esfuerzo que le costaba.

Deseó haber llegado antes esa noche, pero había tenido que darle los últimos toques al pastel de los Henderson antes de que Jesse se fuera a entregarlo, razón por la cual había podido asistir a la reunión. Normalmente lo hacía Cara, pero esa noche era el único momento en que Missy podía conseguir que alguien se quedara con Connor, así que Cara había ido a capacitarla.

Si Lara hubiera sabido que Gage iba a estar aquí, se habría levantado una hora antes esa mañana y habría terminado a tiempo el pastel de la señora Henderson.

Se veía bien allí arriba, con su camiseta de golf y sus pantalones caqui. Como un hombre de negocios, que era lo que era. No el pervertido que intentaban hacerle parecer.

—Va a provocar disturbios —dijo uno de los miembros del Consejo. Un tal John. Que parecía completamente celoso de que Gage *pudiera* provocar un disturbio.

—Le damos a la gente un buen rato y todo está estrechamente supervisado por la seguridad. No es diferente a cualquier otro club con artistas en vivo, ya sean bailarines o una banda.

—Las bandas no suelen quitarse la ropa.

—¿Ah, no? ¿Nunca ha visto a un baterista o a un guitarrista quitarse la camisa y lanzarla a la multitud? Yo sí. Nosotros, al menos, intentamos conservar nuestra ropa. Los vestuarios cuestan dinero.

—¿Y qué hay de los salones privados? —preguntó una mujer mayor—. He oído que los clubes como el suyo son solo fachadas para la prostitución.

El músculo de la mandíbula de Gage se tensó. Lara lo vio tragar saliva y sus ojos se entrecerraron. —Yo *no* dirijo una red de prostitución. Además de ser ilegal, es moralmente reprobable para mí.

—¿Pero desnudarse no lo es?

Gage exhaló. Lento, largo y sonoro. —Los chicos son bailarines exóticos. Lo que se quitan o no, depende de ellos, pero puedo garantizarles que nunca hay desnudez frontal completa. Eso viola las leyes de decencia y soy un ciudadano respetuoso de la ley. —Se agarró al borde del podio hasta que sus nudillos se pusieron blancos—. Mi socio y yo ofrecemos un espectáculo limpio, lleno de buen entretenimiento con la mira puesta en la seguridad pública. Solo por ese motivo, se nos debería conceder una licencia comercial para el local de Craft Street.

Craft Street estaba a dos cuadras de su pastelería y un cosquilleo le revoloteó en el vientre al tenerlo tan cerca, ya que su interacción en los últimos días se había limitado a mensajes de texto y llamadas telefónicas.

La Inquisición continuó durante otros quince minutos, con Gage manteniendo su porte profesional todo el tiempo.

Curiosamente, recordó la única vez que había asistido con Jeff a la reunión de la Asociación de Propietarios de su vecindario. Él había querido ensanchar la entrada de su auto, pero la ordenanza decía que no podían hacerlo sin la aprobación de la Asociación. Fue triste lo rápido que la arrogancia de Jeff y su aire de tener derecho a todo los había puesto a todos en su contra y no solo no les habían concedido la excepción, sino que los habían multado por instalar el borde de bloques de granito a lo largo de la entrada, que también era algo para lo que deberían haber obtenido la aprobación de la Asociación antes de su instalación.

Ella se fue mortificada; Jeff había estado indignado con una ira santurrona.

No hace falta decir que estuvo más que feliz de vender la casa y mudarse después del divorcio. Ahora, al menos, sus vecinos no tenían ningún problema con ella.

El interrogatorio por fin terminó y Lara tomó su bolso, con la plena intención de seguir a Gage para hablar con él, pero él la sorprendió. Tomó su asiento en la primera fila y se quedó durante el resto de la reunión. No es que hubiera más asuntos importantes, solo algunas medidas que aprobar sobre cómo se distribuían los informes, pero Gage se aseguró de que su presencia se notara.

No sabía cómo alguien —ninguna *mujer*— podía no darse cuenta de que él estaba en la sala.

Y aparentemente, ninguna lo hizo, ya que todas acudieron en masa hacia él una vez que se levantó la sesión. Incluida la vieja bruja que había mencionado los salones privados.

Probablemente quería meterlo en uno.

Lara reprimió los celos. No era culpa de Gage que las mujeres fantasearan con él. Bueno, no ahora. ¿En el escenario? Esa era otra historia. Pero incluso entonces, era un trabajo. Solo un trabajo.

Él hizo el politiqueo necesario y, si no hubiera visto el guiño que le lanzó cuando la vio acercarse, habría pensado que estaba sinceramente interesado en cada mujer con la que hablaba. Tenía una manera de hacer que cada una se sintiera como si fuera la única mujer en la sala, una sensación con la que Lara estaba muy familiarizada...

¿Y si para él no era más en serio con ella que con esas otras mujeres?

Sus pasos y su sonrisa flaquearon.

Oh, Dios, estaba siendo ridícula. Por supuesto que no era cierto. Él sí se preocupaba por ella. Se estaba poniendo paranoica.

Maldito Jeff. Antes tenía confianza en sí misma con los hombres. Con cualquier cosa.

Había encontrado esa confianza en sí misma en lo que respectaba a la pastelería; ¿por qué no podía encontrarla cuando se trataba de Gage?

Él estrechó la mano de la última mujer y se acercó a ella con un rápido beso en la mejilla.

—Vaya, qué alegría verte. —Se tomó su tiempo para devorarla con la mirada—. Te he extrañado. —Su voz era baja y le provocó escalofríos por toda la piel—. Me alegra que estés aquí.

—No sabía que ibas a venir.

—Yo tampoco, hasta que hoy recibí un aviso en el correo diciéndome que mi solicitud para Craft Street había sido denegada. Tuve que venir a defender mi caso.

—Creo que fue muy efectivo.

—No estoy tan seguro. Las opiniones son difíciles de cambiar y la gente piensa que solo nos dedicamos al comercio sexual. Es bastante desalentador.

—¿Por qué no mencionaste por qué estás haciendo esto? Por Connor, quiero decir.

Se pasó una mano por la boca. —Lo pensé. De verdad. Pero esto no es solo por Connor. Quiero decir, Con es la razón por la que *yo* lo estoy haciendo, pero todos los chicos tienen sus propias razones. Este es un negocio viable. Rentable. Los impuestos que pagaríamos deberían habernos dado la aprobación, pero el prejuicio en su contra les está haciendo tirar piedras contra su propio tejado presupuestario, esos idiotas miopes.

—¿Y ahora qué vas a hacer?

—No lo sé. Si no aprueban lo de Craft Street, no van a aprobar ninguna otra ubicación. Ese lugar ha estado vacío durante más de un año. Hubiera pensado que estarían encantados de que alguien se ocupara de esa monstruosidad. Parece que no tenemos suerte.

Lara estaba a punto de ofrecerle un hombro en el que apoyarse cuando vio al hombre al otro lado de la sala. —Mmm, tal vez no.

El jefe de Jeff. A pesar de que Jeff había idolatrado al hombre, el señor Davis se había sentido asqueado por su divorcio y le había hecho saber claramente que estaría más que feliz de ayudarla si alguna vez lo necesitaba. No de una manera inapropiada; el hombre había estado casado con su amor de la infancia durante más de cincuenta años. Creía en el matrimonio y la fidelidad, y había estado a punto de despedir a Jeff en el acto hasta que decidió hacerlo socio para que Lara pudiera obtener más pensión alimenticia. Incluso la había dirigido al abogado que contrató para que la representara. Jeff había maldecido por lo bajo en cada reunión que tuvieron.

El señor Davis se reía de eso cada vez que la veía. «El que la hace la paga», había dicho. E incluso con la sociedad, Jeff seguía siendo el último en la jerarquía de socios y el señor Davis planeaba asegurarse de que se quedara allí.

Oh, sí, Weatherington Davis era un poder a tener en cuenta, y ella planeaba hacer justamente eso.

—¿Me disculpas un momento, Gage?

—Lara, ¿qué vas a...?

Se soltó de su agarre. —Confía en mí. Podría ser capaz de ayudar.

Se dirigió directamente hacia el señor Davis. Su rostro se iluminó cuando la vio.

—Lara. Qué gusto verte. —Le tomó las manos y le dio un beso en la mejilla. Olía a jabón de lavanda —el de su esposa— y a puros —los suyos—, con un toque de humo de leña, algo completamente fuera de lugar en el caluroso clima de verano, pero así era el señor Davis.

—Hola, señor Davis.

—Vamos, vamos, pensé que ya habíamos superado eso. Te he dicho una y otra vez que me llames Weathers. Todos mis amigos lo hacen.

Jeff no lo hacía. Solo por esa razón, Lara se arriesgó. —Gracias, Weathers. ¿Cómo has estado? ¿Cómo está Mary? ¿Y los niños? Oí que tienes una nueva nieta.

—Ah, sí, la pequeña Candace. Es el vivo retrato de su madre. Mi hija mayor, Susan. No creo que conozcas a Susan.

Solo había estado en su casa dos veces para la fiesta de Navidad del bufete y ambas veces solo había estado allí su hijo menor. —No, no la conozco, pero si esa bebé se parece en algo a Mary, seguro que es una belleza.

Halagar a la esposa del señor Davis, eh, Weathers, era una forma segura de llegar a su corazón. A Lara siempre le había enternecido ver cuánto adoraba a su esposa.

Quería que alguien la adorara así.

Volvió a mirar a Gage. Había sentido sus ojos sobre ella durante todo el camino hasta aquí y todo el tiempo que había estado hablando. Era una sensación agradable saber que la estaba observando.

Y sí, tal vez le había puesto un poco más de contoneo a sus pasos.

—Le diré a Mary que dijiste eso. Siempre disfrutó de tu compañía. —

Weathers miró a los dos hombres que estaban a cada lado de él—. Bueno, muchachos, discutamos esto mañana, ¿de acuerdo? Tengo la sensación de que la señorita Cavallo tiene algo de lo que necesita hablar conmigo.

Los hombres asintieron y se alejaron.

—Y bien, querida, ¿qué tienes en mente?

—¿Por qué piensas que tengo algo en mente? ¿No puedo ver a un viejo amigo y venir a saludar?

—Lara, puede que sea viejo, pero no estoy senil. Tampoco soy ni de lejos tan guapo como tu hombre de allí, así que estoy pensando que hay algo de lo que necesitas hablar conmigo que le concierne a él, o lo habrías traído contigo. Y como sí escuché su apasionado discurso desde el podio, tengo una idea bastante clara de lo que quieres hablar conmigo.

Ella sonrió y negó con la cabeza. —Hay una razón por la que tu bufete es tan exitoso.

—No gracias a tu exmarido. No sé cómo permaneciste casada con él tanto tiempo. Yo solo tengo que aguantarlo ocho horas al día —y ni siquiera eso— y quiero divorciarme de él.

—Espero que puedas hacerlo pronto.

—¿Ah, sí?

—Es mi pastelería. Mía y de mi prima. Espero que sea lo suficientemente rentable para no tener que aceptar más la pensión alimenticia de Jeff. Entonces podrás dejarlo ir.

—¿Y perder a mi chico de los mandados? ¿Estás bromeando? ¿Y por qué demonios querrías dejar de aceptar dinero de ese hombre? Tienes derecho a ello, y Dios sabe que necesita rendir cuentas por lo que hizo.

—Te lo agradezco, Weathers. De verdad. Pero no me gusta estar en deuda con él. Odio tener que aceptar su dinero. Quiero el mío propio.

—Para poder restregárselo en la cara.

Esbozó una sonrisa. —Algo así.

—Ah, chica, sabía que tenías agallas. Claro, estabas abatida por lo que él había hecho, pero sabía que tenías la fuerza para resurgir de las cenizas. —La apartó para que no los oyeran las personas que se habían ido acercando a ellos mientras hablaban.

—Ahora, ¿qué puedo hacer por ti? ¿Quieres que presione a la Cámara para que le den su licencia comercial?

—Sí. Es un buen negocio. Justo, rentable, legal. Gage y su socio han trabajado muy duro para construirlo y les ayudaría mucho tener su propio espacio. Echar algunas raíces y hacer crecer la empresa. Aportarán a la comunidad, tanto en forma de impuestos como creando empleos, además el lugar está abandonado en este momento. Van a arreglarlo. Eso es bueno para el desarrollo urbano, ¿verdad?

Weathers la observó por unos momentos, su mirada azul hielo que le había ganado muchos casos difíciles, evaluándola.

Luego sonrió. —Me alegra el corazón verte así.

—¿Así?

—Enamorada.

Lara abrió los ojos como platos. No estaba enamorada de Gage. Le gustaba mucho, sí. En medio de la pasión, seguro. ¿Pero amor? Apenas habían estado juntos lo suficiente como para enamorarse.

Y ella no iba a *enamorarse*. No ahora. Era demasiado pronto después de Jeff, y totalmente inoportuno.

—No estoy ena...

—No intentes decirme que no lo estás. He estado en ese mismo estado por más de cincuenta y cinco años, desde que Mary y yo teníamos trece. Sé cómo se ve estar enamorado.

Lara se llevó las manos a las mejillas, segura de que ardían en rojo en ese momento. —Señor Davis...

—Weathers.

—Weathers. En serio, no es lo que piensas.

—Ah. Te he avergonzado. Me dicen que he empeorado con la edad. —Se ajustó el cuello—. De acuerdo, dejemos de lado esta charla sobre el amor. Quieres que preste mi apoyo al negocio de tu hombre. Estoy de acuerdo contigo en que lo que propone es una buena decisión comercial y los comentarios estúpidos hechos por la junta solo fortalecieron mi resolución de hacerlo incluso antes de que aparecieras. Pero aceptaré tu gratitud en cualquier momento.

Sonrió al decirlo y Lara no sabía qué había hecho para merecer tenerlo de su lado, pero estaba muy contenta de haberlo hecho.

—Muchas gracias, señor, eh, Weathers. Realmente te lo agradezco y sé que Gage también lo hará.

—Gage *no* está agradecido de que sigas aquí hablando conmigo, así que creo que deberíamos despedirnos. Dile que revise su correo. Estoy seguro de que, para la próxima semana, encontrará la licencia que necesita.

Le dio un beso en la mejilla a Weathers, riendo a carcajadas cuando él le dirigió una mirada pícara, y corrió de regreso con Gage.

—¿Quién era ese?

Le explicó quién era Weathers.

—No necesito nada del jefe de tu exmarido. Puedo hacer esto por mi cuenta, Lara.

—¿En serio? Porque no me pareció que estuvieras haciendo un buen trabajo, Gage, ya que te rechazaron. ¿Y qué importa cómo consigas la licencia mientras la consigas?

—Porque tu exmarido está involucrado.

—Solo periféricamente. —Continuó explicando la posición de Weathers —. Así que, como ves, la única razón por la que Jeff todavía tiene su trabajo es porque Weathers quiere asegurarse de que yo tenga la pensión alimenticia. Bueno, eso y para que todos puedan darle órdenes a Jeff. Ambos obtenemos lo que queremos.

—¿Y yo qué?

—¿Tú qué? Vas a obtener la licencia comercial como querías.

Su boca se torció hacia un lado. —Supongo.

—¿Es esto diferente a que tú hicieras que Gina me contratara para el catering de su fiesta?

Abrió la boca, pero luego la cerró. Luego se pasó una mano por ella. —Supongo que no.

—Vaya, no suenes tan emocionado.

—No, tienes razón. Gracias.

—De nada. Ahora, ¿qué tal si me invitas a salir a celebrar? No he tenido la oportunidad de comer nada en todo el día y me muero de hambre.

—¿De qué, exactamente, te mueres de hambre?

En ese instante, con su voz baja y sus ojos azules fijos en su boca, las bromas juguetonas desaparecieron, reemplazadas por otro tipo de provocación.

Lara se lamió los labios.

Gage gimió. —Dios, Lara, aquí no. No podré salir caminando y toda esa gente pensará que tenían toda la razón sobre BeefCake.

No pudo evitar que sus labios se curvaran. Era bueno saber que ella lo afectaba tanto como él a ella. —¿No podemos permitir eso, verdad? No cuando el señor Davis se está tomando la molestia de convencerlos de lo contrario.

—Entonces salgamos de aquí mientras todavía puedo caminar erguido.

Resistió el impulso de mirar hacia abajo.

Bueno, casi.

—Me estás matando. —La tomó del brazo y la guio hacia la puerta, y por primera vez desde que lo conoció, no se detuvo a hablar con ninguna de las mujeres que intentaron hacerlo.

Y sí, Lara se sentía un poquito complacida consigo misma por eso.

Veinticinco

Terminaron de vuelta en Donegan's, solo que esta vez no hubo aros de cebolla, ni papas horneadas con todo, ni apuestas de bailes eróticos... porque eso ya se daba por sentado.

Ella pidió el pollo a la irlandesa, él una hamburguesa, y los devoraron en un santiamén. Gage incluso había pedido la cuenta junto con la comida, así que ordenaron, comieron y pagaron en menos de treinta minutos.

Veinte minutos después, estaban desnudos.

—Dios, Lara, no he podido dejar de pensar en ti. En esto. —Estaban de pie en su sala, con la ropa tirada por todas partes, y él le pasó las manos por sus pechos perfectos, sopesando su peso, sus pulgares rozándole los pezones hasta que se endurecieron.

Ella se arqueó contra él. —Se siente tan bien, Gage.

—Sí, te sientes increíble. —Tenía que probar uno. Se inclinó y le rozó los labios suavemente sobre él, sonriendo cuando ella jadeó. Entonces lo mordisqueó, con delicadeza, solo con los labios, sonriendo aún más cuando ella le sujetó la cabeza y se apretó contra él.

—Lámeme, Gage. —Su aliento era agitado y su voz, desesperada.

Él conocía la sensación.

Gage hizo lo que ella le pidió —lo que él quería hacer—, pasando la lengua alrededor del pico endurecido, para luego succionarlo dentro de su boca. El sabor y la sensación de ella amenazaban su cordura. Tenía que llevarla a la cama.

La tomó en sus brazos y capturó su jadeo con otro beso, caminó por el pasillo y la depositó en la cama sin romper el beso en ningún momento.

Dios, qué bien se sentía ella debajo de él. Suave donde una mujer debía serlo. Acunándolo donde necesitaba la presión, y el sedoso roce de sus piernas contra las de él era el paraíso puro.

Se apoyó en los codos y le sujetó la cabeza entre las palmas de las manos, con los rizos de ella enredados entre sus dedos. —Te he extrañado.

Ella le mordisqueó la barbilla. —Yo también te he extrañado.

—Eres tan hermosa, Lara. —Le mordisqueó la nariz, un juego nuevo para él, pero quería cada parte de ella. Quería su sonrisa y su risita adorable. Quería sus gemidos y sus respiraciones superficiales y entrecortadas. Quería su nombre en sus labios mientras le daba los mejores orgasmos de su vida.

—Tú me haces sentir hermosa, Gage.

Él no debería tener que hacerlo; ella debería sentirse hermosa sin él. Porque lo era. Por dentro y por fuera. Lo solícita que había sido con Connor, con su primo. Y cómo se entregaba a él sin reservas. Esa total generosidad y desinterés la convertían en una persona hermosa, y los rizos preciosos, los ojos cálidos y sensuales, esa linda nariz respingada y esos labios... Dios, esos labios... Eran solo el adorno del alma hermosa que albergaban.

—No dejes que nadie te diga nunca que no lo eres, Lara. Hay tanta belleza dentro de ti que simplemente se irradia. Alguien tendría que ser un idiota para no ver todo eso en ti. —Mataría a su exmarido. *Insípida... ¿acaso el tipo estaba loco?* Lara no era para nada insípida. Era un chocolate decadente con remolinos de fresa y menta, un festín para su paladar que quería probar una y otra vez.

Ella parpadeó —dos veces— para contener las lágrimas en las comisuras de sus ojos. —Gracias.

Su voz se quebró al final y Gage no podía permitir eso. Esta no era una noche para lágrimas. Esta era una noche para sonrisas y risas, y sí, largos y prolongados gemidos de placer. Quizás incluso un grito o dos —o siete— de su nombre. Si es que podía aguantar tanto.

La besó. No carnal, no a la ligera, sino lo suficiente para mostrarle todo lo que sentía por ella. Cada buena acción, cada sonrisa maravillosa, cada pensamiento anhelante que aveva tenido de ella desde que se conocieron.

Ya se ocuparía más tarde de lo que todo eso significaba para él.

—Para mí eres la mujer más hermosa del mundo, Lara, y me aseguraré de que lo sepas antes de que amanezca.

Lara se estremeció ante sus palabras. Quería creerle, y quizás, si se lo permitía, lo haría. —Solo hazme el amor, Gage. Sácame de mí misma como lo hiciste la otra noche. *Eso* fue hermoso.

—Tus deseos son órdenes para mí —dijo él con esa sonrisa que la dejaba sin aliento, justo antes de que esos hermosos labios descendieran sobre los de ella para arrastrarla a un torbellino de excitación y sensación que apenas podía creer.

Cada lugar que Gage tocaba se convertía en fuego. Sus terminaciones nerviosas se estremecían bajo su piel, ondas se retorcían sobre ella, su estómago revoloteaba en una respuesta que solo él había sido capaz de provocar, y el calor se extendió por sus extremidades, abriéndose paso hasta su corazón y envolviéndolo con tanta fuerza que no podía respirar. Estaba tan metida en esto que podría ser un desastre de proporciones épicas si no funcionaba.

Lara apartó ese pensamiento de su mente. En algún momento tenía que dejar ir la duda y aprender a confiar de nuevo.

Confianza. Era un gran problema para ella.

Gage la mordisqueó a lo largo de su mandíbula y bajó por su garganta, teniendo un cuidado exquisito con su clavícula, hundiéndose en el hueco de su base, su lengua arremolinándose allí, irradiando un deseo húmedo y caliente a cada parte de ella.

—Dios, nena, sabes increíble —murmuró contra su piel y Lara solo pudo asentir.

Y retorcerse. Eso lo hizo bastante bien cuando sus labios encontraron su pezón.

Sus dedos jugaron con el otro y las sensaciones crecieron en ella, fracturando su mente de cualquier cosa que no fuera la gloriosa fricción de sus dedos y su lengua y la dura longitud de él contra su muslo.

Le pasó las manos por la espalda, cada centímetro una experiencia de proporciones sensuales. No tenía ni un gramo de grasa, y cada músculo se contraía y flexionaba bajo su tacto, generando una contracción en respuesta en un área muy específica. —Te quiero, Gage. Dentro de mí. Ahora.

Él levantó la cabeza, esos hermosos ojos aguamarina velados por el deseo.

Por ella. —Me tendrás, Lara. Pero vamos a tomarlo con calma. Hacer que dure. Hacerlo hermoso.

Ya lo era.

Gage la besó recorriendo su cuerpo hacia abajo, ahondando en su ombligo, su lengua arremolinando aún más sensaciones allí, cada una de ellas saliendo en espiral desde ese centro hacia otro, un poco más abajo y mucho más necesitado.

Ella se retorció bajo él, necesitando presión... ah, sí, ahí. Dios, la longitud y la fuerza de él...

Le acunó las caderas con las manos y entonces, oh, Dios, entonces su lengua la encontró.

—Sabes increíble —susurró contra sus rizos antes de tomar lo que ella tan dispuestamente quería darle.

La volvió loca de necesidad. Su lengua y dedos talentosos elevaron su deseo, llevándola al precipicio, solo para retroceder y mantenerla colgando, cada parte de ella temblando de necesidad. Apretó las sábanas, sacudió la cabeza, presionó hacia abajo contra su boca, buscando esa liberación final, pero Gage solo jugaba con ella.

—Por favor, Gage —jadeó, medio enloquecida por el deseo, la otra mitad tan firmemente concentrada en lo que él estaba haciendo que era como si pudiera verlo detrás de sus párpados cerrados.

—Te complaceré, Lara, pero vas a tener que esforzarte.

Sus ojos se abrieron de golpe y se encontró con su mirada burlona. —¿Qué?

Él sonrió entonces y eso le erizó hasta el último vello.

—Date la vuelta. —Le levantó la pierna y la giró hasta que quedó boca abajo y su trasero...

—¿Qué vas a hacer?

—No es lo que *yo* voy a hacer. —Se bajó de la cama, le puso las manos fuertes alrededor de los tobillos... y la arrastró fuera de la cama—. Es lo que *tú* vas a hacer.

Ella lo miró por encima del hombro mientras intentaba ponerse de pie. No le estaba funcionando muy bien; su cuerpo estaba tan excitado que sus rodillas amenazaban con ceder.

—Vas a bailar para mí.

Sus rodillas cedieron y cayó sobre el colchón. —¿Qué?

Él la agarró por la cintura y tiró de ella para ponerla de pie. —¿Recuerdas el baile erótico?

—Pero *tú* me lo debes a *mí*.

—Y te lo voy a dar. Pero luego tú me vas a dar uno a mí.

—¿Por qué?

Esa maldita sonrisa sexy y ladeada estaba de vuelta. —¿Y por qué no?

Oh. Ya.

—Será divertido.

Divertido, erótico... seis de uno y media docena de otro.

—Quédate ahí. Vuelvo enseguida.

No se movió mientras él salía del dormitorio. No podía.

Regresó rápidamente, con su teléfono en la mano y un condón en su erección.

El tipo era increíble.

Tocó la pantalla un par de veces, y entonces surgió la música.

—Estás bromeando —dijo ella, reconociendo la introducción. *Simplemente irresistible* de Robert Palmer.

Él sonrió. —Para nada. Tiene un gran ritmo y la letra es perfecta. *Eres* simplemente irresistible, Lara.

—Aunque pareces estar resistiéndome bastante bien, ya que estás hasta allá.

—Oh, no te preocupes. Estaré hasta *allá* en unos segundos. —Dejó el teléfono en su tocador—. Ahora mira.

Como si pudiera hacer otra cosa. Él. Estaba. Desnudo.

Y excitado.

Y bailando.

Para ella.

—Primero mueves las caderas. —Lo demostró muy, muy bien—. Pon un poco de empuje en la zona del trasero.

Oh, sí. Eso funcionaba para ella.

—Algunos meneos. —Se dio la vuelta y a ella se le secó la boca como un desierto.

¿O era *deseo*? El hombre podía menear el trasero y era una obra de arte.

—Ahora combina todo eso con algunos movimientos de brazos. —Se puso los brazos detrás de la cabeza, se giró, y sus pectorales y su abdomen marcado comenzaron su propio concurso de baile... que él acercó cada vez más.

Más cerca, sobre su regazo.

Desde atrás.

Lara le pasó una mano por la espalda. La electricidad le chisporroteó por todo el brazo.

—¿Qué te parece? —le preguntó él, mirando por encima del hombro mientras su trasero le rozaba el abdomen y su escroto se deslizaba por sus piernas.

No podía pensar, sobre todo porque él bailaba con una erección en toda regla.

Se irguió y le tendió la mano. —Acompáñame.

Ella quería fundirse *con* él. Ahora. Aquí. De inmediato.

Sin embargo, le tomó la mano y se puso de pie, temblorosa.

Entonces Gage la hizo girar y le rodeó la cintura con las manos, con la pelvis todavía girando contra ella, y, oh, Dios, la sensación de él rozando la hendidura de su trasero amenazaba con arrebatarle la poca fuerza a la que apenas se aferraba.

—Solo sigue mis movimientos, Lara.

Lo intentó. De verdad que lo hizo. Pero si lo lograba era únicamente porque sus manos la guiaban. Tenía el cerebro *frito*, ya que cada roce de la piel de él contra la suya la sobrecargaba y lo único que podía ver era la amplia extensión de la cama frente a ella, donde quería estar extendida debajo de él, recibiendo por completo dentro de sí esa parte palpitante y vibrante de él que le estaba haciendo cosas terriblemente pecaminosas en el trasero.

Entonces Gage le ahuecó un pecho y le lamió la curva del hombro.

—¿No es divertido?

Divertido no era exactamente la palabra correcta.

Lara se mordió el labio y lo miró. —No aguanto mucho más.

—Claro que sí. Yo hago esto durante una hora en el escenario. Puedes darme un par de minutos. —Entonces la soltó y dio un paso atrás.

Ella se tambaleó.

Gage la sujetó. —No, no. Puedes hacerlo. Vamos, Lara, muéstrame lo que tienes.

La vergüenza la inundó. Lo que ella tenía no se acercaba ni de lejos a lo que él hacía, pero...

Pero a él parecía gustarle, así que, ¿por qué no? No tenía nada que perder, salvo ese momento si no lo hacía.

No quería perder ese momento.

Respirando hondo, Lara echó los hombros hacia atrás y se dio la vuelta. Podía hacerlo.

Gage cambió la canción. *Addicted to Love.* ¿Estaba intentando decirle algo?

Se sentó en la silla junto a su cama y su sonrisa era absolutamente encantadora. Y alentadora. —Baila para mí, Lara.

El primer compás sonó y Lara lo sintió vibrar a través de ella. Sabía bailar. Al menos, con ropa.

Sus caderas empezaron a moverse. Al parecer, sin ropa también sabía.

—Eso es, nena. Contonéate para mí.

Lo hizo, y la sensación de sus pechos balanceándose ante él —y la mirada en sus ojos cuando lo hacían— fue absolutamente liberadora. Se llevó los brazos detrás de la cabeza, levantándolos, y le imprimió un poco más de vaivén a sus caderas.

Sus ojos se encendieron. —Ah, eso está bien. Muy bien.

Sí, lo estaba.

Apoyó la punta de un pie y pivotó sobre él, sus caderas marcando cada golpe de la batería mientras dejaba que la música fluyera a través de ella. Echó la cabeza hacia atrás y cerró los ojos, sintiendo el ritmo en la sangre, permitiendo que recorriera su cuerpo, que dictara sus movimientos.

—Eso es, Lar. —Su voz era grave y ronca. Como la sensación que tenía en la parte baja de la pelvis—. Acércate. —Fue un susurro, pero lo oyó por encima de la música.

Se giró hacia él, su mirada se encontró con la suya y no la soltó.

Los dedos de él se flexionaron sobre sus muslos. Su verga se crispó.

Oh, sí, lo estaba afectando.

—Date la vuelta.

Lo hizo. Lentamente.

—Retrocede hacia mí.

Lo hizo. A horcajadas sobre sus piernas. Abierta, húmeda y anhelante.

Gage gimió cuando ella flexionó las rodillas.

Se quedó suspendida ahí, sobre su regazo, tentando a sus caderas mientras se pasaba los dedos por el pelo y por el cuerpo. Se ahuecó los pechos, sabiendo que él no podía verla, pero que sabría que se estaba tocando.

Era perverso. Era decadente. Era lo más erótico que había hecho en su vida y el poder de lo que podía hacerle creció dentro de ella. Le dio el aliento, la fuerza para mover las caderas un poco más rápido, rozar su trasero un poco más abajo, provocarlo aún más.

—Me estás matando —murmuró él.

—Qué manera de morir —susurró ella con un dejo de risa. Dios, el poder que sentía.

—Eres la cosa más sexi que he visto en mi vida, Lara. —Sus dedos le rozaron las caderas.

Se sentía como la cosa más sexi del mundo. —No toques, Gage. ¿No es eso lo que les dices a tus clientes? ¿No tocar?

Su risa fue áspera. —Ya viste lo bien que funciona eso.

Ella miró por encima del hombro. —¿Y qué vas a hacer al respecto?

Sus ojos se encendieron de nuevo, le sujetó las caderas con sus manos grandes y fuertes, y tiró de ella contra él. —Doy por terminado este baile, voy a empalarte en mi verga así y dejaré que me cabalgues durante el resto de mi lista de reproducción.

Y, oh, hizo exactamente eso.

La tomó ahí, en la silla, con las manos en sus muslos manteniéndola abierta, sus dedos jugando con ella, exigiéndole que pasara los brazos por detrás de su cabeza para que sus pechos quedaran altos y firmes y él pudiera verlos por encima de su hombro mientras bombeaba dentro de ella al ritmo de la música.

—Dios, nena, eso es. Cabálgame.

Lo hizo. Arqueó la espalda, flexionó los dedos de los pies en la alfombra y lo acogió en su interior, sintiendo cada centímetro de acero aterciopelado a lo largo de todo su canal, y *esto* era lo más erótico que había hecho en su vida.

Había muchas primeras veces con Gage y, sinceramente, Lara se alegraba de que fuera con él con quien las estaba experimentando todas.

Sus respiraciones agitadas quedaban ahogadas por la lista de reproducción, que debía ser con la que sus chicos practicaban los pasos de baile, porque cada canción tenía un ritmo pesado y palpitante que reverberaba en su sangre, descendiendo en espiral hasta ese punto en el que estaban unidos, aumentando el calor, la necesidad y el deseo hasta que ella jadeaba, con la cabeza echada hacia atrás, y se agarró a su pelo porque necesitaba algo —cualquier cosa— a lo que aferrarse.

La ola subió, un torbellino arremolinado y borroso de necesidad dolorosa, las sensaciones robándole el aliento hasta que, por fin, rompió sobre ella en un estallido palpitante y martilleante, impulsándola mientras ella lo apretaba y exprimía cada sensación cuando él se corrió, el momento infinito...

Gage fue el primero en moverse. Se crispó dentro de ella, devolviendo a Lara a cada terminación nerviosa deliciosamente saciada de su cuerpo.

—Eres increíble —murmuró él contra su cuello, su aliento caliente enviándole más escalofríos.

—Tú también eres bastante increíble. Nunca había hecho eso antes.

—Pues no lo parece. Te salió natural. Toda sensual y seductora, y me pusiste más duro que una roca. Te juro que pensé que iba a explotar solo con mirarte.

Ella no pudo contener una sonrisa de autocomplacencia.

—Te sientes muy bien contigo misma, ¿verdad? —bromeó él.

Ella asintió contra su hombro, sintiendo la barba áspera de él contra su mejilla. No le importaría sentirla entre sus muslos.

Oh, Dios, sintió que se hinchaba al pensarlo.

—¿En qué estás pensando? —respiró él. También lo había sentido.

Se lo dijo.

—Eso, querida, definitivamente se puede arreglar.

Consiguió separarlos y llevarla a la cama cuando las piernas de ella se negaron a cooperar.

Aunque cooperaron bastante bien cuando él se arrodilló junto a la cama y se las echó sobre los hombros, mientras procedía a enviarla a otra ronda de placer.

Para cuando ninguno de los dos pudo moverse, Lara había perdido la cuenta de cuántas veces se había corrido. Había perdido la cuenta de cuántas posiciones diferentes habían probado. Pero sabía que cada vez él había gruñido su nombre al venirse, abrazándola mientras los espasmos lo sacudían, y Lara estaba malditamente agradecida por el regalo que era Gage.

Entrelazó sus dedos mientras yacían boca abajo uno frente al otro, con los ojos pesados por el agotamiento. Una de las piernas de él estaba echada sobre las de ella, pero todavía había un destello de deseo en su mirada cuando la observó.

—Pasa el fin de semana conmigo.

La emoción vibró a través de ella. Nada le gustaría más. —Me encantaría, pero no puedo. Es nuestro fin de semana de más trabajo después de la temporada de vacaciones de invierno. Estoy ocupada.

—De acuerdo, entonces déjame pasarlo contigo. Terminaré temprano el día tres y puedo ayudarte con tus fiestas.

—¿De verdad quieres pasar tus vacaciones trabajando?

—Si es contigo, no será trabajo.

Era lo correcto que decir. —¿Estás seguro?

Él deslizó la punta de su dedo por su nariz y sobre sus labios. Lara resistió el impulso de succionarlo dentro de su boca.

Durante unos dos segundos. En serio, ¿por qué no *podía* succionarlo?

Él gimió al primer contacto de la lengua de ella y retiró el dedo. —Dios, mujer, me vas a agotar.

—Bien. Ojo por ojo.

Su sonrisa era demasiado arrogante, pero la verdad es que no podía quejarse. Se la había ganado.

—Mira, me encantaría aceptar tu oferta, pero ambos tenemos que levantarnos por la mañana. De repente, tengo aún más prisa con el gazebo que estoy construyendo, así que necesito dormir.

—Aguafiestas. —Aunque, en realidad, ella estaba igual de agotada, pero era divertido bromear con él.

Él se giró y la acurrucó contra su costado, con la cabeza de ella apoyada en su pecho, y le besó la coronilla. —Sí, ese soy yo. Un verdadero aguafiestas.

Ella sonrió y se acurrucó contra él. Gage era, definitivamente, una *alegría*.

Veintiséis

Sin embargo, para Lara el resto de la semana no fue tan alegre. El clima para la boda del sábado era incierto, lo que significaba que tenía que tener un plan de contingencia para el pastel de bodas y los nueve pasteles para los padrinos; el pedido más complejo que había tenido hasta la fecha. El pastel de bodas tenía siete pisos de altura, y la mayoría tenía que ensamblarse en el lugar, y la humedad lo estaba complicando todo, ya que la crema de mantequilla bajo el fondant comenzaba a quejarse.

Gracias a Dios que Gage la acompañó. Montó una carpa afuera que la organizadora de bodas había olvidado y luego sostuvo los pisos mientras Lara los colocaba en su sitio en la cocina del club de campo para que el pastel pudiera sacarse a tiempo para la recepción. Normalmente Cara la habría ayudado, pero había aceptado un pedido de último momento de un nuevo cliente que entró en pánico porque su pastelería anterior no pudo cumplir. Por suerte, había un pastel extra en el refrigerador, así que Cara había salido a entregarlo. Jesse estaba a cargo de la pastelería, armando más «petardos» para el pastel que el municipio había encargado para la celebración del Cuatro de Julio del día siguiente.

A Lara le quedaban tres pisos más por ensamblar cuando la novia pasó junto a ellos para el inicio de la ceremonia. Gage se veía delicioso con el saco de esmoquin que se había puesto. Lara se preguntó si los pantalones que llevaba eran de esos que se quitan de un tirón.

No le importaría descubrirlo de primera mano.

—¿De qué sonríes? La novia está llorando —le susurró Gage al oído.

Dios, qué bien olía. Incluso con el calor y el esfuerzo, ese aroma tan suyo la envolvía como él lo había hecho la noche anterior.

—Las bodas me hacen sonreír.

—Cariño, esa *no* es una sonrisa feliz. Es una sonrisa de «tengo un secreto y quiero que lo descubras», y me estás tentando a hacerlo. —Le mordisqueó la oreja.

—Para. Estamos trabajando.

—Harías bien en recordarlo en lugar de tentarme con lo sexi que eres.

Ella puso los ojos en blanco. Llevaba su filipina y gorro de chef. Lo más asexuada que podía estar.

Él continuó con sus bromas y esas miradas acaloradas mientras trabajaban para terminar el pastel a tiempo para la recepción.

Las miradas solo empeoraron mientras esperaban el momento de cortar el pastel. —Vamos, busquemos el guardarropa.

—Eres incorregible.

—No, estoy cachondo. Y tú también.

Ella puso los ojos en blanco.

—*Yo* sé cómo hacerte poner los ojos en blanco. —Enarcó las cejas de forma sugerente.

Ella intentó no reírse, pero sí, ese movimiento que él había hecho anoche con la lengua no solo había hecho que pusiera los ojos en blanco, sino también que viera las estrellas.

—Gage, para.

—Eso no fue lo que dijiste anoche.

Cómo es que él había entendido lo que ella había dicho anoche era algo que no lograba comprender; había estado incoherente. —Sabes, en algún momento, voy a necesitar de verdad una noche entera de sueño. —Los mensajes de texto y el *sexting* la mantenían despierta hasta demasiado tarde.

—Para eso está la jubilación.

Tenía una respuesta para todo. Y Lara empezaba a pensar en él *como* la respuesta para todo.

La hacía sonreír. La hacía sentir hermosa. La hacía sentir especial y cuidada. La hacía sentirse viva de una manera que no lo había estado desde mucho antes de su divorcio.

La ceremonia del corte del pastel se desarrolló sin problemas (de crema de mantequilla), la novia proclamó que era el mejor pastel de la historia, y Lara y Gage salieron de allí a tiempo para ayudar a Jesse a terminar las últimas cinco docenas de petardos antes de la medianoche.

—Bueno, Cenicienta —dijo Gage, quitándole el gorro de chef de esos rizos adorables en los que había disfrutado tanto hundir los dedos la noche anterior mientras ella le hacía sexo oral y lo llevaba al paraíso—, es la hora mágica. ¿Te conviertes en calabaza si no te llevamos a casa y a la cama para entonces?

—Me siento más como un calabacín. —Se dejó caer en el asiento de la camioneta.

No parecía uno.

Se veía hermosa.

Gage la miró fijamente unos segundos más, disfrutando de la forma en que sus pestañas descansaban sobre sus mejillas, curvándose ligeramente al final. El maquillaje se le había borrado hacía horas y, para él, esa belleza natural solo la hacía más bonita. Lara era tan honesta con sus sentimientos, con quién era. No podía contar las veces que la había mirado a los ojos y había sabido que estaba allí, con él, en el momento, y que estaba increíblemente feliz de estar allí con *él*.

Eso era lo que pasaba con el baile; claro, le conseguía muchas mujeres. Y, claro, eso le había gustado. Pero casi todas habían estado con él por la experiencia. Porque era sexi y tenía un cuerpo bien formado. Porque sabía cómo usarlo. Se había tratado solo del placer físico, y bueno, no había nada de malo en eso, pero nunca había conectado con nadie de la manera que lo había hecho con Lara. Ni siquiera con Leslie, aunque ella había sido la que más se había acercado a ser la indicada. Pero Lara estaba con él por *él*, no por su apariencia, y eso hacía que el sexo fuera mucho más increíble. Más sensual, más placentero.

También lo convertía en hacer el amor. Tan diferente del sexo.

La llevó a casa y, por primera vez desde que estaban juntos, simplemente la abrazó. La acomodó contra él, le pasó la mano por los rizos, la besó suavemente en los labios y la sostuvo mientras ella se quedaba dormida.

Era lo más hermoso de su mundo.

Veintisiete

—El cenador se ve bastante bien.

El imbécil estaba parado en la *terraza* con una taza de café en las manos, el pelo peinado hacia atrás después de la ducha, un chaleco de rombos sobre una camisa de vestir, pliegues impecables en sus pantalones de lino, e incluso polainas, o como se llamaran esos zapatos raros que la gente usaba para jugar al golf, mientras Gage se sudaba el culo en las cerchas.

Había dejado a Lara durmiendo a las cinco de la mañana para venir y terminar la estructura. El tapajuntas de cobre llegaría el lunes, lo que había sido tiempo suficiente cuando lo encargó, pero eso había sido antes de que empezara a pasar tiempo con Lara. Mucho tiempo.

Demasiado tiempo para seguir a este ritmo. Lo sabía, pero no quería cambiar las cosas. Sin embargo, Missy ya le había dicho que Connor lo extrañaba. Y él también extrañaba a Connor. El césped de su casa necesitaba un corte, había prometido instalar una barra en la ducha del baño antes de la próxima cirugía de Connor, y Missy necesitaba que le bajara el estante superior del clóset para poder alcanzarlo.

Pero iba a pasar el día de hoy con Lara, sin importar nada. La vida real podía volver con todo el lunes.

—¿No estará tomando atajos para terminarlo tan rápido, o sí? No quiero que se nos venga abajo durante la fiesta.

Gage se sacó los clavos de la boca de un tirón. Normalmente no justificaría ese comentario estúpido con una respuesta, pero este tipo lo provocaba. Aunque, la mayoría de la gente no tendría las pelotas —o la estupidez— para siquiera hacer esa pregunta.

—No escatimo en mi trabajo. Mi reputación está en juego.

—Me alegro de oírlo. Muchas veces los contratistas vienen aquí, ven lo que he construido y creen que les debo algo. Es mi trabajo duro y mi experiencia lo que me ha ganado lo que tengo. Quiero lo mejor y pago por ello.

Eso era porque el tipo era de lo peor. Lástima que no se diera cuenta de que lo que percibía de esos otros contratistas era desdén. Solo porque un tipo tuviera un título elegante, un auto de lujo y quinientos metros cuadrados más de los que un hombre necesitaba, no lo hacía mejor que el que se ganaba la vida trabajando con sus manos. En el caso de J.C. McCullough, lo hacía *menos* hombre.

Pero Gage mantuvo la boca cerrada. Unos días más y cobraría el resto de lo que se le debía y se libraría de este imbécil.

—Me sorprendió verlo hoy. Pensé que se tomaría libre el fin de semana largo.

Gage martilló otro clavo en la cercha, fingiendo que era el ego superinflado de este tipo.

—Demasiado que hacer. Además, voy a pasar la tarde con mi novia en el parque.

Novia. La palabra sonaba bien. Hacía mucho, mucho tiempo que no tenía novia.

—Ah, sí, el pícnic anual de la comunidad. Fui una vez con mi exesposa. Fue... agradable.

¿Este tipo había estado casado antes? ¿Había encontrado no una, sino *dos* mujeres dispuestas a lidiar con su pomposidad? Aunque la otra había sido lista y ahora era una ex.

Gage martilló un par de clavos más y luego pasó a la siguiente cercha. No sabía qué era lo que tanto le molestaba de J.C. McCullough, pero no veía la hora de terminar este trabajo.

Pero lo que había dicho era en serio. Eran su nombre y su reputación los que estaban en juego con este cenador. Independientemente de lo que sintiera por el cliente en lo personal, se iba a asegurar de que esta estructura fuera sólida y resistente. Porque así era él.

—Me preguntaba ¿cuánto tiempo piensa dejar ese letrero en mi jardín? La asociación de vecinos no permite letreros ni publicidad y he estado recibiendo algunas quejas.

Las quejas estaban en la cabeza del tipo. Gage conocía perfectamente las normas de la asociación de vecinos; siempre las comprobaba antes de poner un letrero. A los contratistas se les permitía tener letreros hasta la finalización del proyecto. Gage tenía toda la intención de quitar el letrero la última vez que sacara su camioneta de la propiedad.

—Estará quitado para el miércoles.

—Eso es muy justo para la fiesta.

—Estará terminado. He previsto tiempo para cualquier cosa de último minuto y para la limpieza. No hay nada de qué preocuparse.

—Oh, no estoy preocupado. Esa fue la fecha que me dio para terminar. Haré que la cumpla o le descontaré de su paga como corresponde. —Tomó un sorbo de su café, luego levantó la taza en un saludo a medias, giró sobre sus talones (y también había un poco de tacón en ese zapato pretencioso), y regresó a grandes zancadas a través de las enormes puertas francesas hacia el mausoleo que llamaba hogar.

Gage quería meterle la taza por la nariz. Sabía exactamente a qué se refería J.C.; el idiota no tenía que restregárselo en la cara. Pero, vaya, cómo le encantaría a Gage restregarle el puño en la cara al tipo cuando terminara antes de tiempo.

Desafortunadamente, no iba a poder. No había tiempo suficiente. Sin embargo, terminaría para el miércoles, así que dejaría que el imbécil sudara la gota gorda, preocupándose de si Gage iba a dejarle el patio hecho un desastre para la fiesta o no. Podría pensar que el dinero hablaba, pero valdría la pena perder algo solo para ver al tipo explotar.

Excepto que Gage tampoco haría eso. Además de necesitar el dinero y de que su reputación estaba en juego, sentía lástima por la mujer que se iba a casar con este tipo. Aunque tal vez ella era igual que él.

Se preguntó cómo habría sido la primera esposa. Como había sido lo suficientemente inteligente como para dejar a J.C., sonaba como alguien que le gustaría conocer... bueno, si no estuviera con Lara.

Pero lo estaba. Definitivamente lo estaba.

Veintiocho

—¿No dijiste que tu galán iba a aparecer para ayudar? —Cara arrastró la caja de petardos en forma de piruleta —con bengalas en las puntas y todo— hasta su mesa en el parque.

—Ya vendrá. También tiene un trabajo, ¿sabes? —Lara intentó controlar su temperamento mientras colocaba los cupcakes rojos con las tiras de regaliz de fresa encima. Cara andaba cada día más arisca desde mitad de semana, pero lo negaba cada vez que Lara intentaba hablar con ella al respecto.

Cara murmuró algo por lo bajo sobre dónde le gustaría encender los petardos que estaba poniendo en el pastel.

Lara lo dejó pasar. Estaba de demasiado buen humor como para dejar que el mal humor de Cara se lo arruinara.

Gage le había dejado una nota en la almohada cuando se fue esa mañana. *No veo la hora de verte más tarde.*

Tan atento. Tan cariñoso. Tan maravilloso. Llevaba flotando en una nube desde entonces.

—Ugh. ¿Vas a estar todo el día paseándote por aquí como perro con dos colas?

Abrió la caja de cupcakes espolvoreados con azúcar glas. —¿Car, qué pasa? ¿Pensé que tú y Nick estaban bien?

—Nick es... —Clavó un palito de piruleta con demasiada fuerza en el pastel y agrietó el fondant—. Mierda. Lo siento.

Lara sacó el palito y apartó a Cara para poder reparar el daño lo mejor posible. —¿Por qué no te tomas un respiro?

—Eso es exactamente lo que le dije a Nick. Le dije que era demasiado. Que estábamos demasiado encimados y ¿sabes lo que dijo? *¿Sabes lo que dijo?*

Lara resistió el impulso de destaparse el oído por ese chillido agudo. —¿Qué?

—Dijo que si necesito un respiro de él, tendrá que ser permanente. Que no quería estar con alguien que no quisiera estar con él el cien por ciento del tiempo. O sea, vamos. ¿El cien por ciento? Ni siquiera yo quiero estar conmigo misma el cien por ciento del tiempo; ¿por qué querría estar con alguien más tanto tiempo?

—Quizá deberías preguntarte por qué te sientes así contigo misma y entonces tal vez puedas darle a Nick la respuesta que quiere.

—Oh, Dios, no me vengas con eso tú también.

—Sí, yo. Me encantaría estar con Gage tanto tiempo. Si pudiera encontrar una manera de pasar todo mi tiempo con él y que el dinero siguiera entrando, claro, ¿por qué no? Digo, ¿no te diviertes con Nick? ¿No te gusta? ¿No lo deseas?

—Bueno, sí, claro, pero...

—¿Pero qué? ¿Qué te detiene?

Cara abrió la boca para decir algo, pero no lo hizo. La cerró de golpe, se dio la vuelta y se fue furiosa hacia la camioneta.

Genial. Lara no podía ir tras ella o la mitad de la caja de petardos desaparecería en las manos —y bocas— de los niños que curioseaban su mesa. Cuando terminara el día, ella y Car necesitaban tener una charla seria de corazón a corazón.

Hablando de corazón... Gage venía corriendo hacia ella y, guau. Se veía tan bien corriendo como bailando. Y ella tenía conocimiento de primera mano de ambas cosas.

—Oye, lamento no haber podido llegar antes. —La levantó en un beso de esos que te roban el aliento, inclinándola hacia atrás sobre su brazo.

—Puedes llegar tarde siempre si esa es tu forma de disculparte —dijo ella, agarrándose con fuerza a sus bíceps. No porque tuviera miedo de que la dejara caer —no lo tenía—, sino simplemente porque sus bíceps se sentían increíbles.

—¿Debo pagar por adelantado para la próxima vez, entonces? —Le plantó otro beso, tan fabuloso como el primero.

—¡Puaj!

Típico de los niños arruinar el momento.

Aunque en realidad no estaba arruinado. Gage terminó el beso, pero mantuvo su brazo alrededor de ella mientras se enfrentaban a la horda hambrienta de azúcar.

—Hola, pandilla —dijo, todo amigable y simpático, como si su corazón no estuviera acelerado.

Lara le puso la mano encima solo para asegurarse, porque el suyo iba a mil por hora. Era justo que el de él también lo estuviera.

Lo estaba.

—¿Ya podemos tomar los cupcakes, señor?

—Tendrán que preguntarle a la señorita Cavallo, ya que son sus cupcakes.

Se mordió el labio. Gage había elegido sus palabras por una razón; había probado y disfrutado a fondo de *sus* pastelitos varias veces en los últimos días.

—¿Podemos, señorita Cavallo? —preguntaron seis niños a la vez.

—Dejen que saque el resto primero. ¿Qué sería una celebración del Cuatro de Julio sin las Estrellas y las Barras? —Señaló el cuadrado vacío en la bandera de cupcakes—. Solo tengo las barras en la mesa.

Gage sacó una caja de debajo de la mesa. —¿Son estos?

—Sip. —Sacó un par de cupcakes con glaseado azul que había espolvoreado con grageas blancas para las «estrellas».

A los niños les tomó mucho menos tiempo desmantelar la bandera de lo que a ella le había tomado armarla.

—Cielos, ¿quién hubiera pensado que los niños eran como una plaga de langostas cuando se trataba de azúcar? —Gage sacudió la cabeza mientras la ayudaba a reponer la bandera.

—¿La fiesta de cumpleaños de Connor no fue suficiente evidencia del poder de los golosos?

—Mmm, tienes razón. ¿Cómo pude olvidarlo? Connor no ha dejado de hablar de lo genial que fue su fiesta. O de lo genial que fue su pastel. ¿Sabes que todavía tiene esa figurita que hiciste? Missy finalmente tuvo que guardarla en el refrigerador porque estaba empezando a derretirse.

—Me sorprende que no se la haya comido todavía.

—¿Bromeas? Quería dormir con la cosa esa. A Missy le costó mucho convencerlo de que no lo hiciera.

Lara sonrió. Le hacía sentir bien escuchar lo feliz que su trabajo había hecho a alguien.

—Te ves muy satisfecha contigo misma.

—Es agradable escucharlo. Pongo mucha dedicación y esfuerzo en mi trabajo. Y claro, sé que la gente se lo va a comer. Sé que no es una gran obra maestra, pero durante esas pocas horas en que no ha sido tocado, *es* una obra maestra. Un recuerdo que la gente guardará por el resto de sus vidas si hago bien mi trabajo. Estoy muy contenta de que Connor lo haya disfrutado.

—¿Sabes? Nunca lo había pensado de esa manera. Lo que haces. Tienes razón. Le das a la gente un recuerdo. Esos niños de antes, por ejemplo. Se divirtieron tanto decidiendo si querían el de regaliz, el de azúcar glas o el de las cosas crujientes de caramelo.

—Grageas.

—Fácil para ti decirlo. Para mí, son cosas crujientes. —Le besó la nariz—. Y para los niños, también. Pero apuesto a que cada vez que vean esas cosas de ahora en adelante, recordarán el día de hoy. Sí que le das recuerdos a la gente.

Le acarició el cuello con la nariz. —Y los que me has dado estas últimas semanas... los atesoraré para siempre.

Para siempre. Gage había dicho *para siempre*. De acuerdo, no lo había dicho en relación con ella; solo que recordaría lo que habían hecho, cómo habían estado, juntos, pero el hecho de que pudiera pensar en *para siempre* debía decirle algo, ¿no?

¿Qué quería que le dijera? ¿Estaba lista para pensar en *para siempre*? ¿Y qué hay de enfocar toda su energía en el negocio? ¿Y qué hay de volverse autosuficiente antes de volver a una relación?

—Otra vez tienes esa mirada en la cara.

—¿Qué mirada?

—Esa que dice que llevas el peso del mundo sobre tus hombros. ¿No puedes simplemente aceptar un cumplido y ya?

—Por supuesto que puedo. —Y podía. Era un cumplido sobre su trabajo. Eso, podía aceptarlo. Era cuando él empezaba a decir lo hermosa que era, lo sexy, que no podía aceptarlo.

Pero ¿por qué diablos no? Gage no le estaba dorando la píldora; la deseaba. La encontraba atractiva. Si todo lo que hubiera querido fuera acostarse con ella, ¿estaría aquí ahora, ayudándola? ¿Se habría levantado extra temprano esta mañana para ir a trabajar solo para poder volver aquí y ayudarla?

Jeff no había hecho eso *jamás*. No cuando se iban de vacaciones y ella tenía que hacer la maleta para los dos. No cuando tenían cenas y ella estaba en la cocina desde las tantas de la madrugada preparando la comida antes de que pudieran permitirse contratar un servicio de catering. Ciertamente no cuando estaba decorando su casa y había ido de sala de exposición en sala de exposición durante semanas para encontrar justo los muebles que él había especificado. Él esperaba lo que esperaba y no le importaba cómo lo consiguiera ella, pero ella *lo conseguiría*. No había movido un dedo más que para firmar el maldito cheque: la afirmación que necesitaba para sentirse bien por poder permitirse «lo mejor».

Quizás eso era porque, en el fondo, él sabía que no era el mejor.

Gage, por otro lado, sí lo era, y no era justo para ninguno de los dos compararlos. Porque Gage siempre saldría ganando.

Como había estado él la última vez...

—Vale, esa mirada sí que la entiendo. —Gage sonrió con esa sonrisa seductora que la encendía y la atrajo hacia él.

—Por Dios, chicos —dijo Cara—. Esto es un evento familiar. Deberían calmarse un poco.

Gage levantó la cabeza pero no la soltó. —Hola, Cara.

—Gage.

—Vaya. ¿Solo una palabra? ¿Sin un comentario sarcástico para acompañarla?

—Nop. Parece que tú ya tienes esa área bien cubierta.

Lara se apartó de los brazos de Gage. Por mucho que quisiera quedarse allí, Cara tenía razón. *Y* estaba trabajando. El ayuntamiento le había pagado por estar aquí; esto no era una feria comercial donde ella buscaba clientes por su cuenta.

Cara levantó una de las bolsas promocionales que todos recibían al entrar al parque. —No pusieron nuestros folletos en las bolsas como se suponía que debían hacerlo. Eso es lo que pasa cuando dejas que los adolescentes trabajen gratis.

—¿Los tienes contigo? —preguntó Gage—. Yo los repartiré.

—¿Qué? ¿Simplemente te acercarás a la gente y se los darás?

—Claro, ¿por qué no? Y como no soy uno de los dueños, la gente será más propensa a creerme cuando diga que no hay mejores *cupcakes* en toda la zona triestatal.

Por supuesto que le guiñó un ojo al decir eso, y Lara tuvo que apartar la mirada para que Cara no viera el sonrojo que le subió por el pecho hasta la cara. Aunque no sabía por qué se preocupaba por eso después de que Cara los había pillado besándose.

Cara le entregó un fajo de folletos sin decir palabra. Ni siquiera un *gracias,* pero Lara se encargó de eso cuando Gage la atrajo hacia él para darle un beso rápido.

—Nos vemos en un rato —dijo él mientras se iba.

—¿Hay algo que no haga bien? —preguntó Cara con, si Lara no se equivocaba, un deje de nostalgia en su voz.

—Todavía no.

—En serio, Lar, el tipo es un príncipe. Debe de tener una madrastra malvada o algo. ¿Verrugas? ¿Halitosis? ¿Un pito...?

—Gage es maravilloso, Car. Dejémoslo así. —De *ninguna* manera iba a compartir *esa* información con su prima.

Los cupcakes fueron un gran éxito, pero a Lara le costó mantener a raya a los que querían las paletas. Los organizadores del evento querían el pastel intacto para el comienzo de los fuegos artificiales, lo que incluía todas las bengalas de paleta que ella y Cara iban a encender.

Los esfuerzos de marketing de Gage también estaban dando sus frutos, ya que más gente empezó a pasar por su puesto con los folletos en la mano. Cara estaba en la gloria con su perspicacia para los negocios, tomando nombres y números e incluso algunos pedidos. Sostenía con una gran sonrisa en la cara el pequeño aparatito cuadrado blanco para cobrar que acababa de conseguir para su celular y así procesar los pedidos.

—¡Esa batidora es nuestra! —dijo, con regocijo.

Lara simplemente estaba agradecida de que hubiera una sonrisa en el rostro de su prima.

Y entonces apareció una muy grande en el *suyo*. Gage volvía corriendo hacia ella.

—Se acabaron los folletos, pero pensé que te vendría bien esto. —Levantó un hot dog envuelto en una servilleta.

—Oye, gracias. Me muero de hambre —dijo ella antes de darle un beso a cambio.

Gage le dio dos. Y a Lara le pareció bien.

—¿En serio? ¿Un hot dog? ¿Eso los pone a ustedes dos tan melosos? Ugh. —El buen humor de Cara desapareció mientras se dejaba caer en la silla de director plegable que habían traído para los ratos libres. Era la primera vez que se usaba en toda la tarde.

Gage se soltó de los brazos de Lara con una sonrisa. —También te traje uno a ti, Car. —Extendió la ofrenda de paz.

Cara lo miró como si lo hubiera inyectado con arsénico. —¿Por qué? —Extendió la mano para tomarlo.

Gage retiró la mano. —La respuesta correcta es: «Gracias, Gage».

Ella lo fulminó con la mirada. —Gracias, Gage.

Él le dio el hot dog. —¿Ves? No fue tan difícil, ¿o sí? No muerdo.

A menos que ella se lo pidiera amablemente...

Lara se sonrojó. Gage, por supuesto, se dio cuenta y le guiñó un ojo.

—Espero que te guste con cebolla y relish —le dijo Gage a Cara.

Se quedó mirándolo mientras lo desenvolvía. —Yo... sí me gusta. ¿Cómo lo supiste?

Gage se encogió de hombros. —Parece que el tipo que los reparte también lo sabe.

Cara estaba a punto de darle un mordisco, pero se detuvo. —¿Tipo?

—Sí. ¿Un bombero? Fornido. Mandíbula cuadrada. Tenía a diecisiete mujeres babeando a su alrededor, ya que solo lleva pantalones, tirantes y no mucho más. Quizás tenga que contratarlo para que baile en BeefCake.

Cara dejó caer el hot dog sobre la mesa. —Ya vuelvo.

Lara pellizcó el brazo de Gage. —Ese es Nick. Su novio.

—Me lo imaginé cuando mencioné que iba a buscar los hot dogs para las chicas de la pastelería. Se puso como loco queriendo saber quién era yo. ¿Es del tipo celoso?

Lara negó con la cabeza. —Probablemente esté más molesto. Cara no le está haciendo la vida fácil.

—Tú tampoco me la haces fácil a mí, Lar. Me he machacado el pulgar más veces en la última semana en un trabajo que en los últimos dos años porque me tienes totalmente distraído.

—Ah, ¿así que es mi culpa que no puedas concentrarte en el trabajo?

—Desde luego que no es de nadie más.

Fue bueno oír eso. En realidad no lo había pensado, pero aun así, fue agradable escuchárselo decir. Jeff nunca lo había hecho.

—Entonces, ¿cómo supiste qué me gusta en mi hot dog? —Kétchup con apenas un poco de mostaza.

—¿Una buena corazonada?

Ella enarcó una ceja. —¿En serio? ¿Simplemente tuviste la suerte de no ponerle la mostaza picante?

—Supuse que tú ya eras lo suficientemente picante. No necesitas ninguna ayuda. —Le acarició el cuello con la nariz y Lara estaba más que dispuesta a explorar lo picante de su situación, pero un evento público no era el lugar. Podría estar dispuesta a probar cosas nuevas con Gage, pero esa no era una de ellas.

—¿Podemos dejarlo pendiente para más tarde esta noche?

—No parece que vaya a llover.

—¿Desde cuándo eso te ha detenido?

—Buen punto. —Le dio un último beso prolongado y luego se apartó. Lo justo para guardar las apariencias. Pero aún sostenía su mano.

Lara sonrió.

—Estás sonriendo otra vez.

—Tú me haces sonreír.

—Qué bueno, porque tú también me haces sonreír a mí.

Lo cual procedió a hacer con resultados devastadores para el equilibrio de ella. Afortunadamente, alguien se acercó a su mesa en ese preciso momento.

—Hola, Gage. ¿Por qué no me sorprende verte aquí?

—Hola, Bry. —Gage soltó la mano de Lara—. Lara Cavallo, te presento a Bryan Lassiter, mi socio en BeefCake, Inc.

—Así que esta es la famosa dama de los cupcakes de la que he estado oyendo hablar. —Le estrechó la mano.

Lara miró a Gage. —¿Se puede saber *qué* ha estado oyendo sobre mí?

Gage levantó las manos. —Oye, yo no beso y cuento. Sabía que estaba interesado en ti. Eso es todo.

—¿Así que eso significa que hay más? —Bryan apoyó una cadera contra la mesa y se cruzó de brazos. Sus grandes y musculosos brazos. Como el resto de él. Sí, podía imaginárselo como bailarín—. Cuenta, cuenta.

—No es asunto tuyo, Bry. ¿Acaso me he perdido alguna presentación?

—No, pero oye, puedo entender perfectamente por qué podrías hacerlo.

—Le sonrió a Lara—. No le hagas caso a Gage, solo le encanta tomar el pelo. Ahora, por otro lado, yo...

Había pasado tanto tiempo desde que alguien había coqueteado con ella —antes de que llegara Gage— que Lara no pudo evitar disfrutarlo, aunque solo fuera por un minuto. Vainilla, ¿eh?

—Oye, tú, aléjate. —Gage no parecía estar bromeando.

Había pasado desde *nunca* que alguien se hubiera peleado por ella.

—Vaya, cálmate, ¿quieres, Gage? Solo estoy bromeando. —Bryan tenía las manos en alto y se había alejado de la mesa—. Solo pasaba a saludar y a probar uno de estos famosos cupcakes. Los chicos decían que deberíamos encargar un lote para nuestra próxima presentación. Darles a las mujeres dulces *y* sexo. Será un exitazo de marketing.

Gage le plantó en la mano uno de los cupcakes azules. —Toma. Prueba esto. Es increíble.

La emoción que sintió Lara por su cumplido era diferente a la que le provocaba cuando él la besaba —o la miraba—, pero igual de agradable.

Bryan hizo todo un numerito de gemir de placer mientras se comía el cupcake, incluso hizo un tentador deslizamiento de lengua por sus labios que puso a Gage a la defensiva, pero a Lara no le afectó. Le afectaba más la gelosia de Gage que cualquier cosa que Bryan pudiera hacer, porque por muy guapo que fuera, no era Gage.

—Sí, Lara —dijo Bryan, lamiendo el último resto de la crema de mantequilla de sus labios, aunque se le escapó una de las «estrellas»—, definitivamente tienes unos cupcakes impresionantes.

Mantuvo la mirada muy deliberadamente por encima de la clavícula de ella. O podría ser que ella simplemente era sensible a cualquier tipo de insinuación, pero no se le escapó la forma en que Gage se tensó a su lado.

—Quizás deberías pensar en lo que dije, Gage. —Bryan hizo una bola con el envoltorio del cupcake y también anotó dos puntos al lanzarlo a la papelera junto al puesto—. Conseguir cupcakes para nuestro puesto podría no ser una mala idea.

Gage sabía bien qué «cupcake» le gustaría tener en su puesto.

Bry lo estaba sacando de quicio. Oh, el tipo no tenía un interés real en Lara; nunca le haría eso a Gage. Pero no podía evitar provocar los instintos protectores de Gage coqueteando con ella. Inofensivo, Gage lo sabía, pero aun así. Se trataba de Lara. *Su* Lara.

Su mundo cambió en ese momento. Era suya. *Suya*. Y quería conservarla.

Le hizo a Bry un saludo militar de broma mientras su socio se alejaba, pero su mente estaba fija en Lara.

De alguna manera, se había metido en su corazón. Esto no era un capricho o simple lujuria. Lo había reconocido la otra noche; habían hecho el amor.

Joder. Estaba enamorado de ella.

—¿Estás bien, Gage? Solo estaba bromeando, ¿sabes? —Lara le puso una mano en el brazo y Gage solo pudo quedarse mirándola.

La amaba.

Estaba enamorado de Lara.

No tenía tiempo para el amor. Para una relación. ¿Acaso las últimas semanas no lo habían demostrado? No había visto a Connor en un tiempo, no tenía tiempo para arreglar nada en su casa, estaba haciendo esperar a Missy y se había escapado antes de un trabajo para estar con Lara. Iba en contra de todo lo que se había estado diciendo a sí mismo que quería. Luego estaba todo el asunto de los celos con el que había lidiado con Leslie...

Amaba a Lara.

¿Y ahora qué demonios iba a hacer al respecto?

Veintinueve

Los fuegos artificiales iluminaban el cielo nocturno, pero no se comparaban con lo que Gage le provocaba cuando la besaba.

Habían encendido las velas del pastel, repartido las rebanadas entre la multitud y luego se habían sentado en una manta en la colina con vista al campo de fútbol donde el municipio lanzaba los fuegos artificiales. La noche los envolvía en su cálido abrazo. Y aunque estaban apretujados con casi todo el pueblo, la manta que Gage había extendido para ellos se convirtió en su propio pedacito de cielo.

Cualquier lugar era el paraíso cuando estaba en los brazos de Gage.

Lara sonrió ante la frase cliché, pero por algo era un cliché. Porque describía perfectamente todo lo que sentía. Él la rodeaba con su brazo por los hombros y ella tenía la cabeza acurrucada contra la de él, lo que hacía que su corazón latiera con la misma intensidad que el estruendoso *boom* de los fuegos artificiales mientras ellos, junto a la multitud, decían «ooh» y «aah».

—Paletita. —Una niñita se acercó a su manta, extendiendo una de las paletas en espiral del pastel que Lara había hecho. La pequeña la extendió, con el azúcar de colores rodeando su puño en la base del palito.

—Sí, es una paleta —dijo Lara, buscando a los padres con la mirada—. ¿Te gustan las paletas?

La niñita asintió.

—Telito.

—¿También te gustan los pastelitos? —Sus fans empezaban desde pequeñas, pero a Lara no le entusiasmaba haber infundido ese tipo de lealtad como para que una niñita se alejara de sus padres—. ¿Dónde está tu mami? —preguntó Lara.

La pequeña se dio la vuelta y señaló a una mujer que estaba a unas seis mantas de distancia, quien se había puesto de pie de un salto y miraba frenéticamente a su alrededor.

Lara se levantó de un salto y tomó a la niña en brazos, sin importarle que ahora llevara suficiente azúcar en el antebrazo como para atraer a toda la población de mosquitos del parque.

—¡Aquí está! —gritó mientras corría hacia la mujer.

La mujer se dio la vuelta.

—¡Oh, gracias a Dios! —Le arrancó a la niña de los brazos a Lara—. Muchas gracias. Estaba aquí hace un minuto y al siguiente...

Lara le dio una palmadita en la cabeza a la niña.

—Debe haberse asustado mucho. Se acercó a mí para enseñarme su paleta.

—¿Su paleta? —La mujer miró a su hija y luego a Lara—. Oh, usted es la señora de los pastelitos. No ha dejado de hablar de usted. Muchas gracias por traerla de vuelta. Nunca se había alejado antes. Supongo que la tentación de más pastelitos fue demasiado para ella.

—Bueno, se me acabaron los pastelitos por esta noche, pero si quiere traerla a Cavallo's Cups & Cakes, tendré otro para ella.

La mujer besó la mejilla de su hija mientras la mecía suavemente en sus brazos.

—No sé si quiero premiar su mal comportamiento, pero de hecho iba a llamarla para hacerle un pedido. Su cumpleaños se acerca y, bueno, supongo que ya sé lo que quiere.

Lara sonrió y les dio una palmadita en el brazo a la madre y a la hija.

—Claro, no hay problema. Haré un lote especial solo para ella. ¿Cómo se llama?

—Wendy.

—Los llamaré «Wendys Errantes». ¿Qué le parece el sabor a lima-limón?

—¿De verdad va a diseñar un pastelito solo para ella?

—Claro, ¿por qué no? Nadie más en el pueblo tendrá pastelitos sabor

«Wendy Errante». ¿Qué mejor manera de recompensar a mis clientes leales que nombrando un pastelito en su honor?

La idea acababa de ocurrírsele, pero Lara reconocía una buena idea cuando la tenía. A Cara le encantaría esto.

—Oh, muchas gracias —dijo la mamá de Wendy—. Nos llevaremos dos docenas para el próximo sábado. Tendrá una fiesta de cumpleaños con temática de sirenas.

—Perfecto. Los tendremos listos para usted por la mañana. —Sacó su celular y anotó el número de la mamá de Wendy para llamarla de seguimiento cuando regresara a la pastelería el lunes.

—¿Todo bien? —preguntó Gage cuando ella regresó a su manta.

—Sí. —Le contó su idea sobre el pastelito de Wendy—. Y sabes que Bryan mencionó pedir mis pastelitos para sus shows. Podría diseñar uno específico para cada uno de los chicos y nombrarlo en su honor. ¿Qué te parece?

—¿En honor a los chicos? —Gage arrugó la cara—. Mientras no sea algo como «Las Pistolas de Gage», estoy de acuerdo.

Ella le dio un puñetazo en una de esas «pistolas».

—Oye, estamos hablando de mi negocio. Se me ocurrirá algo pegadizo, pero con clase.

—Sí, porque todos sabemos que los strippers son pura clase.

Había una nota en su voz...

—¿Te avergüenzas de lo que haces?

Gage la miró.

—¿*Tú* te avergüenzas de lo que hago?

—¿Yo? ¿Por qué importa lo que yo piense? Es tu negocio.

—Porque sé los problemas que puede causar. —La miró, sus ojos azules oscureciéndose—. Algunas de mis exnovias... no podían soportarlo. Se convirtió en un elefante en la habitación. Celos. Llegaron al punto en que no les gustaba que otras mujeres fantasearan conmigo. Empezaron a verme como me veían otras mujeres, y cuando se trataba de la intimidad, bueno, diablos. —Se pasó una mano por la cara y luego le acomodó uno de sus rizos sacacorchos detrás de la oreja—. No quiero que eso pase con nosotros. No quiero que me veas como ese tipo en el escenario. No quiero *ser* ese tipo para ti. Quiero ser yo. Gage. Contratista general de día que tiene un trabajo nocturno para ganar un dinero extra. Nunca quise que eso me definiera, y cuando lo dejé hace tantos años, se acabó. Se terminó. Pero ahora estoy de vuelta en esto, teniendo que bailar de vez en cuando, y tú estás en mi vida. Y después de lo que te hizo pasar tu ex... no quiero que sea un problema.

Se mordisqueó el labio inferior.

—No puedo decir que me guste que otras mujeres te deseen, pero son gajes del oficio.

Ella no había respondido la pregunta; o más bien, lo había hecho, pero no de la manera que él quería escuchar.

Esa era su respuesta.

El gran final de los fuegos artificiales explotó a su alrededor, llevándose consigo el buen humor de Gage. ¿Qué estaba haciendo? No tenía nada que hacer sentado en ese campo con ella, fingiendo que lo que tenían era normal. Sostenible. Olvidando qué era exactamente lo que hacía, ambos trabajaban horas ridículas y eso no iba a cambiar en el futuro cercano. A Connor le quedaban al menos otros dieciocho meses de cirugías y terapia, y probablemente mucho más tiempo para las facturas, lo que significaba que BeefCake, Inc. era parte de quien era él durante al menos ese tiempo.

Se había permitido distraerse con Lara. Emocionarse con la posibilidad. Pero Connor había sufrido y Missy lo necesitaba. Le dolía el maldito pulgar por habérselo golpeado, y el quiosco podría haber estado terminado mucho antes si no se hubiera escapado para estar con ella.

No era amor. No podía serlo. No del tipo que duraría, especialmente si afectaba negativamente el resto de su vida. Y como había perdido la concentración, algo que se había prometido a sí mismo y a Connor mientras el pequeño luchaba por su vida después del accidente que nunca haría, sería mejor terminarlo ahora y dejarlos a ambos con el corazón intacto.

Bueno, dejar el corazón de *ella* intacto. El suyo era harina de otro costal.

Treinta

A la mañana siguiente, Lara se sacudió del rostro la nube de harina que le había explotado en toda la cara cuando se le cayó la bolsa sobre la mesa de preparación.

Era de esperarse. Su mente había estado en otra parte porque apenas había dormido la noche anterior. Gage había estado demasiado callado en el camino de vuelta a sus autos. No es que ella tampoco hubiera sido una parlanchina; esa discusión sobre su trabajo la había dejado pensando.

A ella *no* le gustaba que las mujeres fantasearan con él mientras se desvestía delante de ellas. No podía culparla por eso. Si los papeles se invirtieran, él se sentiría de la misma manera.

Al menos, le gustaría *pensar* que él se sentiría igual, pero no lo conocía lo suficiente —ni sabía lo suficiente sobre lo que él sentía por ella— como para saber si lo haría. Lo cual era parte del problema.

Todo se reducía a si podía confiar en él o no. La confianza era un gran problema después de lo que Jeff le había hecho.

Pero Gage no es Jeff.

Ella lo sabía. Lógicamente, lo sabía. Emocionalmente, era harina de otro costal.

¿Acaso estaba lista para lo emocional?

La noche anterior, pensó que tal vez lo había estado antes de que la conversación se pusiera extraña. Se había sentado entre sus rodillas con los brazos de él entrelazados frente a ella, acurrucándose contra los besos que él depositaba en su cuello y oreja en la oscuridad entre los fuegos artificiales, disfrutando de su día perfecto. La cita perfecta. Todo había sido maravilloso; tan maravilloso que se había permitido imaginar *qué pasaría si…*

Sintió un aleteo en el estómago como el de la noche anterior. ¿Qué pasaría si ella y Gage estuvieran juntos? ¿Qué pasaría si esto no fuera una aventura pasajera? ¿Y si este fuera el comienzo de su para siempre?

Y entonces él había sacado el tema de su trabajo y las preguntas habían comenzado. La inquietud. La inseguridad. Igual que al final de su matrimonio.

Discutió consigo misma toda la noche; la larga y solitaria noche que pasó en su cama sin él, preguntándose qué estaban haciendo.

Él tenía dos trabajos. Un sobrino que lo necesitaba. Ella tenía la pastelería. Se había estado engañando a sí misma pensando que una relación podría funcionar, tal como lo había hecho durante su matrimonio. Algo que se había prometido que nunca volvería a hacer.

Bien. Echó los hombros hacia atrás y barrió la harina hacia un bote de basura. Era independiente. Fuerte. Segura de sí misma. Tomaba sus propias decisiones. No dejaba que sus emociones dictaran sus acciones. Simplemente relegaría a Gage a la sección de «pasar un buen rato» de su vida y lo dejaría así. Él había estado ahí cuando ella había necesitado a alguien que la ayudara a dar ese primer paso, y si los primeros pasos de él habían sido al ritmo de la música, bueno, al menos había aprendido a hacer un baile erótico.

Su corazón dio un vuelco al recordarlo, pero lo hizo a un lado. No podía permitirse imaginar cosas que no existían. Y no podía ignorar los problemas que sí estaban ahí. Gage podía ser un tipo genial, un gran amante, pero la realidad era que era demasiado pronto. Demasiado. Él no podía prometerle lo que ella necesitaba y no era justo pedírselo. Peor aún, era prepararlos a ambos para el fracaso. Ya había vivido esa pesadilla una vez.

Cobarde.

Podía oír la voz de Cara en su cabeza, pero tenía que ignorarla. Quizás era una cobarde, pero con lo que había pasado y el extraño comportamiento de Gage anoche, tenía que protegerse.

Cortó otro trozo de fondant y estaba a punto de empezar a estirarlo cuando un «¿Hola?» resonó desde el área de recepción.

Rayos. Se limpió las manos en un trapo de cocina y se dirigió hacia allí. No necesitaba clientes sin cita hoy.

—Hola, querida.

Especialmente no necesitaba a la señora Applebaum con toda su amabilidad condescendiente. Nadie podía ser tan condescendiente como esta mujer. Ni siquiera Jeff.

—Señora Applebaum —dijo Lara metiendo las manos en los bolsillos de su bata—. ¿En qué puedo ayudarla?

—¿Está Cara?

—No. Es su día libre.

—Ah, bien —la señora Applebaum apretó su bolso—. Quería hablar con usted.

—¿Es sobre la fiesta de graduación de su hijo?

—Así es —la señora Applebaum miró alrededor del área de recepción vacía—. ¿Hay algún lugar donde podamos sentarnos a discutirlo?

Lara hizo una mueca. Todavía no habían llegado a instalar la zona de espera. Lástima que Gage no hubiera tenido la oportunidad de retocar la pintura y arreglar el mostrador...

No. No podía contar con Gage. No se lo permitiría. —Vuelvo en un momento.

Corrió a la oficina de Cara y sacó la silla de oficina con ruedas y la de madera que un inquilino anterior había dejado. Era lo mejor que podía hacer para salir del paso.

Y una mueca de disgusto fue lo que se dibujó en el rostro de la señora Applebaum cuando vio lo que Lara le había traído.

—Disculpe las instalaciones. Nuestros, eh, muebles de recepción aún no han llegado. —No era una mentira; simplemente no los habían ordenado.

Por supuesto, la mujer sacó un pañuelo de su bolso y limpió la silla de oficina antes de sentarse.

—Ahora, querida, en cuanto a la fiesta de Phillip —frunció los labios—. Me temo que no pagaré lo que su prima me cotizó. Estoy segura de que se da cuenta de que es un robo. No me va a decir que el costo de la *mezcla para pastel* se triplicó entre mi última fiesta y el evento de mi Phillip. Eso es simplemente inconcebible.

Lara apretó los dientes. Le había dicho a Cara que el precio era demasiado alto. Que la señora Applebaum nunca lo aceptaría.

Pero... la señora Applebaum sí lo *había* aceptado. Lara había visto el contrato firmado. Había cobrado el cheque del depósito que cubría su desembolso de costos, *y* había hecho bastantes malabares con el horario para poder complacer a la mujer.

Cuadró los hombros. *Segura de sí misma. Fuerte. Toma sus propias decisiones. Confía en sí misma.*

—De hecho, señora Applebaum, es una oferta justa. Tuvimos que contratar personal adicional, reorganizar los horarios de nuestros otros clientes y pedir más suministros a un costo mayor. —*Y usted firmó el contrato.* Lara no iba a tocar ese tema a menos que fuera necesario, y realmente esperaba que no lo fuera. Odiaba este tipo de discusiones, pero tenía que respaldar a Cara.

—Voy a tener que solicitar la devolución de mi dinero, querida.

Oh, diablos. Sí *iba* a ser necesario.

Lara inhaló y enderezó la espalda de nuevo. —¿Pero, señora Applebaum, qué va a hacer para la fiesta de su hijo?

—Oh, eso no debe preocuparle. Encontraré otro pastelero.

—Le cobrarán la misma cantidad. Es un trabajo de última hora y bastante complejo, por cierto.

—Tonterías. Es solo un pastel.

Una representación arquitectónica tridimensional *no* era «solo un pastel». Pero Lara no podía decir eso porque se suponía que debía mantener la ilusión de que crear sus pasteles era algo sencillo. Si los clientes sabían demasiado sobre el proceso, sobre todo lo que implicaba la construcción, destruiría la mística, y su reputación se basaba en esa mística.

—Entiendo que esté molesta. ¿Qué podemos hacer para rectificar esta situación?

—Tendrá que bajar el precio.

Lara negó con la cabeza. —Lo siento, pero no puedo hacer eso. Hemos incurrido en costos que tendríamos que absorber y, según nuestro contrato, no hay reembolsos en esta etapa.

La señora Applebaum la miró boquiabierta. —¿No puede estar hablando en serio?

—Lamento esto tanto como usted, pero hablo muy en serio. Está en el contrato que firmó.

—Bueno —resopló—. ¡Lo que me faltaba por oír!

—Pero quizás podamos hacer algo más por usted. Pidió el pastel con la forma de su universidad. Tal vez podría incluir un pastel individual para usted y su esposo. ¿Una recreación de su diploma, quizás? Después de todo, ustedes fueron quienes lo guiaron en su carrera, ¿verdad? Pagaron sus estudios. Es justo que ustedes también tengan un recuerdo especial en esta ocasión.

Tenía suficiente masa y fondant para hacer un pastel simple y rectangular con un par de extremos en forma de «pergamino», y no le llevaría más de una hora, así que su único costo sería su tiempo. Pero si mantenía a la señora Applebaum feliz y evitaba que cancelara su pedido, valdría la pena.

La señora Applebaum se mordisqueó el labio mientras sus dedos jugueteaban con el cierre de su bolso. —Un pastel para nosotros... Sí, creo que mi esposo apreciaría el reconocimiento de todo lo que hemos sacrificado por Phillip.

No, la *señora* Applebaum apreciaría el reconocimiento, por eso Lara lo había sugerido.

—Genial. ¿Entonces estamos bien?

—Sí, bueno, supongo que estará bien.

—Maravilloso —se puso de pie Lara—. Me alegra que hayamos podido llegar a un acuerdo. La veré el domingo al mediodía con ambos pasteles.

La señora Applebaum se acomodó el pelo mientras se levantaba. —Excelente, querida. Lo esperaré con ansias. Y sé que Frank estará encantado.

Frank. Ajá. El señor Applebaum era uno de esos maridos sufridos a los que su esposa les pasaba por encima y él se había resignado a las marcas de los neumáticos.

Habiendo lidiado con la señora Applebaum con éxito, Laura podía decir que, por primera vez desde su matrimonio, no se sentía de la misma manera.

* * *

Gage se pasó una mano por el cabello mientras entraba en su cocina.

—¿Estás aquí? —Missy se dio la vuelta desde la estufa con una sartén en la mano—. No has venido a desayunar en un tiempo. ¿Se va a acabar el mundo?

Parecía que sí.

Gage se pasó la mano por la cara. Necesitaba afeitarse. —¿Acaso un tipo no puede pasar una noche en su propia cama sin que sea noticia?

—Cualquier otro tipo, claro, pero ¿tú...? —Missy sacó las tostadas francesas de la sartén y las puso en un plato—. ¿Pasó algo con Lara?

Aparte del hecho de que se había dado cuenta de lo que sentía por ella. ¿Y de lo que no podía tener? —No. Solo hemos estado a toda máquina y ambos tenemos mucho que hacer.

—Presiento que viene un «pero».

Él negó con la cabeza. No iba a discutir esto con su hermana. —No hay peros.

Missy no se lo tragó. ¿Qué pasaba con las mujeres? ¿Tenían un hijo e inmediatamente obtenían el Tercer Ojo de Madre, ese que tenían en la nuca y que les permitía verlo todo?

—Bueno, si tú lo dices. —Puso el plato sobre la mesa—. Si quieres tostadas francesas, vas a tener que hacértelas tú mismo. Tengo que ir por Connor.

—¿Qué tal si *yo* voy por Connor y tú haces las tostadas?

Missy le dio una palmada en el hombro. —Dios, qué fácil eres de convencer. Claro, te haré el desayuno.

Gage se dirigió a la habitación de Con. ¿Fácil? No, no era fácil. Quería lo que no podía tener y era un manojo de contradicciones y responsabilidades, con ninguna de las cuales quería lidiar, pero con todas las cuales cumpliría.

Gage suspiró mientras estaba de pie frente a la puerta de Connor. Su sobrino era una responsabilidad de la que nunca se quejaría. Al menos *podía* cuidarlo. Si ese auto que lo había atropellado hubiera ido más rápido...

Gage se sacudió el pensamiento. Era un pensamiento que había tenido con demasiada frecuencia en los últimos meses y nunca dejaba de reforzar todo lo que estaba haciendo por su hermana y su hijo. Sacrificar su vida amorosa era minúsculo en comparación.

—Oye, Con, ¿listo para desayunar? —esbozó una sonrisa y puso la cara optimista que siempre usaba con su sobrino.

—¡Gage! —La cara de Connor se iluminó como los fuegos artificiales de anoche.

Fuegos artificiales. Ay, diablos. ¿Dónde los había visto Connor? *Él* había estado tan absorto en Lara que ni siquiera había pensado en lo que Connor estaría haciendo. ¿Qué clase de tío era?

—¿Cómo estás, campeón?

—Bien ahora. Mira lo que puedo hacer. —Levantó su mano izquierda con la derecha—. Mira. —Su dedo índice se movió—. ¿Viste eso? Se movió. Va a mejorar.

Gage tragó las lágrimas que le subieron a la garganta. Dios, ese pequeño movimiento les daba a todos esperanza. —¿Tu mamá lo ha visto?

—No, quería enseñártelo a ti primero, para que puedas empezar a planear ese viaje al parque de diversiones.

—Lo tengo cubierto, Con. —Claro que sí. Orlando, con sus muchos parques temáticos de renombre. De alguna manera se las arreglaría, pero Connor se merecía el viaje de su vida.

—¿Cuánto tiempo crees que pasará hasta que se mueva el resto de mi mano?

El corazón de Gage se rompió un poco más. —Bueno, si sigues esforzándote en tu terapia, probablemente muy pronto. Mira lo lejos que has llegado con esto. —Cuatro meses, tres días y veintidós horas.

—Creo que es por todos los videojuegos que he estado jugando. Necesitas las dos manos para esos y esta mano se sentía excluida.

Había sido desgarrador ver a Connor tratar de hacer funcionar los controles con su mano mala. Aún más triste verlo rendirse con disgusto. Quizás Gage debería comprarle el juego de COD que quería y preocuparse por lo que las imágenes le harían al cerebro de Connor después de que sus dedos comenzaran a funcionar.

Gage negó con la cabeza. Mala idea. Connor estaba progresando. No había razón para pensar que no progresaría más.

—Entonces, ¿viste los fuegos artificiales con Lara anoche?

Gage lo miró dos veces. El niño era demasiado astuto para tener siete años. —Sí, así fue. Tuvo que trabajar en el pícnic comunitario. —Al que debería haber llevado a Connor.

—Mamá me preguntó si quería ir, pero habría hecho demasiado calor en la silla con los yesos. —Miró su mano izquierda y movió el dedo de nuevo—. Es muy genial, ¿sabes?

—¿Tu mamá? Sí, lo es. Te quiere mucho.

—Ella no. Lara. La chica de los cupcakes.

Todos con los cupcakes de Lara... —Sí, es una buena pastelera.

—¿Te vas a casar con ella?

Menos mal que estaba apoyado en el marco de la puerta. —¿Casarme con ella?

—Te gusta, ¿no?

Gage metió las manos en los bolsillos. —Sí, pero ¿a qué viene el interrogatorio?

—Solo te he hecho tres preguntas. Y no estás respondiendo una de ellas.

—¿Quién eres y qué has hecho con mi sobrino amante de los videojuegos?

Connor cruzó su brazo bueno sobre el paralizado. —Creo que deberías casarte con ella.

—¿Y por qué?

—Es bonita.

Cierto.

—Es divertida.

Cierto.

—Tiene unos cupcakes geniales.

Absolutamente cierto.

—Y estás de mejor humor cuando ella está cerca.

Algo se revolvió en el estómago de Gage. ¿Estaba de mejor humor? ¿Connor se estaba dando cuenta de sus *humores*?

Si era así, sabría que en ese momento estaba de un humor de perros.

Sacó las manos de los bolsillos. No iba a dejar que el asunto de Lara afectara su tiempo con Connor. Ya lo veía muy poco. —Ya veremos, Con. Ahora mismo, tengo que llevarte a la cocina para las increíbles tostadas francesas de tu mamá.

Connor arqueó una ceja. Igualito a su tío.

—Lo pensaré, Con, ¿de acuerdo? No puedo prometer nada, pero lo pensaré.

Como si no fuera ya el tema principal en su cabeza.

Treinta y uno

—¿Por casualidad vas a ver a Gage hoy? —le gritó Cara a Lara, que estaba en la cocina, asomando la cabeza desde su oficina unos días después.

—Lo dudo, ¿por qué?

—Quería darle estos archivos a Missy. Les va a echar un vistazo por mí.

—¿No estaba trabajando solo en los contratos?

Cara se encogió de hombros. —Te lo dije: soy contadora, no secretaria legal. Hice mi mejor esfuerzo, pero no está de más que los revise.

—Le estás dando trabajo para mantenerla ocupada.

—No sé de qué hablas.

—Claro que lo sabes. Le estás dando a Missy trabajo para mantenerla ocupada, cosas que en realidad no necesitamos que se hagan, pero ella no lo sabe. Le estás dando la oportunidad de ganar dinero sin hacerla sentir que está recibiendo caridad.

Cara levantó el mentón. —Estás delirando.

—Cara Marie Cavallo, te conozco de toda la vida. No creas que puedes verme la cara. Estás haciendo una buena obra y no querías que nadie se enterara.

—No puedes decírselo. Es muy orgullosa. Si supiera...

—Tu secreto está a salvo conmigo, Robin Hood.

—No le estoy robando a nadie.

—Pero se lo estás dando y eso es muy lindo de tu parte.

—Le vendría bien el dinero, pero, más importante aún, la hace sentir útil. Necesaria.

—No tienes que convencerme, Car. Mientras digas que podemos pagarlo, lo apoyo por completo. Es muy lindo de tu parte.

Cara murmuró algo.

—¿Qué? No te oí.

Hubo más murmullos. —Bueno, es que Gage me compró un hot dog.

Si Lara pudiera reírse, lo haría. Pero no había tenido ganas de reírse desde el fin de semana. —Tienes razón, Car. Un hot dog amerita una obra de caridad.

—Así que... ustedes parecían estarse divirtiendo en el parque. —Genial. Cara estaba tratando de darle la vuelta a la tortilla.

—Estaba trabajando. —No quería hablar de Gage con Cara. Ni siquiera quería *pensar* en Gage. No la había llamado. Ni una sola palabra de él en los cuatro días que habían pasado.

¿Acaso su forma de bailar era algo tan importante como para que su incomodidad lo alejara de ella? ¿Era su inseguridad?

—Por favor. Besuquearse no es trabajar. ¿A menos que te estuviera pagando por ello?

Lara le arrojó un trozo de fondant. —¿A qué quieres llegar?

—A que me alegro por ti. Mereces ser feliz y él te hace feliz.

Pero ¿por qué un hombre tenía que hacerla feliz? ¿Por qué no era feliz por sí misma?

En realidad, lo había sido antes de Gage. Ella y Cara trabajando juntas en la pastelería, estar en su propio condominio con cosas que ella había elegido... Hasta había pensado en tener un gatito, algo que Jeff nunca habría aceptado. Todas esas cosas la hacían feliz.

Oh, no del tipo de felicidad de dar vueltas en puntillas cantando canciones alegres como cuando estaba con Gage, pero había sido feliz. Gage simplemente la había hecho *más* feliz.

Había una gran diferencia entre ser feliz y ser más feliz. Su vida había girado en torno a Jeff; no giraba en torno a Gage. Eso era sano, ¿verdad? Eso le permitía ser ella misma, ser quien quería, *hacer* lo que quería. Y si quería que él compartiera con ella, también dependía de ella.

Si tan solo la llamara otra vez...

O ella podría llamarlo a él. Nada mejor para estar a cargo de su vida y tomar sus propias decisiones que llamar al tipo en el que no podía dejar de pensar y arrastrarlo de vuelta a su vida. Otras mujeres pasaban por lo que ella había pasado con Jeff. Algunas lo habían pasado mucho peor. Era hora de dejar de permitir que Jeff definiera también su vida posdivorcio, y si quería a Gage en ella, se lo debía a sí misma intentarlo. —¿No te molesta tenerlo por aquí?

Cara enarcó las cejas. —¿En serio? Te iluminas como un árbol de Navidad, él hace todo el trabajo pesado y la venta directa, *y* nos trae hot dogs. ¿Por qué me molestaría?

—En serio, Car, ¿estoy loca por pensar en él así?

—¿Así cómo?

—Así como…

Se quedó sin aliento cuando la comprensión la golpeó. —Como que… creo que me he enamorado de él.

El solo hecho de decir las palabras en voz alta hizo que su estómago se retorciera, girara y se pusiera de cabeza como si estuviera en una montaña rusa. Una montaña rusa muy divertida y sexy de la que no quería bajarse nunca.

—Si *crees* que es así, Lar, entonces es así. No eres de las indecisas. Cuando amas a alguien, lo haces con todo el corazón. Por eso Jeff pudo afectarte tanto. Por eso su traición dolió tanto. Eras la única que no lo había visto venir.

Eso no la hizo sentir mejor. En todo caso, solo reforzó su inseguridad. —¿Y si Gage es igual y no puedo verlo de nuevo?

Cara se bajó de su taburete y se acercó a ella para abrazarla. —Gage no se parece en nada a Jeff. Jamás. Y en el fondo, lo sabes. Te lo ha demostrado de formas en que Jeff nunca lo hizo. Pero *tú* tienes que saberlo, Lar. No puedes fiarte de mi palabra. Tienes que estar segura de lo que sientes por él y de la confianza que tienes en él para que cualquier cosa entre ustedes funcione. Si no lo estás, siempre vas a dudar de él y de sus sentimientos, y nada arruinará una relación más rápido que dudar de tu pareja.

Cara tenía razón. Todo se reducía a la confianza: en lo que sentía por él, en lo que él sentía por ella y en lo que sentía por sí misma.

Se gustaba a sí misma. Estaba orgullosa de sí misma. Había recuperado su vida: en su negocio, en su casa, diablos, incluso con la señora Applebaum. El amor era el siguiente paso. Merecía encontrar el amor de nuevo. *Ser* amada, y si iba a seguir adelante con su vida, tenía que arriesgarse.

Gage valía la pena.

Le devolvió el abrazo a Cara. —Tienes razón, Cara. Sí lo amo.

—Bueno, ni que lo digas. —Cara le dio un beso en la mejilla—. Y él te ama a ti, si no me equivoco.

—¿Tú crees?

—No soy a quien tienes que preguntarle.

—No puedo preguntarle *eso*.

—Yo diría, «¿por qué no?», pero tampoco es él a quien tienes que preguntarle. —Cara le dio un golpecito en la nariz a Lara—. La pregunta de si crees que te ama, querida prima, es una que tienes que hacerte a ti misma, porque si no lo sientes, no importa lo que él diga.

Treinta y dos

Gage miraba el trozo de papel que tenía en la mano. El amigo abogado de Lara había cumplido. BeefCake, Inc. tenía un hogar permanente.

Qué alivio. Por fin podría tener algo parecido a una vida. Ya no tendría que hacer llamadas para agendar presentaciones durante veinte horas a la semana. No tendría que viajar el doble de tiempo *para* esas presentaciones..., bueno, una vez que el lugar estuviera operativo. Hasta entonces, estaría haciendo doble turno, ya que era el contratista general para poner el edificio en condiciones. Pero al menos podrían contar con un flujo constante de ingresos.

Y quizás él y Lara podrían arreglar las cosas.

Le dio otro trago a su botella de agua y dobló la licencia, anotando mentalmente que llamaría a Bryan cuando subiera a la camioneta. Sería una llamada larga y quería limpiar el jardín trasero de J.C. McCullough y largarse de la propiedad, ya que había terminado el gazebo. Había estado trabajando quince horas al día desde el fin de semana para terminar este proyecto, decidido a que los ingresos empezaran a llegar *y* a mantener su mente alejada de Lara.

No es que hubiera funcionado.

Pero había cortado el césped y movido el estante del clóset. Anoche, había dejado de permitir que Connor ganara sus partidas de ajedrez. Como habían jugado tantas partidas, el chico iba en camino de convertirse en un maestro y ya no necesitaba el empujón de confianza.

Pero por la noche, cuando se acostaba en la cama, no había podido olvidarla. Había agarrado su celular más veces de las que podía contar, con los dedos suspendidos sobre el número de ella, solo para volver a dejarlo sin hacer la llamada porque ella se merecía más de él. Todos se lo merecían. Diablos, *él* se lo merecía.

Pero no daba abasto, y no era justo pedirle a ella que aguantara eso. Debía sentirse amada, apreciada y deseada, y aunque él sentía todas esas cosas, las flores y las llamadas telefónicas solo podían transmitir ese mensaje por un tiempo. Sería diferente si estuviera sirviendo a su país o de viaje de negocios, ¿pero en la ciudad? No había excusa.

Estás poniendo excusas.

¿Acaso lo hacía? Dios sabía que había intentado encontrar una manera de que funcionara, pero hasta que vio los números del evento benéfico anoche, no había llegado a nada, con las facturas médicas acumulándose y los materiales que necesitaba para el siguiente trabajo de construcción. Sin mencionar que su casa necesitaba un nuevo sistema de calefacción. Y luego estaba el viaje a Orlando que sabía que era totalmente frívolo, considerando todo lo demás para lo que necesitaba el dinero, pero Connor solo era un niño una vez y se merecía que le pasara *algo* bueno.

Pero ahora, con la recaudación del evento benéfico siendo más de lo que se había atrevido a esperar, y los ingresos estables que esta licencia representaba, podía esperar tener más tiempo libre una vez que pusiera el lugar en condiciones. Y con los ingresos de este trabajo y los otros dos que ahora tenía tiempo de terminar, y Missy ganando dinero extra haciendo el papeleo de Cara —caramba, le debía una muy grande a Cara por eso—, ya no tendría que sudar la gota gorda por cada factura médica que llegara a la puerta. Las cosas por fin empezaban a mejorar para bien.

Lara era tan buena.

—Entonces, ¿eso es todo? ¿Terminó? —El imbécil estaba de vuelta en su patio, de nuevo con el líquido ámbar en un vaso bajo y un ridículo par de mocasines en los pies que probablemente habían costado más que la última resonancia magnética de Connor.

Era realmente difícil no odiar al tipo, así que Gage no se había molestado en intentarlo.

Pura envidia.

Posiblemente. Pero independientemente de su propia situación financiera, este tipo le caía mal por más razones que solo el dinero.

Gage dejó caer el martillo en la caja de herramientas, tomó el material de embalaje de la veleta y lo metió en la caja en la que había llegado. —Sí, eso es todo. La iluminación también está conectada. Está todo listo para la fiesta.

J.C. se balanceó sobre sus talones y estudió el gazebo.

Gage lo retó con la mirada a que le encontrara un solo defecto.

—Buen trabajo. Envíeme su factura y le diré a mi contador que le mande un cheque.

—De hecho... —Gage sacó la factura que había impreso anoche de su portapapeles—, aquí la tiene. Si no le importa escribirme un cheque ahora, puedo cerrar la contabilidad de este trabajo.

No era su método habitual, pero había cambiado los términos del contrato para este trabajo porque había querido tener la menor interacción posible con el señor J.C. McCullough.

El imbécil le levantó una ceja. —¿Cree que tengo esa cantidad en mi cuenta corriente? No sería prudente dejar tanto dinero donde cualquiera pudiera hackearlo. Tengo que mover algo de dinero.

—Puede posfechar el cheque. Lo cobraré mañana.

—Oh, no estará disponible hasta al menos la próxima semana.

Después de la fiesta. Gage apretó los dientes. El tipo sabía cuándo estaría terminado el gazebo; había insistido en ello. Y había hecho tanto alarde de todo lo que su «duro trabajo y pericia» le habían ganado que, seguramente, el saldo no le dejaría la cuenta en bancarrota.

—Mire, J.C. —Disfrutó la forma en que el tipo hizo una mueca cuando lo llamó por su nombre—. Hice el trabajo para el que me contrató. Y usted firmó el contrato que especifica claramente cuándo se me debe pagar. Quisiera mi cheque. —O desharía el cableado, como mínimo, pero no lo dijo. Intentaba no dar ultimátums, pero este tipo ya le caía bastante mal, así que podría romper esa regla si no cedía.

Pero cedió. —Bien. Pero no puede cobrarlo hasta mañana por la tarde. El viernes sería mejor.

Gage estaría en el banco a las 3:59 de la tarde siguiente.

Recogió la basura, su caja de herramientas y la sierra de inglete, y los puso en su camioneta mientras esperaba que J.C. extendiera el cheque.

—No olvide los letreros del césped —dijo el Imbécil cuando se lo entregó en la entrada de autos.

Mensaje recibido: al personal de servicio ya no se le permitía estar en la propiedad.

—Los recogeré al bajar por la entrada. —Gage se guardó el cheque en el bolsillo y le tendió la mano. Podría odiar al tipo, pero los negocios eran los negocios—. Un placer hacer negocios con usted.

El Imbécil consideró su mano, pero al final, se la estrechó. Gage sabía que lo haría; el tipo era de los que se aferraban a las convenciones, por eso supuso que pagaría si se le confrontaba. Los bravucones suelen hacerlo cuando se les desafía.

Gage se preguntó si la exesposa se habría dado cuenta de lo mismo.

Treinta y tres

—¿Sabes que McMonstruo ha llamado aquí seis veces en las últimas dos horas para asegurarse de que llegues a tiempo? Nos quedamos sin luz por seis horas por la tormenta de anoche, y aun así los malditos teléfonos siguen funcionando. ¿Quieres explicarme dónde está lo justo en *eso*? —Cara dejó las notas de recados telefónicos sobre la mesa de preparación y se metió un lápiz detrás de la oreja—. Por favor, déjame decirle que no podemos hacer la fiesta. Por favor.

Lara levantó la vista de la rosa que estaba haciendo. La número trescientos setenta y cinco. Solo faltaban veinticinco más. —No, Car, no puedes decirle eso a Jeff. Es un trabajo. Ayudará a pagar las cuentas. Recuerda eso y podrás sobrellevarlo mucho más fácil.

—Es que no lo entiendo. De verdad que no. Claro, ya no entiendo nada. Nick, tú, Gage... ¿no ha llamado, o sí?

Cada vez que Cara hacía esa pregunta, le clavaba un poco más en el corazón el hecho de que él no lo había hecho, y la atormentaba con el recordatorio de que había decidido llamarlo de todos modos y no lo había hecho. Había planeado hacerlo, pero entonces Cara había soltado ese comentario de «tienes que hacerte esa pregunta» y desde entonces no había dejado de dudar de sí misma. Y con razón, ya que él tampoco la había llamado.

Parecía que tomar las riendas de su vida y arriesgar su corazón por Gage era mucho más difícil que enfrentarse a la señora Applebaum.

—La respuesta no ha cambiado desde la última vez que me preguntaste, Cara. Ahora, ¿podemos concentrarnos en lo que tenemos que hacer? Tenemos que irnos en menos de una hora y todavía hay que cargar la camioneta.

—¿Quieres que lo haga yo, verdad?

—Todavía no. Pero si sigues interrumpiéndonos a Jesse y a mí todo el tiempo, nos va a costar mucho llegar a tiempo.

Cara levantó las manos. —Bien. Ya entendí. Saldré a mover algunas ramas de árboles o algo. Parece que eso fue todo lo que hice esta mañana también.

Una tormenta había llegado durante la noche y había averiado los semáforos, derribado cables, arrancado ramas de los árboles y creado un caos general en la hora pico. Se rumoreaba que había habido un tornado que había rebotado por la ciudad y causado algunos daños también. La casa de Jeff había sufrido parte de ellos, así que no era de extrañar que estuviera nervioso por que la fiesta saliera bien.

Lara de verdad quería decirle a su prometida que era un presagio. Que debía huir. Rápido. Y no mirar atrás.

No podía creer que él hubiera encontrado a alguien más dispuesta a aguantar sus porquerías. No, no alguien *más*. Lara no lo había aguantado todo. Solo deseaba haberse avivado antes.

¿Acaso querer estar con Gage era más inteligente?

Hizo mal la rosa con la manga pastelera y tuvo que empezar de nuevo. Aparentemente, no era inteligente si no podía mantener su mente en el trabajo.

Borró a Gage de su mente mientras limpiaba la rosa del clavo de pastelería y empezaba de nuevo. Ojalá la vida real fuera así de fácil.

* * *

—Nunca debí darte ese cheque. —J.C. McCullough caminaba de un lado a otro en la base del mirador y, de hecho, le pasaba a Gage las tejas de pizarra para reemplazar las que la tormenta había arrancado.

Por suerte, quedaba casi un cuarto de un palé del trabajo, y el cobertizo donde Gage las había guardado no había sufrido daños, pero si McCullough

213

seguía con su parloteo, Gage no estaba seguro de querer terminar el techo a tiempo para la fiesta.

—*Sabía* que habías terminado demasiado rápido. Si te hubieras tomado tu tiempo y hubieras clavado esto correctamente, todavía estarían en su lugar.

Gage se sacó los clavos de la boca. —Hice un muy buen trabajo, pero nada va a resistir vientos con fuerza de tornado.

—No sabes si hubo un tornado. Solo lo dices para cubrir tu ineptitud.

Gage desenterró un clavo de la viga. La cosa parecía un sacacorchos. —Fue un tornado. —Se lo arrojó a los pies de McCullough.

El imbécil lo recogió. —¿Ahora estás esparciendo tétanos por ahí? Llamé al banco, sabes. Detuve el pago del cheque.

Gage no se molestó en seguirle el juego y decirle que el cheque había sido cobrado a las cuatro de la tarde del día anterior, como había planeado.

—Oye, estoy aquí, ¿no? —Estaba harto de la actitud del tipo. Al diablo con las recomendaciones; qué bien se sentiría mandar al carajo al idiota—. Vine en cuanto llamaste y me he estado partiendo el lomo todo el tiempo. —Bajo la llovizna, recogiendo tejas del patio —y de la piscina— y clasificándolas en montones de utilizables y no utilizables. Lamentablemente, el montón de no utilizables había sido más grande.

—¿Cuánto más va a tardar esto? Los del catering llegarán pronto y la banda necesita instalarse aquí.

Gage miró lo que le quedaba por hacer. —¿La banda puede empezar a instalarse cuando quiera, a menos que pienses ponerlos en el techo? —Ahí iba su sarcasmo.

El imbécil lo captó. Y no lo apreció. A Gage le daba igual; él tampoco apreciaba al imbécil.

McCullough le pasó la última de las tejas que tenía en la mano. —¿Puedes encargarte del resto tú solo? Acaba de llegar el catering.

—Sí. Claro. Vete. —*Por favor.* Pero no añadió eso. Ahora que se había deshecho de J.C. McCullough, podría encontrar su ritmo y el trabajo iría mucho más rápido.

Excepto que uno de los miembros del personal de catering entró por la puerta de la piscina y Gage perdió el ritmo por completo.

Lara.

Estaba a punto de decir algo —qué, no tenía ni idea porque la incomodidad de su último adiós se había agravado por el hecho de que no la había llamado desde entonces— cuando el Imbécil salió por la entrada lateral, se acercó a ella y... *la besó en la mejilla.*

Gage casi se resbala de la pizarra. Seguramente, Lara iba a abofetearlo. En cualquier momento, lo haría. No iba a permitirle a ese idiota tal libertad.

Pero sí lo permitió. O al menos, no hizo nada para corregir el gesto demasiado familiar...

Un momento.

Parecían *demasiado* familiares. Y ese comentario que Cara había hecho sobre que en este vecindario era donde algo pasó/vivía...

El Imbécil le dio una palmada en el trasero.

Gage estaba listo para saltar del techo en ese momento, pero Lara finalmente abofeteó al cretino.

Gage soltó el agarre mortal que tenía sobre la teja, afortunadamente antes de haberse sacado sangre, pero no antes de haberse dado cuenta de algo.

Lara era la exesposa. Tenía que serlo. Todo tenía sentido... todo el sentido que podía tener que Lara se hubiera casado con el Imbécil en primer lugar.

¿Qué demonios estaba haciendo ella aquí?

Gage se recompuso mentalmente y volvió al trabajo, terminando el techo más rápido de lo que hubiera creído posible. Interesante ver lo que podía hacer cuando estaba motivado.

Se detuvo.

Era interesante ver lo que podía hacer cuando estaba motivado. ¿Y qué podría ser más motivador que estar con la mujer que amaba?

Era un idiota por no intentarlo; tan arrogante y pomposo como el Imbécil de allí por tomar la decisión por ambos.

Necesitaba hablar con ella. Ver si ella sentía lo mismo. Ver si ella *quería* darle una oportunidad.

Bajó por la escalera, mirando hacia arriba para ver a dónde se había ido. Ella, Cara y Jesse estaban metiendo mesas plegables y carritos térmicos para cupcakes.

Recogió un par de fragmentos más de pizarra del césped y los dejó en su cinturón de herramientas mientras se acercaba. —Hola, chicas. ¿Quieren ayuda?

—Dios, sí. —Cara ni siquiera se detuvo a pensar; simplemente se inclinó hacia él con una gran caja de cartón—. Estas cosas pesan un montón. Si puedes sostenerlas, armaré la mesa.

Gage miró dentro. Dos esculturas de palomas blancas. El Imbécil buscaba algo empalagosamente dulce. —¿Qué sabor es este, algodón de azúcar?

Lara lo miró con una sonrisita secreta. —Vainilla.

Gage se rio entre dientes. Qué jodidamente perfecto. —¿Fue una petición especial o lo dejó a tu criterio?

—¿Tú qué crees?

Dios, cómo la había extrañado. Con sus ojos brillando de picardía, Gage apenas pudo contenerse de no dejar las estúpidas palomas allí mismo y tomarla en sus brazos.

—Oye, Gage, puedes dejarlas aquí. —Cara le hizo una seña hacia la mesa junto a la pared exterior de la terraza.

—Tenemos que hablar, Lara —dijo él antes de acercarse.

—No puedo ahora, Gage. Tengo un trabajo que hacer.

—Lo sé. Me refería a más tarde. Después. Si quieres. —Dios, estaba tartamudeando como un colegial, y nunca había tartamudeado ni siquiera entonces.

—Quiero.

Por Dios, él también quería.

Treinta y cuatro

Jeff estaba analizando cada mínimo detalle hasta que a Lara le dieron ganas de estamparle las palomas en la cara.

¿Que estaban «mirando en la dirección equivocada»? ¿Hola? Las palomas se entrelazaban, con sus alas graciosamente curvadas, mirándose anhelantes a los ojos. Era una fiesta de compromiso; *¿no deberían* mirarse de esa manera?

Luego, que no había suficientes cupcakes de rosas blancas y perlas de azúcar en la exhibición, formando un corazón. Después, pensó que el blanco no era lo suficientemente blanco, que los envoltorios de papel plateado no eran lo suficientemente elegantes y, cuando insistió en probar un cupcake, se quejó de que la fresa en el centro —que él mismo había pedido— era molesta.

—En serio, Lara, vas a tener que esforzarte más si quieres tener una oportunidad de triunfar en este negocio. Podría conseguirte una consulta con el chef principal de Koba si quieres. Es un amigo personal mío.

Obviamente, Jeff olvidaba que ella sabía que estaba mintiendo descaradamente para impresionarla. El chef principal de Koba no *soportaba* a Jeff. Su ex había devuelto tantos platos a la cocina para que los «cocinaran más» que Lara no se había sentido cómoda comiendo allí desde entonces.

—Gracias, Jeff, pero estoy bien.

—Ese es el problema, Lara. Siempre fue el problema. Te conformabas con el statu quo. Nunca tuviste ninguna visión. Si te hubieras esforzado, podrías haberte convertido en la presidenta del grupo de damas del club. Podrías haberlas tenido comiendo de la palma de tu mano por tus palabras, no por tus productos horneados.

Lara contó hasta diez. Dos veces.

Él nunca cambiaría. Era el mismo idiota condescendiente de siempre. Siempre pensando que él sabía más y culpándola a ella de su decepción.

Ella, sin embargo, sí había cambiado.

—¿Sabes qué, Jeff? Ya no tienes derecho a hablarme así. Estoy aquí estrictamente como la proveedora de tus postres, no como tu exesposa. Si no estás contento con Cavallo's Cups & Cakes, entonces no vuelvas a contratarnos. Hice lo que pediste lo mejor que pude —una habilidad de la que eras plenamente consciente cuando me contrataste—, así que cualquier insatisfacción es culpa tuya.

Jeff se recuperó de la conmoción demasiado rápido. Esa maldita sonrisa repelente se extendió por su rostro. ¿Cómo pudo haber pensado alguna vez que era guapo? Gage, en su mejor versión desaliñada, era más guapo de lo que Jeff podría aspirar a ser.

Hablando del rey de Roma...

Lo había visto en el momento en que llegó, allá arriba en ese techo, con la camiseta pegada a ese pecho increíble, los jeans ajustados a su trasero y el pañuelo que le apartaba el pelo de los ojos, que le quedaba muy sexi, y había sentido ese tirón familiar en el bajo vientre. Si él no se le hubiera acercado para pedirle que hablaran, ella habría ido hacia él.

—¿Escuchaste una palabra de lo que dije? —Jeff puso las manos en las caderas.

—Lo siento, ¿qué?

—¿Así es como tratas a todos tus clientes? ¿Simplemente tomas su dinero, haces lo que te da la gana con su pedido y luego los ignoras por completo cuando te están hablando? Nunca vas a triunfar en este negocio, Lara. Vas a venir arrastrándote hacia mí y será demasiado tarde. Estaré casado con Alexandra y no tendrás nada. Si crees que te voy a dar más dinero, estás loca. No puedo creer que tengas el descaro de...

El brazo de Gage salió disparado por detrás de ella para agarrar a Jeff por el cuello de la camisa. —Discúlpate con la dama.

Lara ni siquiera lo había oído acercarse. Había estado demasiado concentrada en tratar de responder a las palabras venenosas de Jeff.

—Dije, discúlpate con la dama. —Rodeó a Lara y se le plantó en la cara a Jeff.

Jeff se burló. —Te demandaré por esto.

—Quisiera verte intentarlo.

—Soy abogado.

Lara le puso una mano en el brazo a Gage. —Gage, suéltalo. Está bien.

—No está bien. Nadie debería hablarle a nadie de la forma en que él te estaba hablando. —Agitó el puño que lo sujetaba lo suficiente como para recordarle a Jeff dónde estaba.

Lara le apretó el brazo. —Por favor. Suéltalo. Sobrevivamos a esta noche y luego hablamos.

—Sí, ¿por qué no la escuchas, Tomlinson? Creí que te había pagado para que te fueras. ¿No deberías estar yéndote?

—Lo haría, solo que ella me contrató para ayudarla esta noche.

—¿Hizo qué?

El cuello del idiota se le puso morado mientras miraba, con los ojos muy abiertos, a Lara, que se mordía el labio.

Gage reconoció ese gesto. Se estaba esforzando mucho por no sonreír.

—Eh, sí. Lo hice. Gage hace todo el trabajo pesado para nosotras.

—¿Qué trabajo pesado? Haces *cupcakes*, por el amor de Dios.

Parece que el tipo había olvidado que levantar los *cupcakes* de Lara requería delicadeza...

Mierda. Gage no quería ni pensar en eso, imaginar al imbécil y a ella... —Iré a la camioneta a buscar lo que queda, Lara.

—Gracias, Gage. El pastel está allí y también la camilla.

—Lo traeré enseguida. —No quería dejarla sola con el imbécil, pero tenía que confiar en que ella podía cuidarse sola. Al menos no golpearía al tipo, que es lo que él estaba ansioso por hacer.

Entonces, en la entrada, su noche empeoró.

Una hermosa rubia se bajó de un Jaguar que acababa de llegar.

—¿Gage?

Mierda. Alexandra Prescott. Por *supuesto* que iba a casarse con el Idiota.

—Alexandra. —Ella había ido a más de sus espectáculos de lo que habría sido una coincidencia, especialmente al principio, cuando él y Bry eran el talento, y había dejado más que claro que no le habría importado una lección de baile privada.

Él la había rechazado, gracias a Dios, pero eso no significaba que Alexandra hubiera olvidado tanto su deseo como su indignación cuando él le dijo que no.

—¿Qué haces aquí? —preguntó ella, poniendo mucho más contoneo en su andar de lo que era natural. Claro que nada en Alexandra era natural, lo que la convertía en la esposa perfecta para el Idiota.

—Estoy ayudando a una de las proveedoras de banquetes.

—¿Tú? ¿Cocinando? —Lo recorrió con la mirada con un apetito que no tenía nada que ver con la comida.

—No, solo el trabajo pesado. —Mala elección de palabras; su mirada se desvió directamente a sus brazos.

Esta noche iba a ser incómoda por todas partes.

Lo siguió hasta la camioneta y se apoyó contra la puerta abierta de forma provocativa. Alexandra era como una larga lamida de mantequilla: suave y deliciosa, pero muy mala para la salud. Nunca antes se había sentido tentado; ciertamente no lo estaba ahora.

Se dio prisa en montar la camilla, deslizó el pastel sobre ella y la rodó hacia el patio trasero sin perder el paso, con Alexandra siguiéndolo.

—¡Cariño! —El Idiota pegó una sonrisa de mil vatios en su rostro con un bronceado demasiado uniforme para ser real y caminó con aire despreocupado hacia Alexandra. Era como mirar a un par de muñecos animatrónicos de Barbie y Ken.

—Jefferson. —Ella inclinó una mejilla empolvada hacia él.

A la cual el tipo le dio un beso al aire.

Ahora le tocaba a Gage morderse el labio.

Tuvo que morderlo más fuerte cuando Lara puso los ojos en blanco.

Soltó un aliento que no se había dado cuenta de que estaba conteniendo. A ella ya no le gustaba el idiota. No es que realmente hubiera pensado que podría ser así, pero aun así, al mirar esta casa, todo lo que J.C. —*Jefferson*— tenía, no pudo evitar pensar que tal vez...

—Lara. —El Idiota se volvió empalagoso. Más empalagoso. —Permíteme presentarte a mi prometida, Alexandra Prescott. Alexandra, ella es Lara. Mi ex.

Alexandra tenía el papel de señora de la casa bien dominado. Siempre lo había tenido, pero a Gage le hirvió la sangre que le dirigiera esa mirada de princesa de hielo a Lara.

—Tengo entendido que eres pastelera.

Daba igual que hubiera dicho *leprosa*.

Lara, sin embargo, enderezó la espalda y pegó una sonrisa genuina en su rostro. —Así es. Cavallo's Cups & Cakes. Mi prima y yo lo empezamos hace casi un año. Este fin de semana nos encargaremos de la fiesta de graduación de los Applebaum.

—¿El hijo de Priscilla y Frank? —Alexandra enarcó una ceja.

—Sí, Phillip.

—Ah... oh.

Vaya, Gage no lo habría creído si no lo hubiera visto. Al parecer, el trabajo de los Applebaum era lo suficientemente importante como para impresionar incluso a la Princesa de Hielo.

—No mencionaste a los Applebaum, Lara. —El Idiota parecía molesto.

Si no fuera su casa, Gage lo pondría a *él* de patitas en la calle.

—No preguntaste, Jeff.

Jeff. Jefferson. J.C... Gage prefería Idiota.

—Bueno, Lara, ¿dónde quieres este pastel? —intervino Gage, queriendo poner fin al ambiente de reunión de viejos amigos.

—Creo que eso es algo que deberías preguntarme a mí, Tomlinson. —El Idiota volvía a tomar las riendas.

—De hecho, Jeff, estaba planeando una presentación específica, así que, si me permites mi experiencia profesional, Gage y yo nos encargaremos de la presentación. Quedarás complacido.

—Sí, bueno, más vale que lo estemos.

Gage tenía la sensación de que nada complacería a este tipo en lo que a Lara se refería.

La siguió hasta la mesa, esperando hasta que estuvieran fuera del alcance de sus oídos antes de hablar. —¿Estuviste casada con eso?

Ella se rio. —*Eso* es la descripción perfecta. Es todo un caso, ¿verdad?

—Es todo un personaje, sí. No puedo creer que te casaras con él.

—No siempre fue así. Al menos, no al principio. Pero definitivamente ha empeorado a medida que su cuenta bancaria ha crecido. Me he dado cuenta de que Jeff es muy inseguro, así que la cantidad de ceros que controla le da validación. Triste, en realidad.

—Lo manejaste bien. Pensó que te iba a destruir.

—Puedes poner el pastel aquí. —Lara movió la caja con las palomas de un lado de la mesa—. Me niego a darle a Jeff ese poder sobre mí. Quedé devastada cuando descubrí que me había engañado. No con Alexandra, por cierto. Por si te lo estabas preguntando.

—Solo me preguntaba qué se le pasaba por la cabeza para engañarte a ti, para empezar. —Levantó el pastel y lo colocó en el lugar que ella le había indicado.

—Si supiera eso, yo...

—¿Harías qué?

Se encogió de hombros y comenzó a abrir las cajas de cupcakes. —Iba a decir que lo habría detenido, pero me di cuenta de que no podría. No soy responsable de la felicidad de Jeff, del mismo modo que él no es responsable de la mía. Eso tiene que venir de dentro de uno mismo y eso es lo que compartes con tu pareja.

Él no dijo nada a eso mientras lo meditaba. Ella no estaba poniendo excusas, no le estaba echando la culpa a nadie más. Su felicidad dependía de ella. Así como la de él dependía de él. Lo que significaba que, a menos que él hiciera que sucediera, era tan culpable de fallarle a Lara como el Idiota.

Definitivamente necesitaban hablar después de esto.

Todos los peces gordos del bufete de Jeff estaban allí, incluido Weathers, y todos le dieron una cálida bienvenida a Lara.

Jeff no se había dado cuenta de lo que había hecho al contratarla, ni Lara lo había considerado más allá del dinero que él le pagaría, pero a sus compañeros de trabajo ella les había caído bien. Se había encontrado con algunos después del divorcio y todos le habían preguntado por ella y habían parecido genuinamente interesados y, de su parte, genuinamente indignados por la infidelidad de Jeff. Al tenerlos reunidos en su mesa de postres, se dio cuenta de que en realidad sí les importaba por lo que ella había estado pasando, de una manera que no les importaba Jeff. Ni Alexandra.

Jeff se engañaba a sí mismo si pensaba que este matrimonio era un peldaño en su carrera. El desdén que la mayoría de las mujeres sentían por la prometida de Jeff era casi palpable. Y Alexandra no ayudaba con sus aires de superioridad.

Jeff nunca aprendería.

—¿Quieren que les traiga algo de beber? —les preguntó Gage a ella, a Cara y a Jesse; su pañuelo había sido reemplazado por uno de los gorros de chef de repuesto que ella guardaba en la furgoneta junto con la filipina extra, y los pantalones negros que había usado en la fiesta de Gina servían como pantalones de esmoquin.

Si no fuera por las botas de trabajo oscuras, ella nunca habría sabido que, una hora antes, él había sido un desastre sudoroso con ropa de construcción, pero un chapuzón en la piscina de Jeff y la ropa improvisada lo convirtieron en el empleado perfecto.

«Perfecto» era la palabra clave. Se veía delicioso con ese atuendo. Pero, bueno, se veía delicioso con cualquier atuendo.

O *sin* ningún atuendo...

—Me encantaría un gin-tonic —dijo Cara—, pero me temo que podría soltarme demasiado la lengua y terminaría diciéndole algo a McMonstruo que de verdad quiero decirle.

Lara intentó no sonreír. Le encantaba que Cara estuviera tan indignada por ella, pero, sinceramente, se había dado cuenta, mientras Jeff le lanzaba sus puyas y Alexandra intentaba parecer tan superior, de que no le importaba. Estaba feliz consigo misma y cualquier cosa que Jeff pudiera hacer o decir no solo no lo cambiaría, sino que no la afectaba en absoluto.

—Un poco de agua con hielo estaría genial. Y Jeff no puede quejarse del gasto.

—McMonstruo puede quejarse de cualquier cosa —refunfuñó Cara.

Gage le dio un golpecito al gorro de panadera de Cara. —Oye, no dejes que te arruine la noche. No vale la pena.

Cara miró a Lara y luego a Gage. —¿Cómo puedes ser tan indiferente con esto? Digo, después de que él y Lara...

Gage se encogió de hombros. —Él y Lara ya no son nada y ella está conmigo. —Le tocó la espalda brevemente—. Una ronda de agua con hielo y gas en camino.

Cara se abanicó. —Ok, prima, te sacaste la lotería en ese aspecto.

Sí, se la había sacado.

* * *

Gage rodeó a la supuesta pareja feliz. Había visto a gente en el hospital más feliz que esos dos. El idiota tenía la boca tan apretada que parecía que estaba chupando limones por docena, y la sonrisa de Alexandra era tan frágil que su cara podría resquebrajarse.

Esos dos se estaban esforzando demasiado en la fiesta.

Asintió al barman. —Cuatro aguas con hielo cuando tengas oportunidad.

—Claro. No hay problema.

Gage se quedó a un lado, esperando a que atendieran a los invitados.

—Entonces, joven, ¿confío en que recibió la licencia que solicitaba? —El amigo abogado de Lara se acercó a él y lo saludó con su bebida.

—Así es. Tengo que agradecerle por interceder.

—No hay de qué. Algunas personas son un poco prejuiciosas, ¿sabe a qué me refiero? Fíjese esta noche, por ejemplo. La mitad de la gente aquí solo está para evaluar a la prometida. McCullough cometió un gran error al dejar ir a Lara y todos lo sabemos.

—Me contó lo que usted ha hecho por ella.

—No soporto a los infieles. No hay excusa para eso. Se merece lo que le va a pasar, y si eso es Alexandra Prescott, más le vale al hombre tener cuidado. —Se rio entre dientes—. Weathers Davis, por cierto. —Le estrechó la mano a Gage—. Así que cuénteme de esa discoteca suya. ¿Cómo se involucró en el estriptis?

—¿Eres un *stripper*? —El idiota se acercó justo en el peor momento.

Gage dejó el primer vaso de agua en la barra, sus dedos le picaban —simplemente le *picaban*— por hacerle algo de daño a esa cara.

Weathers tomó un sorbo de su bebida tan diminuto que no parecía real. —Es dueño de una discoteca bailable, McCullough.

—Un club de estriptis, querrá decir, señor Davis.

Gage se mordió el labio ante el tono adulador en la voz del idiota. —Ese es otro término, sí.

—Por Dios. No puedo creer que Lara haya pasado de mí a un *stripper*. —Se rio. El imbécil de hecho se rio.

Los dedos de Gage se cerraron en un puño.

—No veo qué es tan gracioso, McCullough. —Weathers tomó otro no-sorbo de su bebida. El hombre era un maestro en el menosprecio y a Gage solo le quedaba observar—. Un negocio viable que traerá ingresos al pueblo y revitalizará parte de la decadencia urbana. Un esfuerzo muy loable, en mi opinión. De hecho, estoy dispuesto a invertir en él si está aceptando inversionistas, señor Tomlinson.

Gage no pudo contener su sorpresa. —Yo... tendré que hablarlo con mi socio. Nos pondremos en contacto con usted.

—¿Socio? ¿Eres gay?

—Socio de negocios. —Gage no se molestó en ocultar su desprecio. Con Weathers a bordo, le daba la legitimidad que el idiota respetaría. No es que a

Gage le importara un carajo el respeto de ese tipo, pero le gustaba el hecho de que el tipo tuviera que mirarlo con otros ojos.

—¿Usted y su socio han constituido una sociedad? —Weathers se giró hacia él, excluyendo efectivamente al idiota de la conversación—. Podría ser algo a considerar. Por cuestiones de impuestos.

—Tengo algunas ideas que podría consultarle.

Weathers sacó una tarjeta de su bolsillo. —Lláme. Arreglaremos algo.

El barman sirvió el resto de los vasos de agua. Gage guardó la tarjeta en el bolsillo de la filipina y los tomó. —Fue un placer hablar con usted. Gracias por su ayuda con la licencia y estaré en contacto. Si me disculpa, tengo que llevarles esto a las trabajadoras en la mesa de postres. Asegúrese de probar un trozo de pastel. Lara es increíble en la cocina.

Dejó suficiente insinuación en ese comentario para que el idiota se pusiera a pensar en qué otros lugares ella era increíble.

Y se puso a pensar él mismo. No habían hecho nada en la cocina.

Todavía.

* * *

La noticia del segundo trabajo de Gage tardó diez minutos en recorrer la fiesta, y Lara sabía *exactamente* de dónde había salido esa información. Jeff se paseaba con su aire de superioridad como si estuviera por encima de cada persona en la fiesta.

Comenzó con miradas insinuantes de las mujeres casadas. Un par de invitaciones abiertas de las solteras. Las miradas ceñudas de los maridos fueron la prueba irrefutable; Lara se había familiarizado mucho con ellas en la fiesta de Gina.

Luego, Alexandra había venido a su mesa.

—Gage —dijo de una manera que le erizó la piel a Lara—. Consideraría un favor personal si nos dieras un espectáculo esta noche. Por supuesto, haremos que valga la pena.

Gage se quedó completamente quieto y Lara pudo sentir la ira surgir a través de él. —Yo no bailo.

—Tonterías. Por supuesto que sí. Te he visto.

Ahora Lara se quedó completamente quieta.

Gage la miró. —Eso fue hace años. Cuando estábamos empezando. Ya no lo hago.

—Oh, estoy segura de que podemos convencerte. Todo el mundo tiene su precio. —Los labios de Alexandra se curvaron en una sonrisa que le erizó la piel a Lara.

—Yo no.

Jeff, por supuesto, apareció entonces. —Ah, vamos, Tomlinson. Demos un adelanto de este «negocio viable que traerá ingresos al pueblo y revitalizará la decadencia urbana». No puedes pedir mejor publicidad que un público fascinado con dinero para invertir.

Había matices en el discurso de Jeff que Lara no entendía, pero sí entendía que estaba tratando de avergonzar a Gage.

—Puedes venir a la gran inauguración y verlo entonces, McCullough. —Gage no había movido un músculo. Bueno, a excepción de sus dedos. Ahora estaban cerrados en puños.

—¿Sin confianza en tu producto? ¿Cómo esperas venderlo si no, bueno, lo vendes? —La sonrisa de Jeff era peor que la de Alexandra. Los dos eran perfectos el uno para el otro.

—Bien. ¿Quieren un adelanto? —Gage se arrancó el gorro de la cabeza—. Les daré un adelanto.

Sacó su celular del bolsillo trasero. —Lara, busca la lista de reproducción y haz que la conecten al sistema de sonido. Necesito unos minutos para prepararme.

La lista de reproducción. Qué bien recordaba la lista de reproducción.

Gage se fue furioso hacia su camioneta mientras Cara se ponía de pie furiosa.

—Tú, McMonstruo, eres el imbécil más grande del mundo. No puedo creer que lo pusieras en aprietos de esa manera. Vas a pagar el doble de su tarifa normal por este numerito.

—Cállate la boca, Cara, o te echo. Y no creas que no disfrutaré cada minuto. Quise hacerlo cada vez que visitabas a Lara.

—Y yo quise vomitarte encima cada vez que lo hice, pero parece que yo era la única que amaba a Lara lo suficiente como para no echarle porquería encima.

Lara tiró de los rizos de Cara. —Por favor, no le sigas el juego, Cara. Déjalo pasar. Ya no puede hacerme daño.

—¿Pero qué hay de lo que le está haciendo a Gage?

Lara se mordió el labio y bajó la voz. —Cree que está avergonzando a Gage, pero ¿qué crees que va a pasar cuando Gage empiece a bailar? ¿Quién va a quedar en ridículo entonces?

Una sonrisa se extendió por el rostro de Cara. —Uuuh, me gusta.

Le gustaría aún más cuando Lara lograra lo que estaba a punto de lograr, también...

La intro electrónica de *Simply Irresistible* comenzó a sonar y todos los ojos se volvieron hacia la «terraza» de Jeff.

Gage estaba de espaldas al público, con los brazos extendidos, la filipina de chef todavía puesta y una pierna temblando lo justo para que sus pompis se movieran debajo de la tela.

Al igual que antes, las mujeres fueron las primeras en acercarse.

El compás retumbó y Gage se dio la vuelta, abriendo la filipina de un tirón.

Solo piel y esos pantalones negros debajo.

Sus caderas giraban, sus músculos se contraían, y Gage se ganó al público con su mirada sexy, dedicándole a todas y cada una de las mujeres su máxima concentración durante los pocos segundos que mantuvo el contacto visual con ellas.

Comenzaron los piropos.

—Madre de Dios, qué bueno está. —Cara se abanicó la cara con las manos—. No sé, Lar. Creo que es tu recompensa por toda la mierda que le aguantaste al imbécil de allá. —Le dio un codazo a Lara—. Mira la cara que tiene.

Lara ni siquiera miró en dirección a Jeff. No cuando podía estar mirando a Gage.

—¿Me haces un favor, Car? Quédate aquí y cuida la mesa. Ya vuelvo.

No esperó a que Cara aceptara, sino que mantuvo los ojos en Gage y caminó —se contoneó— entre la multitud, la música moviéndose a través de ella como la otra vez que él había puesto esa canción.

Arriba en el escenario, su filipina se deslizó por un brazo. Fue una obra de arte la forma en que su brazo esculpido se reveló centímetro a centímetro, tan sexy que se hacía agua la boca. Su pectoral se flexionó mientras se la quitaba de encima, y luego repitió todo el seductor movimiento en cámara lenta con el otro lado.

Las mujeres ya estaban apiladas de a tres en los escalones.

Lara se unió a ellas.

Gage se dio la vuelta otra vez y frotó la filipina por su espalda, deslizándola más abajo... más abajo...

Ahí, contra su trasero, y las mujeres empezaron a vitorear. Solteras, casadas, jóvenes, mayores, socias, pasantes, no importaba; todas estaban disfrutando del espectáculo.

Gage explotó el interés de todas. Y también explotó esa filipina. Lara nunca volvería a ver una filipina de chef de la misma manera.

Se desabotonó la suya. Hacía un poco de calor en medio de la multitud de mujeres excitadas. Sobre todo porque ella era una de ellas.

Rozó la filipina arrugada sobre sus abdominales, tentando a su público con esa delicia de la que Lara tenía conocimiento de primera mano... y de primera lengua.

Se movió al ritmo de la música, recordando haber meneado el trasero en ese momento cuando había bailado para él.

Lo hizo de nuevo donde estaba. Por el rabillo del ojo, vio a Alexandra acercarse. Y vio a Jeff fruncir el ceño. Eso solo reforzó lo que estaba a punto de hacer.

La música se detuvo durante los dos latidos antes de que el compás volviera a sonar con fuerza. Gage también se detuvo, con la cadera a punto de girar hacia abajo, y cuando la música comenzó, lo hizo, y vaya que fue una belleza. Sus abdominales se contrajeron, sus pectorales se flexionaron y sus pompis —oh, Dios, sus pompis— se sacudieron con un ritmo perfecto.

Y entonces se arrancó los pantalones.

Llevaba puestos esos shorts negros de seda, pequeños y ajustados, que había usado antes, y se ceñían a sus muslos como sus manos querían hacerlo.

Las mujeres enloquecieron.

Los hombres parecían desear estar en cualquier otro lugar menos allí.

Lara quería estar ahí arriba con Gage.

Así que se abrió paso entre la multitud. Subió las escaleras al ritmo de la música.

Se desabotonó la filipina.

Y cuando Gage se dio la vuelta, le dedicó la sonrisa más sexy de todas.

* * *

Por primera vez que recordara, Gage perdió un paso en su actuación. Pero, por Cristo, era comprensible. Lara se acercaba a él *desabrochándose la filipina*. Con un contoneo de caderas. Y una expresión en su rostro que había visto la noche que bailó para él.

Como si lo estuviera haciendo ahora.

Se lamió los labios porque la boca se le había secado.

Ella se lamió los suyos solo para volverlo loco.

Luego se quitó la filipina con un contoneo para añadir más locura.

—¿Qué estás haciendo? —susurró él mientras ella se contoneaba a su lado, sus caderas moviéndose al compás de las de él y demasiado cerca para que estos shorts ocultaran el efecto.

—Estoy bailando. ¿Qué parece?

Levantó las manos sobre su cabeza para complacer a la multitud, sabiendo lo que eso hacía a su abdomen, pero la verdad era que lo hacía de memoria. Estaba tratando de asimilar el hecho de que Lara —*su* Lara— estaba bailando frente a la multitud, y si estaba haciendo lo que parecía que estaba haciendo, se estaba desnudando con él.

Sus dedos desabrocharon los botones de su camisa.

La boca de Gage se secó, y por segunda vez, perdió un paso.

—¿Lara?

—Baila, Gage. Tal como me enseñaste. —Su sonrisa era maliciosamente sexy—. ¿Jeff quería un espectáculo? Vamos a darle uno.

Y entonces Gage se rio. No pudo evitarlo. Ella no tenía precio.

Bailó frente a ella, trabajando al público. Era interesante que los hombres ahora estuvieran atentos, y por un momento —o seis— una bandera roja ondeó frente a él como en una corrida de toros. No quería que esos hombres la miraran. Ella era suya.

231

Entonces reconoció la hipocresía y se permitió disfrutar del momento. Podía bailar toda la noche para esos tipos, pero se iba a casa con él.

Miró al Pendejo. La expresión del tipo era para morirse de risa. Su plan de avergonzar a Gage le había salido total y completamente por la culata. Definitivamente, todos en su oficina hablarían de esta fiesta durante años, pero no por la razón que el Pendejo quería.

Miró por encima del hombro a Lara. Su camisa de manga corta y botones estaba desabrochada y estaba jugando con esos botones con la misma eficacia que sus chicos con los suyos. Había prestado atención en esa despedida de soltera. O eso o era una profesional innata.

Observó cómo se movían sus caderas. Sí, era una profesional innata.

Addicted to Love empezó a sonar y vio cómo el ritmo se aceleraba en la multitud. Había caderas girando, traseros chocando, un poco de perreo que sería peor si fuera más tarde en la noche después de que el alcohol hubiera estado fluyendo, pero todo estaba bien. Todos estaban de humor para festejar. Todos excepto el Pendejo.

Él estaba decididamente *sin* humor para festejar y parecía que le gustaría cortar la música en cualquier segundo. Pero incluso él era lo suficientemente inteligente como para darse cuenta del motín que tendría, así que tuvo que aguantarse.

Gage bailó hasta llegar a Lara. —¿No te la vas a quitar de verdad, o sí?

Ella asomó un hombro de forma sugerente con la camisa. —¿Por qué no? Llevo ropa interior bonita. No es diferente de tus shorts.

Excepto que a él no le importaba si alguien lo veía con esos shorts, pero la ropa interior de Lara debía ser solo para sus ojos.

Sonrió. —Dale, nena.

Ella le devolvió la sonrisa. —Pienso hacerlo.

Y lo hizo. Vaya que lo hizo.

Gage renunció a intentar ocultar su erección porque no podía. Los shorts eran lo suficientemente ajustados como para no estar totalmente erecto, pero cualquiera que lo mirara sabría de inmediato que estaba excitado. Lo que, irónicamente, solo lo excitaba más. Toda esa gente estaba ahí fuera viéndolos a él y a Lara hacer una danza tan antigua como el tiempo. Seducción, deseo, eran universales. Y cada una de las personas ahí fuera quería lo que él y Lara tenían.

Ella deslizó su camisa por sus brazos, y santo Dios, su sujetador de encaje azul apenas cubría sus pezones, realzando sus pechos con una exquisitez que hacía agua la boca. Aún no se había dado la vuelta hacia la multitud, y él podía sentir la expectación vibrando con la música.

Se paró detrás de ella, con el trasero hacia la multitud —lo sacudió un poco para rematar— y le quitó la camisa de los brazos.

Ella se giró lentamente, su sonrisa solo para él, y Gage quiso besarla. No lo hizo, porque nunca pararía si empezaba, pero miró. Oh, sí, definitivamente miró.

—Lindos pastelitos —dijo.

Ella echó la cabeza hacia atrás y se rio, sus rizos cayendo alrededor de sus hombros, y él nunca había visto nada tan hermoso en su vida.

Apoyó su brazo derecho contra el de él y bailó a su alrededor, su belleza ahora a la vista de todos.

Gage se sintió endurecer. Mierda. Hablando de poco profesional.

Bailó detrás de ella, sin acercarse lo suficiente como para rozarla. Esa era la frontera de la obscenidad pública y no quería darle al Pendejo ninguna razón para echarlos. Este era el momento de Lara y él quería que ella lo disfrutara.

Deslizó sus dedos bajo la cinturilla de sus pantalones.

Mierda, había olvidado que esos también se quitarían.

Se contoneó y los pantalones bajaron.

Llevaba una tanga.

Gage gimió. Una tanga. ¿Qué pasó con las pantaletas de abuelita? ¿Incluso los bóxers cortos? ¿Pero una tanga?

Estaba tratando de matarlo.

Miró al Pendejo. *Él* quería matarlo.

Gage ocultó su sonrisa y movió las caderas detrás de Lara.

La multitud se había mezclado de nuevo, los hombres con sus mujeres. Había mucho más roce y perreo.

Mmm, tal vez Lara tenía razón. Estriptis integrado. Podrían duplicar los posibles clientes si las parejas lo convertían en una cita nocturna. Podrían necesitar un lugar más grande.

Sus pantalones se deslizaron por debajo de su trasero. Su dulce, perfecto, redondo, tentadoramente apetitoso y *desnudo* trasero.

Tuvo que darse la vuelta. Mantener la espalda hacia la multitud. Sacudió el trasero, dándoles ese espectáculo porque no podía darles el otro. Los shorts tenían demasiada licra.

Lara, sin embargo, tuvo su propio espectáculo privado.

Sus ojos se abrieron de par en par, y se lamió los labios. Lo que solo lo puso más duro. Sintió una sacudida dentro de sus shorts, así que meneó un poco más el trasero.

Se bajó los pantalones y logró, de alguna manera, mantener el ritmo de la música y quitárselos de una pierna larga, deliciosa y curvilínea a la vez.

Luego se puso de pie y levantó los brazos, ondulándolos como una odalisca, pero sin parecerse en nada a una con sus minúsculos retazos de tela sexy que no dejaban nada a la imaginación de nadie.

Oyó el jadeo colectivo de la multitud. Lo que ellos dos estaban haciendo iba tan más allá del estriptis que sería ilegal si se estuvieran tocando.

Lara giró lentamente, sus caderas dando vueltas mientras les daba a todos un espectáculo excesivo.

Y estaba amando cada minuto de ello, si la sonrisa en su rostro era una indicación.

Dios, la amaba. Estaba tan en el momento, tan absoluta y perfectamente allí con él, tan natural como respirar, y le quitaba el aliento.

No le importaba lo que tuviera que hacer, pero Lara tenía que estar en su vida. Para siempre.

La canción terminó y Lara estaba lista para seguir cuando empezó la siguiente, pero Gage ya había terminado. Solo podía mantener la compostura por un tiempo limitado —especialmente en público— y necesitaba tenerla a solas. Ahora.

Le tomó la mano —la única parte de ella que se permitió tocar— y la levantó. —Haz una reverencia —susurró, guiándola hacia abajo con él.

La multitud enloqueció. Los piropos eran agudos, los gritos de «otra» fuertes y bulliciosos —y teñidos con más de un poco de frustración—, pero Gage terminó el baile. Los vecinos que no habían sido invitados podrían terminar llamando a la policía y lo último que él o Lara necesitaban era que los sorprendieran con los pantalones bajados.

Especialmente porque planeaba estar así toda la noche. Con ella. En su cama.

Recogió la ropa de ambos y la llevó al interior de la casa de Jeff, cerrando las puertas francesas detrás de ellos en el momento en que entraron.

Luego la arrastró al cuarto de lavado de la derecha, cerró esa puerta con llave y la besó hasta dejarla sin aliento.

* * *

—¿Qué diablos te poseyó para hacer eso? —preguntó cuando finalmente salieron a tomar aire.

—¿No te gustó?

—Cariño, me gustó demasiado. —Empujó las caderas hacia adelante—. He estado duro todo el tiempo y todos en el público lo sabían.

Ella le dedicó esa sonrisa. —Bien.

Estaba bien. Simplemente no era apropiado. —En serio, Lara, ¿qué te hizo hacer eso?

Se puso los pantalones y se los subió. Una maldita lástima, en su opinión. —Jeff. Fue un imbécil, poniéndote en esa situación, tratando de avergonzarte.

—No me avergonzó. No me avergüenzo de lo que hago. —Y no lo estaba. Se daba cuenta de eso ahora. *Era* un negocio legítimo y uno en el que era muy bueno.

—Estoy tan cansada de que piense que puede tomar todas las decisiones. Que es a su manera o nada. Así que decidí voltearle la tortilla. La mayoría de la gente aquí estaba molesta por lo que me hizo. Quería mostrarles que estaba bien. Que fue un error de Jeff, no mío, y que ya lo superé. Y sí, tal vez quería que supiera que no era quien él pensaba que era, y que ya no tenía voz ni voto en cómo vivo mi vida. Fue mi decisión, Gage. Mi decisión. ¿Sabes lo liberador que fue eso? —Se puso la camisa pero la dejó desabotonada y le agarró los brazos—. Y quería bailar contigo. Quería que todas esas mujeres supieran que eras mío. Pueden mirar, pero al final del día, te vas a casa conmigo.

—¿Para siempre? —preguntó él.

Ella se quedó quieta. —¿Para siempre? ¿Qué... qué quieres decir?

Fue su turno de agarrarle los brazos. —Quiero decir *para siempre,* Lara. Quiero ir a casa contigo para siempre. Quiero que estés *en* mi casa para siempre. Quiero que *seas* mi hogar para siempre.

Tomó su camisa y empezó a abotonarla de arriba abajo. Sus dedos no tardaron en abrochar el primer botón, pero el segundo —el que estaba justo sobre su corazón— lo hizo detenerse—. Te amo. Y quiero pasar el resto de mi vida contigo. ¿Pasarías la tuya conmigo? —Deslizó el botón hasta su ojal—. ¿Quieres casarte conmigo, Lara?

Nunca olvidaría la mirada que apareció en sus ojos en ese momento.

235

Nunca, en un millón de años, mientras viviera, olvidaría el amor que llenó sus ojos.

Justo antes de que le echara los brazos al cuello y lo abrazara más fuerte que nadie.

—¡Oh, Gage, yo también te amo! ¡Sí! ¡Sí! ¡Me encantaría casarme contigo!

Entonces no le importó quién los interrumpiera. La besó y se dejó perder en la sensación.

Pero tenía demasiado respeto por ella y por su amor como para sellarlo con un rapidito en el cuarto de lavado de su exesposo, así que después de unos minutos, la apartó de él con un último beso prolongado. —Sé que será difícil por un tiempo. Ambos estamos muy ocupados y el dinero... Estaremos apretados, Lara. No puedo darte todo lo que Jeff podría...

Lo interrumpió con un dedo en sus labios. —No quiero lo que Jeff podría darme. Si recuerdas, lo tuve. Y lo dejé. Porque lo único que él no pudo darme es lo que tú puedes. Y es algo que valoro por encima de todo: tu corazón. No me importa lo que tengamos que hacer para que funcione. No le tengo miedo al trabajo duro. Pero si te tengo a ti para volver a casa, será el paraíso puro.

No pudo hablar por el nudo en la garganta, pero lo intentó. —¿Y el baile? ¿Estás de acuerdo con eso?

Ella arqueó una ceja y fue una mirada pecaminosamente sexy en ella. —¿No acabo de demostrar eso?

La rodeó con sus brazos por la cintura y la atrajo hacia él. —Lo que demostraste, mujer, es que eres la mujer más sexy del mundo y tengo suerte de tenerte en mi vida.

—Ambos somos afortunados, Gage. Nos hemos encontrado.

—Y nunca nos soltaremos.

—No. No lo haremos. —Lo besó de nuevo, todo lengua y calor, y sintió que su resolución de hacer que su primera vez oficial fuera algo memorable —y no un rapidito en el cuarto de lavado— se desvanecía.

—Vamos, cariño, volvamos a la fiesta, terminemos y larguémonos de aquí. No puedo esperar a tenerte a solas.

—Eh, sobre eso.

Se detuvo. —¿Sobre qué?

—Sobre estar a solas. Tú tienes esa casa grande en la que pagas mantenimiento y yo tengo mi condominio. ¿Qué dirías si vendiéramos mi condominio y pusiéramos el dinero en, oh, no sé, digamos, un club nocturno? Ya sabes, uno con *strippers*. —Imitó al Pendejo.

—¿Harías eso?

—Por una participación parcial, claro.

—¿Participación, eh?

—Bueno, claro. Una cartera bien diversificada es algo bueno. Y lo que no invierta contigo y con Bryan, podríamos usarlo para las facturas médicas de Connor.

Lo llenaba de humildad. —Muchas gracias, nena, pero no vamos a tocar tu dinero para él. Yo me las arreglaré. No te preocupes por él.

—Sí me preocuparé y sí puedo, y si quiero ayudarte, no se supone que digas que no. ¿No harías tú lo mismo por mí?

—Bueno, claro, pero...

—No es diferente.

—Oye, tengo una idea mejor sobre qué hacer con tu dinero.

Ella arqueó la ceja de nuevo, pero esta vez con escepticismo, no con sensualidad. —¿Qué podría ser mejor que ayudar a tu sobrino?

—Bueno, esto sería ayudarlo, pero también sería para nosotros.

—¿Qué es?

—¿Qué te parecería una luna de miel en cierto resort en Orlando, con castillos, deseos y sueños? Se supone que es el lugar más feliz de la Tierra.

—Puede que ese sea su eslogan, pero el lugar más feliz para mí, Gage, es aquí mismo. En tus brazos.

Fin.

* * *

¡Gracias por leer! Por favor, ayuda a que otros lectores encuentren mis libros dejando una reseña donde lo compraste. Y si quieres leer más de mis historias, ¡pasa la página!

Bombón & Errores

JUDI FENNELL

Capítulo Uno

Tenía un hijo.

Bryan Lassiter se detuvo al final del pasillo del supermercado y se quedó mirando al niño que estaba a un metro frente a él.

El cabello negro y rizado era el mismo, incluido el remolino idéntico sobre el ojo derecho, que caía un poco más bajo que el izquierdo, y el mismo hoyuelo en la mejilla derecha. Los ojos también eran los mismos. Esos malditos, condenados ojos violetas que Bryan había odiado desde que Julie Richardson los llamó bonitos en primer grado. Él y Elizabeth Taylor.

Y ahora, este niño.

Y si *eso* no era suficiente, fue la marca de nacimiento en el brazo del niño lo que lo confirmó todo. Bry tenía la misma, con forma de estrella de cinco puntas con la punta inferior derecha redondeada. Con el tiempo, Bryan se había hecho un tatuaje encima —con forma de estrella—, pero era la misma.

Tenía un hijo.

—¿Trevor? ¿Dónde estás? —Una bonita mujer de cabello castaño apareció deprisa por la cabecera del pasillo, con la preocupación grabada en el rostro. Su expresión se suavizó cuando vio al niño; todo lo contrario a la reacción de Bryan.

No la conocía.

Oh, se había acostado con muchas mujeres en su vida, pero se enorgullecía de recordar cómo eran, sin importar lo borracho que hubiera estado...

No. Eso no era del todo cierto. La despedida de soltero de Brad había sido una sola nube de alcohol y podría haber habido una estríper involucrada...

Considerando que la fiesta de Brad había sido hacía cuatro años, y el niño parecía tener unos tres... Sí, parecía más que posible, aunque nunca había estado tan borracho como para no usar un condón.

Que se sabe que se rompen.

Mierda. Dado que el niño era idéntico a todas sus fotos de bebé, una noche de libertinaje y mala suerte *podría* haberlo llevado a tener un hijo.

—Cariño, te dije que nunca te escaparas de mamá. Este no es lugar para jugar a las escondidas.

Los ojos de Bryan volaron hacia «Mamá». Medía como uno sesenta y ocho, con cabello castaño y rizado a la altura de la barbilla que no paraba de acomodarse detrás de las orejas, pero que no se quedaba en su sitio, pómulos altos y ojos grandes... azules o grises, no estaba seguro. Movimientos gráciles de bailarina que se desperdiciarían en un club de estriptis, pero esas piernas que parecían no tener fin, definitivamente no.

¿Habrían estado enrolladas alrededor de él? Bryan sintió que se le endurecía solo de pensarlo.

Pero entonces miró a Trevor y se le endureció todo el *cuerpo*. Si ese niño era suyo, ella se lo había ocultado.

¿Acaso ella *sabía* quién era el padre?

—Lo sento, mami —dijo Trevor, y se metió el pulgar en la boca. Bryan estaba aún más convencido de que el niño era suyo.

Muchos niños se chupaban el dedo, pero era la forma en que Trevor jugaba con su remolino... igual que Bryan lo había hecho. Hasta que su dedo se había quedado atascado en los enredos y su hermano mayor, Kyle, se había reído de él. Mamá había tenido que cortar para liberar su dedo, y ese mechón de pelo en la frente se había convertido en una cosa más por la que Kyle lo molestaba. Esa había sido la última vez que Bryan se había chupado el dedo.

—Sí, bueno, me asustaste, mi amor. No quiero que nadie te aleje de mí, ¿de acuerdo? Tienes que quedarte conmigo. *Mamá* se arrodilló y abrazó a Trevor, un gesto que hizo que sus pantalones color canela, que le ceñían la figura, se bajaran un poco por la espalda.

No tenía un tatuaje en la zona lumbar, así que al menos había tenido algo de gusto con las mujeres cuando estaba borracho. Incluso con las estríperes.

Bryan negó con la cabeza. Menos que nadie, él no debía juzgarla. Había hecho algo de estriptis en sus tiempos y ahora era dueño de una revista de baile exótico, BeefCake, Inc. Pero él y su socio Gage manejaban un negocio con clase y «No Fraternizar» era la regla *número uno* del lugar. Lástima que ella no se hubiera adherido a la misma regla.

—¿Por qué alguien me llevaría, mami? —Trevor dejó de enroscarse el pelo con un mechón todavía alrededor de su dedo.

Mamá le acarició el cabello a Trevor con su mano izquierda sin anillos, desenredando el dedo, y luego deslizó la palma para ahuecar su mejilla. —Porque eres un niño muy especial, Trevor. Por eso te quiero tanto. Así que tienes que quedarte conmigo todo el tiempo y no escaparte, ¿sí? Incluso si estás jugando.

Trevor asintió y Bryan sintió como si se estuviera mirando en un espejo. —Pero, *¿por qué* soy muy espechal?

Ella lo atrajo hacia sí y le besó la mejilla. —Porque eres mi hombrecito.

La posición de Bryan le dio una vista perfecta de la fiereza en la expresión de ella al decirlo, la rápida contracción de su bíceps bajo la manga corta de su camiseta mientras lo abrazaba. Quería al niño. Pero, obviamente, no lo suficiente como para darle el padre que se merecía.

Bryan estuvo a punto de decírselo, pero los pasillos de los supermercados no eran precisamente el mejor lugar para sacar los trapos sucios al sol. Revisó la hora en su celular. Faltaba una hora y media para la reunión con Gage.

Se puso las gafas de sol y se bajó la visera de la gorra de béisbol. Podía quedarse un rato. Seguirla para ver dónde vivía y luego planear cuál *sería* el mejor momento para aparecer y discutir sus derechos paternales.

Jenna Corrigan abrazó a su hijo e intentó que su corazón dejara de latir con tanta fuerza. Dios, había pensado que lo había perdido.

Habían pasado tres años desde que se convirtió en suyo y todavía no superaba la sensación de que, de alguna manera, se lo quitarían. Y no se refería a un extraño.

¿Y si el padre regresaba? ¿Y si quería a su hijo?

Jenna apretó los ojos con más fuerza, abrazó a Trevor más cerca hasta que él comenzó a retorcerse y tuvo que soltarlo. Ah, qué maravilla ser tan despreocupado.

En eso tenía que concentrarse, no en el hecho de que el tipo que había dejado embarazada a su hermana y luego se había largado pudiera querer asumir la responsabilidad de la que había huido. Además, ella y Mindy habían ido a un abogado antes de que el cáncer de su hermana avanzara a la fase terminal, y habían hecho el papeleo para que, cuando el final llegara inevitablemente, no hubiera ningún problema para que Trevor fuera suyo.

—¿Puedo comer helado? —dijo Trevor, sorbiendo alrededor de su pulgar.

Jenna sonrió. Ojalá todos los males de la vida pudieran curarse con helado.
—Claro, mi amor. ¿De qué sabor?

—Wocky Woad. Es mi favolito.

Esta semana. La semana pasada había sido de menta.

Jenna lo soltó de su abrazo, y su cuerpo inmediatamente anheló su cercanía de nuevo. No lo había llevado dentro de ella, pero era como si lo hubiera hecho. Había dormido con él todas las noches durante los primeros tres meses después de la muerte de Mindy, más por su consuelo que por el de él.

Se puso de pie y apartó todos los pensamientos sobre *eso* de su mente. Esta era su vida ahora. *Trevor* era su vida. Tenía que seguir adelante. Y *seguiría* adelante.

Extendió la mano. —Vamos a escoger uno, entonces, pequeño.

—Tá ben, mami. —Unos dedos húmedos se deslizaron en su palma y Jenna no lo querría de otra manera.

Avanzaron por el pasillo y Jenna captó la sonrisa en el rostro de un hombre mientras desviaba la cabeza; la visera de la gorra de béisbol le ocultaba los ojos. Había estado escuchando. Probablemente era padre, a juzgar por esa sonrisa irónica. Sabía el alivio que ella había sentido al darse cuenta de que su hijo no había desaparecido.

Como siempre, el golpe en el estómago la golpeó con un dolor insoportable y Jenna se detuvo medio paso detrás del hombre. ¿Se iría alguna vez ese sentimiento?

—¿Puedo de chocwate también? —Trevor, como siempre, la trajo de vuelta al presente. Un lugar que era mucho mejor para estar que su pasado.

—Hay chocolate en el Rocky Road, Trev. Pedacitos y trozos.

—Oh. Tá ben. —Se metió el pulgar de nuevo en la boca y se cambió a su otro lado; los dedos que normalmente se enroscaban en su cabello ahora se aferraban a su mano. Probablemente debería trabajar para que dejara de chuparse el dedo, pero renunciar a algo que le daba consuelo iba en contra de sus principios. Sabía, de primera mano, lo importantes que eran las cosas que ofrecían consuelo.

Especialmente cuando la vida podía ser demasiado dura sin ellas.

 Libros de Judi Fennell

Metida hasta el Cuello

Reel es un tritón sin cola y Erica le tiene pavor al océano. Solo una cosa podría hacerla entrar al agua: una pistola. Y solo una cosa podría mantenerla ahí: el sexi tritón que le salva la vida, solo para arriesgar la suya.

Bajo el Azul Salvaje

Valerie es una princesa sirena varada en medio del país. Rod es el príncipe que se dispone a rescatarla. Pero ¿podrán eludir el complot de un usurpador y volver al océano antes de que su cola —y su derecho al trono— desaparezcan para siempre?

La Captura de Su Vida

Logan *huyó* del circo; lo único que quiere es que su vida sea normal. La mujer desnuda que aparece en su barco es todo *menos* normal. Especialmente cuando Angel resulta ser una sirena, con una furiosa monstrua marina tras ella.

. . .

Amor en las rocas

La princesa Mariana no es una farsante; realmente *es* una artista, lo que está a punto de demostrar con la estatua que está tallando en una isla desierta. El problema es que Jace se esconde allí, así que lo único que liberará a Mariana de su prisión real es lo mismo que hará que maten a Jace. El romance ya es bastante duro, pero cuando hay un tsunami en el pronóstico del tiempo, el amor está en las rocas.

Haciendo Olas

Lee sobre El Incidente que hizo que Erica le temiera al océano, la razón por la que encontraron a Valerie, la princesa perdida, y cómo Michael, el joven hijo de Logan, encontró a una sirena. Las historias *antes* de las historias.

Bottled Magic

Sueño con una Genia

La suerte de Matt finalmente ha cambiado cuando la genio Eden escapa de su botella y aterriza en su regazo. Literalmente. Y ella jura que nunca volverá a entrar. Desafortunadamente para ambos, el tipo que la metió allí la quiere de vuelta y no se detendrá ante nada para recuperarla.

El Genio Sabe Más

Samantha hereda la finca de su padre, que incluye a un genio que tiene un último amo al que servir antes de que termine su servidumbre. Sam está más que dispuesta a liberar a Kal, hasta que su codicioso ex decide que si no puede tener a Sam, nadie podrá.

Mi Bella Genia

Zane heredó la mansión familiar, de la que no ve la hora de deshacerse para acabar con los rumores de la alocada historia de su familia. Lástima que la genio que ha sido la causa de esos rumores ha sido liberada para hacer de las suyas una vez más. Solo que esta vez, es con su corazón con lo que está jugando.

Tu Deseo Es Su Orden

Descubre cómo Kal fue aprisionado en su lámpara y por qué necesita servir a 1001 amos. Es la historia antes de la historia.

<u>Once-Upon-A-Time Romance</u>

La Bella y El Mejor

Jolie es chef personal de día y escritora de novelas románticas de noche. Así que cuando consigue un trabajo para el atractivo y solitario artista, Todd, tiene el héroe perfecto para su libro. Hasta que Todd se entera y la echa de su cocina, de su casa *y* de su corazón.

Si el Zapato Te Queda

Érase una vez, hace mucho tiempo, en una tierra muy, muy lejana, vivía una chica llamada Cenicienta. Esta no es su historia. *Esta* es la historia de Lucinda Isabella Casteleoni, quien, como su tocaya, tiene una madrastra malvada, dos hermanastras horteras e incontables horas de duro trabajo que (no) la esperan. Pero, a diferencia de esa princesa de cuento de hadas, el Príncipe Azul de Bella no aparece por ningún lado. Hasta que un viejecito de brillantes ojos verdes abre una zapatería al final de la calle. Entonces comienza la magia...

A Través del Vitral

Un viaje accidental a la Inglaterra medieval tiene a la ejecutiva de publicidad Kate luchando por encontrar un camino a casa... Pero ¿podrá traerse de vuelta al atractivo caballero de brillante armadura del que se ha enamorado?

<u>BeefCake, Inc.</u>

Bombón & Cupcakes

Lara quiere que sus cupcakes sean un éxito. Al bailarín exótico Gage no le importaría probarlos, pero su horario de trabajo para pagar las facturas del hospital de su sobrino no le deja tiempo para hacerlo. Hasta una fiesta donde el adonis y los cupcakes se encuentran y, ¡*oh*, qué delicia!

Bombón & Errores

Cuando Bryan confunde a Jenna con una prostituta y ella se da cuenta de que él es el padre de su hijo adoptivo, los errores y malentendidos comienzan a multiplicarse. Pero algo más también está creciendo entre ellos. A veces, un giro equivocado puede ser muy acertado...

Bombón y Nuevas Tomas

Tanner quiere que su exesposa se vaya de su vida para siempre, pero cuando la abuela de ella sufre un derrame cerebral y él tiene que fingir que sigue enamorado de Juliet, ¿podrá arriesgarse a una segunda oportunidad con la única mujer que nunca dejó de amarlo?

Bombón & Copos de Nieve

Gina ha estado enamorada de Darien desde siempre, hasta el día en que él la humilló en la escuela. Quince años después, él la deja fría. El bailarín exótico Darien ha vuelto a la ciudad para arreglar un par de cosas. Una es el desastre que le causó a Gina hace años... y *quizás* reavivar las llamas que una vez tuvieron. Pero la única manera de derretir el hielo alrededor del corazón de Gina es subir la temperatura, tanto en el trabajo... como fuera de él.

<u>Manley Maids</u>

¿Qué pasa cuando tres hermanos irresistiblemente sexis pierden una apuesta de póquer contra su emprendedora hermana? Son contratados para su empresa de

limpieza de casas. Ahora, los Manley Maids están a su servicio. Satisfacción garantizada.

Lo Que Una Mujer Quiere

Sean, el dueño de un resort, planea comprar una finca histórica, hacerse un nombre y ganar millones, así que se muda bajo el pretexto de limpiar el lugar para frustrar la única condición de la herencia. Pero la heredera Olivia y su colección de animales se le meten bajo la piel, y descubre que la apuesta de póquer que lo metió en este lío no es lo único que cambiará las reglas del juego.

Lo Que Una Mujer Necesita

La estrella de cine Bryan quiere fama y fortuna, no una repetición de su «normal» y austera infancia. Después de la publicidad que rodeó la muerte de su esposo, lo que Beth necesita es una vida normal para ella y sus hijos, y la estrella de cine que perdió una apuesta para limpiar su casa —con los paparazzi pisándole los talones— no lo es. Pero a medida que el coqueteo se convierte en seducción, Bryan necesita convencer a Beth de que es más hombre que un sirviente. O un actor. Porque está interpretando el papel principal en una historia de Cenicienta a la inversa, y podría ser el papel de su vida.

Lo Que Una Mujer Merece

Liam no tiene paciencia con las mujeres que gastan el dinero de un hombre sin pensar en el trabajo real. Pero para cumplir su apuesta, Liam no solo deberá tolerar a la socialite, Cassidy, sino que tendrá que limpiar su desorden cuando el padre de ella le corte el grifo. Sin dinero y sin un hogar que Liam pueda limpiar, a Cassidy no le queda más remedio que aceptar una oferta de trabajo: como la nueva sirvienta de Liam. Pero cuando salten chispas entre ellos, ¿será amor verdadero o solo otro romance desastroso?

¡Qué Mujer!

MaryAlice Catherine está lista para limpiar la casa de la amiga de su abuela, solo para descubrir que el nieto engreído de la mujer, de quien ella estuvo enamorada en su infancia —y él lo supo todo el tiempo—, está viviendo allí y ella está avergonzadísima. Jared lo recuerda de otra manera; Mac siempre fue una pequeña mandona, pero no va a dejar que ella lleve la batuta ahora. Pero con los dos viviendo en una casa, no se sabe quién saldrá ganando.

Lo Que Un Tipo Quiere

Beckett está listo para pagar su apuesta de póquer perdida. Simplemente no se dio cuenta de que tendría que hacerlo con su corazón. Jennifer es la que se le escapó y ahora está justo frente a él. En su casa. La que él está aquí para limpiar. Jennifer no puede creer que el chico malo de la preparatoria del que estuvo muy enamorada esté en su casa, pero si hay algo que su exmarido le enseñó, es que no puede confiar en el chico malo. Hasta que Beckett pone todas sus cartas sobre la mesa y resulta ser alguien por quien Jennifer puede apostar, después de todo.

Aquí está Judi

A la galardonada y exitosa autora Judi Fennell le encanta reír y le encanta el amor, así que no es de extrañar que haya un poco de ambas cosas en cada libro que escribe. Descubre sus cuentos de hadas con un giro inesperado para tener una muestra de sus desenfadadas e irónicas comedias románticas y paranormales. Desde tritones en la costa de Jersey Shore, hasta genios con alfombras mágicas, pasando por strippers à la Magic Mike, y empleados domésticos muy masculinos cuyo lema es *Satisfacción garantizada*, siempre hay risas y amor por encontrar.

Y, en su abundante (?) tiempo libre, ayuda a otros autores con todos los aspectos de la escritura y la autopublicación con su empresa de maquetación, diseño de portadas y material promocional, servicios editoriales, consultoría y audiolibros: www.formatting4U.com.

Judi vive en las afueras de Filadelfia con una colección de amigos de cuatro patas, y el día en que esas criaturas empiecen a A) cantar, B) coser ropa o C) limpiar la casa..., ¡será el día en que se retire de la escritura!

www.ingramcontent.com/pod-product-compliance
Lightning Source LLC
Chambersburg PA
CBHW061233210726

48293CB00003B/751